传记小说

打开那扇窗

圆 缘◎著

新华出版社

图书在版编目（CIP）数据

打开那扇窗 / 圆缘著.
-- 北京：新华出版社, 2018.7
ISBN 978-7-5166-4270-2

Ⅰ.①打… Ⅱ.①圆… Ⅲ.①传记小说－中国－当代
Ⅳ.①I247.5

中国版本图书馆CIP数据核字(2018)第164363号

打开那扇窗

作　者：圆　缘

责任编辑：张　敬　　　　　　**封面设计：**臻美书装
责任印制：廖成华

出版发行：新华出版社
地　址：北京石景山区京原路8号　**邮　编：**100040
网　址：http://www.xinhuapub.com
经　销：新华书店、新华出版社天猫旗舰店、京东旗舰店及各大网店
购书热线：010－63077122　　**中国新闻书店购书热线：**010－63072012

照　排：臻美书装
印　刷：三河市君旺印务有限公司

成品尺寸：150mm×230mm　1/20
印　张：18.3　　　　　　　　　**字　数：**250千字
版　次：2018年9月第一版　　　**印　次：**2018年9月第一次印刷

书　号：ISBN 978-7-5166-4270-2
定　价：45.00元

上帝为你关上一道门，就会为你打开一扇窗。

　　面对紧闭的大门我没有绝望，从窗口透进的微光我看见了希望。

　　窗外便是属于我的那片天空……

目 录
CONTENTS

第三部　立足

第四部　百味

第五部　变故

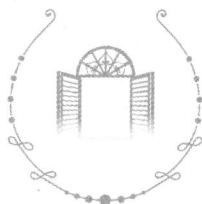

第一部　圆　梦

　　如果生活对你关闭了一扇门，它表明此路不通，但不意味你无法企及门里的世界。只要你不懈努力，最终一定会待在你想去的地方。

　　年近五十岁的我，离婚后带着女儿居无定所，却依然做着奢侈的梦：为自己找到幸福的归宿，把女儿送进世界名校。为了美梦成真，我到处兼职挣钱，去婚介公司注册……碰得头破血流后，我另辟蹊径，以更大的勇气和智慧追寻我的目标。终于，生活向我敞开了宽广的大门……

第1章
离　婚

离婚的念头，伴我经历了婚姻中漫长的冷战与厮杀。

直到有一天，女儿说："离就离吧，我也长大了。"

这一天等得太久了。

闺蜜方圆赶来危言耸听："打算一个人度过孤苦的余生吗？"

"凭什么？"我说，"好不容易获释，当然得再觅良缘啦。"

"做梦吧你！"她冷笑，"还良缘哪，有人要就不错了。"

"知道你的现在的身价吗？"她说，"你20岁的时候要是值100分，40岁顶多50分，快50岁了，离婚还拖着个孩子，基本上属于地摊儿货，有人收留就算你走运了。"

我好奇心陡生，地摊儿货值多少钱？

"就算你找到了如意郎君，真在一块儿过也得为孩子不欢而散，"方圆苦口婆心，"这把年纪离婚可不是闹着玩儿的，三思啊！"

三思之后，我觉得孤苦伶仃也比同室操戈强，就像饿着肚子也不能吃有毒的食物。

　　迈出婚姻登记处大门，阳光灿烂，天空湛蓝，赶上了北京难得一见的好天气。

　　"请你吃个饭吧？"前老公微笑着发出邀请。

　　看来离婚是双赢。难得他的慷慨，我欣然赴请。

　　"再找找什么样儿的呀？"啃着九头鸟餐馆的黄豆煨猪手，我调侃道。

　　"找个脾气好没孩子的，长像得顺眼，工作学历也不能差……"他心驰神往地描绘着我的继任。

　　他不属于地摊儿货，事实上他销路很好——有车有房没孩子，工作好学历高收入不菲，面对众多物美价廉的"地摊儿货"，他的烦恼顶多是没法兼收并蓄。

　　"我呢，就找个淘地摊儿货的吧，"我低调而自信，"那个人得独具慧眼。"

　　离婚的消息一传出，便收到亲朋好友的来电：都道我不该如此任性草率离婚，道理跟方圆说的并无二致。解释离婚缘由的过程中，我感到了电话那端的微妙心态：没离的，可能掂量一下自家婚姻现状与走势；离了的，觉得多了个知音；打算结的，可能想到婚前财产公证；离的没离的以及没结婚的，共同关注的都是离婚理由——不仅是茶余饭后的谈资，还涉及对婚姻的真知灼见。

　　我的离婚故事简单得令人失望——既没有小三儿篡位的热闹，也没有痛失爱情的悲伤，甚至没来得及对已故的婚姻痛定思痛，我就被人老珠黄的危机感抓住，急不可耐地想冲进下一个围城。

并非我记吃不记打、好了伤疤忘了疼，以往的婚姻，其实没啥教训值得吸取，那只是困境下的无奈选择。

"文革"时期，"黑五类"之一的爹娘带着我们几个可以教育好的子女，从北京来到那个贫穷的西北小镇安家。从那时起，我就像掉进一个黑咕隆咚的深井，看不见亮光，也不知何时见天，于是爬出井底就成了我生活的目标。

原本指望借考大学重回北京，谁知发奋读书的年纪被送到广阔天地发奋农耕。终于熬到了大学重新开张那天，才发现一直学种地的我，根本就没有考回北京的本钱。虽说经过几个月的拼命，最终进了一所省级大学，可一毕业又被分回自己发誓离开的小镇当老师。那时的我壮志未酬，想到在这儿嫁人生孩儿的前景，觉得还不如死了好，于是考研成了我回北京的唯一出路。

奋斗的路艰难而渺茫，一次次失败的煎熬中，老大不小的我又多了一重嫁不出去的忧虑。

几番冥思苦想，我决定在回城的途径中增加嫁人这项内容。于是我双管齐下，一边继续苦行尼姑般的奋斗生涯，一边踅摸同一方向的苦行僧——两个人应当比一个人成功的概率大。

遇见女儿她爹是在县招生办公室，那天我一眼瞥见有个其貌不算扬的人跟我报的是同一专业，便决定跟这个人套近乎。我盘算着，要是他考到北京我还是没戏就嫁给他。想到跟这个男人结婚的时候，我心里只想着北京，他的脾气、长相、家庭什么的，我压根儿就没注意。爱情对于我，毕竟太奢侈了。

他果然考进北京，而我一如既往地落榜，我们闪婚了。

卸掉了回北京的压力，考研变得轻松多了，第二年我顺利考进北京一家媒体的新闻研究所，毕业后进入这家媒体当了记者。

婚后发现，我跟这个男人仿佛是来自两个星球的物种：我爱买超市的环保菜，他专拣贱卖的撮堆儿货；我喜欢去餐馆、看演出，讲究生活情调，他说我不节俭爱享乐，败家子儿一个；我抗议他老家来人太多，搅得我三尺斗室没了清静，他说我不随和不贤惠，缺少妇德……如此这般，他动辄摆出武斗的架势更使矛盾激化。女儿的诞生非但没有缓解冲突，反而因教育观念不同争吵更甚。

"大米、白面、鸡鸭鱼肉吃着还下饭馆？电视上什么节目看不了，非得花钱上剧场看！瞧瞧你衣柜的衣服有多少了？还老逛商店……"

"我花的是我自己挣的，辛辛苦苦挣了钱，为什么不能享用？谁规定不节衣缩食就是败家子儿？"

"当年我过的什么日子，你知道吗？"他痛心疾首地回忆，当年跟着老奶奶在山沟里无衣无食的情形，然后把"暴殄天物"之类的成语砸在我头上。

我搜肠刮肚地想让他明白，人活着并非越穷越光荣，"吃"的意义不仅是果腹，还有美味，"穿"的意义不仅是遮体，还有美丽……

最初我俩激昂慷慨、争论不休企图说服对方，后来发现道不同、理不通，全是鸡同鸭讲。当我们最终明白改变对方是痴心妄想的时候，冷战便开始了。

我们很少交谈，他不在家的时候，我和女儿叽叽喳喳，欢声笑语。他一进家门，那张总不见天晴的脸便让室内结冰，女儿总是可怜巴巴地跟我嘀咕："我爸什么时候去办公室呀？"

我常常想到离婚，并确信他也想到了，但中国人离婚需要桌面上的理由，比如第三者啦，家庭暴力啦什么的，我们的婚姻既没有婚外恋，也没有严重的家暴，那个年代还没有冷暴力的说法，离婚名不正言不顺，便显得没事找事，加上一个人抚养孩子太过艰难，便没了离婚的底气。

该来的终究要来。

女儿的教育成了压垮这段婚姻的最后一根鹅毛。

我的女儿叫晋早早。这孩子早产一个月来到世上，故取名早早。早早上初中的时候，时任驻美记者的她爹在她赴美探亲时郑重承诺，只要女儿学好外语考上高中，便可借工作之便让她到美国读高中上大学。向往美国学校的早早学好了外语，考上了高中，她爹却改口称："先前的说法只为激励你好好学英语，真实想法是你在国内大学毕业，再到美国读研。"

早早不堪当爹的食言闹起严重的情绪，我心疼孩子助她力争，最终找到一个三人认可的权宜之计：先转到一所以出国为方向的高中，毕业后再去国外上大学。

早早在新学校拼命苦读，很快跃至年级第一。

不想一年后她爹再次违约，非要她转回普高，在国内上完大学再出国。

早早崩溃了，哭闹无效便以罢学对抗；她爹雷霆震怒，以拒绝抚养相威胁。

父女俩僵持不下之际，我向她爹发出通牒："如果你把承诺当儿戏对孩子出尔反尔，我只能离婚，用我的那半财产兑现你对她的承诺。"

他表示将食言进行到底。

早早表示爱离不离，别拿我说事。

我义无反顾地离了。

2005年算是个大顺年景：

青藏铁路贯通，神舟六号升空，我的离婚告成。

陆路，空路，解脱之路条条畅通。

这一年，我48岁。

我踌躇满志，要为自己找一个有爱的归宿。

我摩拳擦掌，兼职攒钱送女儿去美国上大学。

离婚的亢奋过后，我清醒地认识到：实现这两个目标谈何容易！

既然我的择偶行情不容乐观，找如意伴侣就肯定不易。但至少我从上一段婚姻枷锁中解脱了，以后找到美满的婚姻我赚了，找不到我也不亏。况且素有阿Q精神的我，总觉得事在人为，别人找不到不等于我就找不到。说不定哪个与我天造地合的人，也在苦苦地寻找我，哪天我们撞上了，岂不是一段人间佳话！不试怎么知道？

送女儿去美国留学倒是个严峻的难题：关键是钱，上哪儿去找这么多钱？

离婚的导火索是她爹不同意女儿留学，离婚后他更不会分担这笔费用，这意味着留学巨款只能由我一人承担。按协议房子归前夫，他付我一半房钱，加上存款和车我总共分到40万。

靠这点儿钱去美国上学显然不现实，我的工资支付娘俩生活开支后所剩无几。

要攒钱只能另辟蹊径了——我认识一个穴头，此人经常组织媒体为企业做宣传，虽说干这个有时候良心有愧，但为给女儿攒学费我别无选择。

第 2 章
征 婚

我开始寻找婚姻。

翻报纸、查网页、打电话，我拿出志在必得的气魄，四处寻找婚恋信息。

婚姻媒介上竟有那么多优秀男士在彼等候：

"某男，留美博士，50岁，身高182，儒雅博学，性格随和，离异无子女。寻50岁以下知识女性……"

"某男，贸易公司董事长，单身，52岁，身高180，才华横溢。寻有品貌温柔女性，年龄不限。"

"某男，大学教授，49岁，身高178，学识渊博，彬彬有礼，寻女性知己为妻。"

我迫不及待地逐个联系信息源头，并一一收到热情而肯定的答复："我们这儿有很多适合你的优秀男士，希望你尽快过来办理会员手续……"

在奇缘婚介所，自称李老师的中年女士搬出几本装潢精美的会员簿，为我推荐人选。

李老师目光热切，态度诚恳，言谈话语更让我热血沸腾："现在好些四五十岁的单身成功男士，再婚的时候，更看重女方的素质和文化品位，像您这样受过良好教育、气质这么好的女士，肯定特受欢迎。您到我们这儿就算找到婚姻了，保证不会让您失望。"

交出一万元会员费后，我怀着出征般的期待与忐忑，准备迎接万元大钞换来的缘分。

不幸的是，广告上的优秀男们不是"出差""出国"踪迹难寻，就是年龄变大了，身高变矮了，而且既不博学，也没有才华，有的干脆就是被淘汰的废弃物品。没变的是，交出的会费回不来了。此时回想李老师眼中的"热切"才悟出，那是对我钱包的觊觎。

身为记者的我何曾受过这等欺诈，待要大动干戈讨伐无良，却发现并无相关的法规和部门可以制约其劣行。若是通过媒体揭露，还得搭上自家隐私，权衡之下只得作罢。

我继续跟老师会员们周旋，打电话，约见，面谈——既然交了学费就不能空手而归，就算是亲历暗访吧，说不定写篇报告文学稿费超高，我还赚了呢。

很快我发现一个规律，收费前，老师们无一例外地亲切和蔼、信誓旦旦。钱到手，则个个躲躲闪闪、支支吾吾，乃至经常电话找不到人。

我总算明白了，"地摊儿货"的确不好销，婚介的不烂之舌，能把她们的钱说进自己的腰包，却没法把滞销变成畅销。面对这些忧愁的求助者，婚介们唯一能做的是趁其之危，狠宰一刀。

终于，他们为我介绍了一位董事长杨总。杨总举止潇洒、气质不凡，我们交谈还算投缘。因为第一次见面在他的总经理办公室，我对他的身份并未生疑。

正庆幸自己走运，一个自称是杨总太太的女人打来电话，问我是什么人，为什么给杨总的手机打电话？

惶恐之下，我赶紧打电话找杨总，手机关机，座机没人接。待赶去他的公司时，却被告知并无此人。

待我气势汹汹找到婚介，老师们却一脸无辜："他户口本上写着爱人去世，我们怎么知道他还有老婆？"

我无言以对，待要往下追究，一想除了更生气不会有别的结果。所幸自己尚未坠入情网，还得感谢那位"杨总太太"。

李老师又为我介绍了一位吴先生。她说上次的事儿很抱歉，这回特意为我挑了一位很优秀的人选作为补偿。

吴先生是个医生，58岁，高大威猛。之前见了太多的歪瓜裂枣，见到吴先生这样的感觉非常不错。

吴先生谈吐幽默也很热情，在中介聊了十分钟就要请我吃饭。

峨嵋酒家的餐桌上，我们边吃边聊，谈得兴起，他要了两瓶啤酒畅饮起来。

他两次离异，第一次因为前妻跟别人暧昧不清。第二次闪婚后发现性格不合分手。他有个儿子大学毕业已经工作。

听我讲了自己的情况，吴先生说："非常理解。你正是我想找的那类女人。"然后突然他抓住我的手问："你觉得我怎么样？"

我吓一跳，见他已有几分醉意，我便告辞说："今天就算认识了，我们改天再聊吧。"

他说："不行，你不能走，我要去你家。"他拉着我不肯放手。

不想出现更尴尬的局面，我假装去洗手间趁机溜了。

刚进家门便收到他发来的短信："对不起，还以为你喜欢我呢，冒昧了。"

我回复："对你印象是不错，但我们需要慢慢了解。你的第二段婚姻不就因为发展太快，最终破裂的吗？"

"中介怎么跟你说的？"他打过电话来："我不找婚姻，只交女朋友。说白了吧，就为解决生理问题。这点我跟她们讲得很清楚，你不知道吗？"

什么？！一种被捉弄的屈辱涌上心头，我冲进中介把李老师一通臭骂。

她无奈地笑笑说："条件好的不是没有，可人家要找 30 岁以下的，您这岁数要求还那么高，我们上哪儿给您找去呀？"

"那当初你们怎么说……"我似乎明知故问。

"现在不都这么挣钱吗？"李老师摊牌了。

瞬间，我被点醒了。人家在挣钱，不择手段也在情理之中。君不见电视网络报端之上，婚托儿假恋的故事五花八门，骗钱骗色骗感情的闹剧天天上演。身为媒体中人，我本该明白，却为何心甘情愿地自投罗网？可见，当一个人急于得到某种东西的时候，他的智商会急剧下降，受欺被骗都是自找。

我决定逃离婚介，因为我想到了赌场的规则：幻想挽回损失的，只能输得更惨。

经朋友介绍，我认识了某大学教古汉语的陈教授。

陈教授 58 岁，瘦高身材，戴一副金丝眼镜，头一次见面便跟我探讨古典文学长达一个小时，态度严肃认真，像是面试学生。

面试通过，陈教授时常打来电话，或传授古文或致意问候。

尽管跟他相处有点儿别扭，但我深知按照行情，找到这样的夫子已属不易，于是告诫自己：能"来电"的男人这辈子别惦记了。

　　"孩子也快独立了吧？"第二次见面的时候，陈教授开始探询我的家境。

　　离婚后我带着女儿搬离了原来的家，为了给她攒学费，我舍不得花钱租房，住进了我妹妹君的家，再后来从单位申请了一套两居室的公租房。我盘算着，若是找到合适的伴侣，我的月薪随我加入新家庭。我的存款和兼职收入支付女儿的留学费用。这样两不妨碍，应该可行。

　　听我说起打算送女儿出国留学，他收起笑容。

　　"留学要好大一笔费用呀，她父亲负担吧？"他装出不经意地问道，但我感觉他很在意。

　　"她留学的钱我都准备好了，"我想让他明白女儿的学费不会成为我的负担，也就是说，万一他跟我真走到结婚那一步，女儿的留学费用跟我们的婚姻无关。为显得有诚意，我透露了学费来源："我卖了离婚分得的财产，为她凑足了学费。"

　　"那你这辈子什么也没给自己留下？"他按捺不住内心的不平衡。

　　"你是说……"他的弦外之音让我诧异，"我得给自己留一笔改嫁费？"

　　"我有一套三居室……"他顿住没往下说，但我明白财产不对等他亏了。

　　"你的房子是你的婚前财产，你百年之后爱给谁给谁，跟我没关系！"我赶紧把自己从占便宜的嫌疑中往出择。

"那要是结婚，我们住哪儿？"陈教授摊牌了。

"你是说，"我忍不住讥讽道，"谁要是嫁给你住在你家，还得付你房租吗？"

他怔了一下，换了个问题："你还能干多少年？"

我明白，他想算算我还能挣多少钱。顿时，我面前这个道貌岸然的夫子，变成了猥琐奸诈的账房先生。我不想身边有个人天天跟我算账，于是逃了。

经过几次吞了苍蝇般的经历，我彻底明白了自己的处境，于是动员自己调低标准——只要那个人对我和女儿好，职业、教育程度、经济条件都可以不介意。我需要的是温暖的家。

张先生，55 岁，某机关小职员，因人缘好被热心肠的姐妹推荐给我。我估摸，这把年纪才混个科员当算是普通人里的普通人了。张先生不高不矮，脑袋圆圆乎乎，属于扔到人堆儿里就找不出来的那种。

寒暄之后，他操着地道的京腔，开始点评社会单位诸事兼人生道理……我猜他可能上过电大或职大，爱拽点儿不伦不类的文词儿，好发表人云亦云的常理儿，有点儿世故但不算奸猾。

开始我耐心听着，不时点头附和。

后来我开始走神，盘算逃走。

最终我眉头紧蹙，声称胃疼，要求回家。

不想张先生人太实诚，非要开车送我去医院。经过一番麻烦的推辞、反推辞、再推辞，我得以脱身。

接下来几天，每天接到张先生嘘寒问暖的电话，他说喜欢我这样的文化人儿。

我闭目遐想，同张先生组成家庭会是什么样子……

我那狭小的空间里，放进一个很占地方，却不知干什么用的物件——还是出声喘气的活物——从此我的心病，就是怎么把它弄出去，那么之前干吗让它进来？

我顿悟：婚姻其实只有两种合理的形态，要么需要对方，要么别让对方存在。

我要静下心来理清楚：我想要什么，我有什么优势和劣势，我可能得到什么。

明白自己是怎么回事并不容易，但我还是想明白了：

我要一个家。虽不敢奢望爱情，但遮风避雨的家总要温暖而安全。

我能够接受为家庭成员的，只能是跟自己水平相当，或是更高的男人。

现实是，我能看上眼的男人，大多瞄准了更年轻的女人。在男权主导的社会，男人的资本是事业和财富，女人的资本是美貌和青春。男人小有成就，便想以此换取女人的资本，所以跟我本领相当的男人，一般不会选择不再年轻貌美的我。个别务实的也许不在乎年龄，却更在意房子、票子、孩子，吃一毛钱的亏他们都会耿耿于怀。再婚更像是一场交易，资本不足导致了我在其中的尴尬。

我盘点自己的优点：勤奋、智慧、诚实、善良，责任心超强还有不错的职业……

这是我纯良天性加数十载磨砺的精华，难道它们一钱不值？

我幻想：会不会有人为了我难能可贵的优点，而忽略我的不利条件？

第3章
涉 外

网上的一篇文章点醒了我，文章说美国人在选择婚姻时更看重性格品质、知识爱好之类的内在因素，女人的内涵丰富要比外表光鲜更受青睐。文章还举例说明，一个人带着孩子生活的单亲妈妈在美国更受尊重。

眼前豁然开朗，或许这是我扬长避短的出路。让我更兴奋的是，这条路一举两得，我找到归宿的同时，女儿的留学梦也一并实现。

凝神细想，茫茫人海，偌大乾坤，我头顶上这片云彩不下雨，不等于普天之下就没有雨。人非植物，岂能受困于周边有限的气候土壤？条条大道通罗马，是金子在哪儿都发光。既然我自信质地精良，就该有底气遍搜天下，找到认同我的那片白云。

我决定放眼世界，五湖四海找老公。

首先面对的困难是我不懂英语，20多年前学过的那点儿ABC早忘得一干二净；而且我没有涉外的亲朋好友，一时真想不出到哪儿去联系老外。

尽管如此，难走的路也是路。我相信，如果真有另一半在什么地方等我，就是穿越地球我们也会相遇。况且语言和渠道不过是桥，桥那边的风景才是关键。重要的是想好了就去试，不然它永远只是个想法。

我在 Google 上检索"涉外婚姻"，找到不少信息。最终我弄清了，寻找涉外婚姻有两个渠道可以试：一是委托涉外婚姻中介，由他们为我推荐人选代写信件安排相亲，成功后收取不菲的服务费；另一种是自己上国际婚姻网站注册会员，一切自理。

委托中介，不必担心语言不通，但沟通经中转大打折扣，没有安全感。

自己上网，亲力亲为心里踏实，麻烦是我的英语太差没把握。

反复权衡我否定了中介。之前的经历令我毛骨悚然，谁知道为了钱这些人还有什么事干不出来？要是被忽悠到国外，待不下去也回不来怎么办——我还带着孩子！

我决定借助词典自己联系老外。至少词典不会骗钱，从相识到结婚的全过程是自己完成的，加上我 20 年新闻生涯练就的第六感觉，总比相信人贩子心肠的中介来得安全。

我在电脑上下载了金山词霸翻译词典。这种词典可以根据中文单词给出对应的英语单词，我再用记忆中残存的英语语法把这些词连接起来。尽管这么造出的英语不一定准确，但我找不到更好的办法了。

大致筛选后，我注册了总部在香港的诚心国际婚姻交友网。收了 1000 元的费用，网站把我的资料译成英文放在页面上。

我在眼花缭乱的会员资料中，点击了一个看着顺眼的美国会员先试试。

第二天，我发现那个叫约翰的美国人已经来信。约翰说他是美国某电话公司的销售经理，对我的资料很感兴趣。

我激动地开始了生平第一篇英文作品。先用中文构思成篇，再用词典译成英文，此时我才发现，词典翻译的句子，无论中文还是英文没有一句通顺。原来这玩意儿只会译单词不会翻句子，而且输进一个中文词儿，它给出一堆相近的英文，用哪个还得自己拿主意。我只好找出英语教材现学现卖，凭着感觉瞎写一通，完成这篇 400 多字的英文信，整整花了我 7 个小时。

约翰很快回了 Email，从他的信里我知道，我写的英文他看懂了。这给了我极大的鼓舞，于是我如法炮制，我们开始频繁互送 Email。话题从各自的经历到家庭观念，从传统的中国文化到当今世界。不知道自己的中式英文约翰能看懂多少，也不知道他对我的哪些说法感兴趣，反正我们聊得热火朝天。

约翰说他想来中国看我。我高兴地把进展告诉了网站的顾问晓华，她却提醒："小心！这个约翰同时在跟几个女人通信，跟别人也说过类似的话。"

"怎么会这样！"我的心往下沉，难道全世界的骗子都让我遭遇了？

我向约翰提起晓华的警告，他显得很无辜："难道这不正常吗？我不知道谁更适合我。等我去中国见过你和其他女人后，才能确定哪个是我唯一的女朋友。"

"对不起，"自尊让我斩钉截铁地拒绝了约翰，"我只做唯一的，不做备选的。如果你还有别人，我就撤了。"

"我真的喜欢你。"约翰心有不甘："我是认真的，请你理解。"

"祝你好运！拜拜。"我告辞了。

加拿大的麦克是一家电子杂志的主编，我对他的职业很感兴趣。

接到我的 Email 之后，麦克回了一封很长的信，把我的信从语法结构到遣词造句，细细修改了一遍，用附件一并发还过来。

麦克说，他对我能用如此差的英语，做出这么好的自我介绍感到钦佩，他对我关于婚姻家庭的一些观点也很感兴趣，他认为我是个很有意思的女士，希望跟我多交流。

看到自己的信被职业编辑改得支离破碎，我哭笑不得，仔细看了几遍倒也服气，没花钱还找了个专业老师。我来了精神，在词典的帮助下，无所顾忌地阐述我对各种问题的看法。从文化到经济，从社会到家庭，从教育到法律，管他看得懂看不懂，我得珍惜这宝贵的学习机会。

就这样，写过去，改过来，两个多月过去了，我们探讨了不少问题，我的英语读写水平明显提高。

一天，麦克说他一个月以后要到越南的河内出差，问我能否到那里跟他见面。

我吓了一跳。以我目前的英语水平根本没法跟他面谈，特别是在一个陌生的地方，连个帮忙翻译的人也找不到。

当我告诉他这些难处时，他大吃一惊："你是说你能用英语写信，不能用英语说话？"

"是的，因为我没有用英语说过话。"我解释说。

"不可思议！"他忽然问道，"你的电脑里是不是有翻译器？"

"没有啊，只有电子词典，它只能翻译单词。"我怕他怀疑那些英文信不是我写的。

"上帝！我一直在为翻译器改文章吗？"他还是误会了。

"你说什么？"我急了，"那些信是我写的，是我的想法。你在改我的文章，不是翻译器的。"

麦克不再给我写信。

晓华说麦克误会了，他认为自己收到的信，不是他想要成为女朋友的那个人写的。晓华说，有些中国女人跟老外结婚只是想出国，所以不在乎交流，英语不好就雇人写信。麦克肯定是误会了。

被人误解真不好受。我很受伤，但无可奈何。

半年过去了，先后跟几个老外通过 Email，虽然没什么结果，但西方人的思维方式和观念我了解不少。我发现这家网站服务虽好，但跟我处境相似的亚洲女士太多，西方男士则相对少，这肯定影响我的成功率，我得暨摸一家欧美本土的婚介网。

找到一个号称有 8 万会员的美国婚介网站，这里对女士免费，其他的模式跟诚心网差不多。我精心准备了一份浪漫而务实的自我介绍，描述了自己的性格兴趣和对婚姻的期望。登记注册的第二天，我就收到 7 封来信。写信的人说看了我的自述，觉得我是一位很特别的女士，希望跟我进一步交流。我信心大增。

我很快发现，自己根本没有精力回这么多信，可一时又没法确定哪些该重点回复。为了不错过缘分，我根据以前写过的英文信，整理出几封"标准信"，并分类为谈兴趣爱好的、谈家庭的、谈个人经历的。这样在最初的通信回合中，我要做的只是根据不同的对象和情形，发送准备好的内容。

最后，我把重点锁定在美国人 Bill 身上。

写信占据了我下班后的大部分时间，而且经常持续到深夜。单位岗位考试要开始了，我有大量的材料要看，只好请 Bill 等我两周。

Bill 每隔两天送我一封短信："祝你好运。我会一直等你。"

我很感动，为了他的诚意。

Bill 52 岁，是底特律一家汽车公司的工程师。

随着交谈的深入，我们在 YAHOO 设了一个带视频的聊天室，每天在此约会两三个小时。

每晚 7 点我进入聊天室的时候，他都已经在那儿恭候。

他对我讲述他的故事，情感、快乐、悲伤、希望和梦想。

他说他第一次找到想要畅所欲言的人，没有顾忌，没有戒备，只想敞开心扉，一泻千里……

Bill 曾经是一名海员，热爱航海、历史和军事。年轻的时候因为向往大海，参加了美国海军，在海上一漂就是 22 年。长期的海上生活，使他跟家人离多聚少，他把对亲人的思念都寄托在对大海的情怀中。当他忍痛告别大海，退役回家准备过安定的生活的时候，却发现妻子已经背叛了他。离婚后，他失去了家，也失去了大海，一个人四处漂泊。他说，现在最大愿望就是找到一个可以相伴余生的女人，有个温暖的家。

每当 Bill 描述对大海的感情时，我都会生出几分莫名的感动。我觉得理解大海的人，必然有海一样的深情。

我对他谈起当年的知青生活，从村姑到大学生再到新闻记者的曲折经历，还有失败的婚姻、抚养女儿的艰辛……

我说，自己的一生都在拼，太累了，想找个臂膀坚实的男人，相依着走完余生。

他发誓，如果那个人是他，他决不让我再受苦。

聊天室的功课渐渐成了我生活的轴心，无论在办公室写稿，在超市买东西，还是跟朋友吃饭，我的思想都顽固地赖在聊天室内。Bill 打出的深情话语，在我心中涌起阵阵暖流。

第 4 章
相 亲

Bill 订好了 5 月初来北京的机票，他只有一周假。

我拟了一个日程表，故宫、长城、颐和园、王府井，还有胡同游、琉璃厂、京剧、首都博物馆和特色餐馆，七天排得满满的。

一切安排就绪，我才有工夫发愁：见面怎么说话？我那点儿英语，有字典读写还凑合，听力估计为零，更没张嘴说过，怎么独自面对老外？雇个翻译？也太夸张了吧。

想来想去，没什么好办法，我打出一些英语的常用词和习惯用语，在电脑上跟着词典练练发音，又去书店买了一本中英文对照的旅游手册，和一本介绍中国文化的英语小册子，能做的也就这些了。

傍晚，我到首都机场去接 Bill。

他乘的航班晚点两个小时，加上出关、取行李，我足足等了三个小时。

正在怀疑他会不会出现了……忽见一高个儿老外向我招手，是他！

看上去挺帅，面色疲惫，但显得比视频上年轻。

我俩面面相觑，视频上常见没感到陌生。只是我脑子一片空白，准备好的英语一句也想不起来，只好望着他傻笑。

他对我说了几句英语，这是我第一次面对面听老外讲英语，只觉得那声音跟磁带里的差不多，来不及反应就过去了。我猜他在说一些问候话，可不知道具体意思，没法答对。

他见我傻笑，便也对着我傻笑。

出租车经过长安街的时候，他望着窗外灿烂的夜景，又咕嘟起英语来。我竖起耳朵使劲听，一句也没听懂。他掏出一本中英文对照的小册子翻了半天，指着上面的一个中文单词跟我说着什么，可车厢里太暗，根本看不清字，他只好收起书。不一会儿，他又忍不住指着小册子对我说起来，我还是既听不懂也看不清，就这样一路到了燕京饭店。

带他匆匆吃了点儿夜宵，我把准备好的英语日程表给他，就告辞了。

回家后我顾不得休息，连夜复习第二天可能用到的一些英语单词，还准备了电子词典、小本儿和笔。

睡前我理了理乱糟糟的头绪：明天决不能这样了。我必须跟这个老外说英语，听不懂就让他写下来，看明白尽量用英语答，说不下去再翻词典。要是还像今晚这样，接下来的几天怎么打发？面对面都不能交流的话，他不就白来了——我好不容易找到的这点儿希望不就泡汤了！

第二天上午，我到宾馆去找 Bill。

休息了一夜，他看上去容光焕发：浅棕色的平头精神利落，宽大的前额下架着一副无边眼镜，镜片后的蓝眼睛深邃而干净，高高的个头挺拔矫健，举手投足绅士十足。

我心下暗喜，一不留神还撞上个老帅哥！

上午我们去琉璃厂。琉璃厂是北京著名的文化街，因明代开过烧制琉璃瓦的窑厂而得名。清朝很多来京参加科举考试的书生住在这一带，所以这里出售书籍和笔墨纸砚的店铺很多，逐渐形成一个买卖传统文化作品的中心。

进入琉璃厂街，迎面一座高大的仿古牌楼装潢华丽、色彩斑斓，夸张得有点儿像舞台布景。街道两旁的店铺青砖灰瓦、彩绘木雕，显得清雅淳朴、古色古香。店外高悬的名家牌匾格外醒目，店内陈设的古今字画、文房四宝、金石陶瓷、碑帖线书等国粹精品，更显出特殊的文化氛围。

Bill 目不暇接，不时停下来东张西望。

"Do you want to choose some pictures？（你想挑一些画儿吗）"我硬着头皮念着昨晚写好的纸条。

"Yes, I would like to get some（是的, 我想挑一些）……"他懂了！这表明我发出的声音确是英语，而且我居然也明白他说想要选一些画儿。

接下来他说什么我就不知道了。看我一脸迷茫，Bill 掏出小本儿写道："All of them are amazing, I don't know which one is the best.（所有的画儿都这么棒，我真不知道选哪个了）。"

"May I give you some suggestions？（我可以给你点儿

建议吗）"我写道。

"Sure, I need your help.（当然，我需要你的帮助）"
这句我又猜对了。

我不懂书画，凭感觉帮他挑了一幅水墨牡丹图，一幅工笔青竹画，我写道，"这都是典型的中国画。"

他端详着两幅画儿，爱不释手。一幅标价1200元，另一幅1000元。我知道这不是实价，一番讨价还价后，我帮他1000元买下了两幅画儿。

他表情迷惑地愣了会儿，写条子问我，为什么1200元的那幅免费了？

我随口说："This is just Chinese culture.（这就是中国文化）"看他眼睛都瞪圆了，我知道解释不清了，只好说："sorry,my English is too poor to explain it.（我的英语太差，解释不了）。"

我们边走边看，他像个孩子进了玩具店，对什么都感兴趣。我又帮他挑了两幅书法、一套文房四宝。他兴致勃勃地为自己刻了一枚中文"比尔"的印章。

想到今天还要逛街看戏，东西太多拎着不方便，我赶紧提醒他该吃饭了，我们这才离开琉璃厂。

Bill要请我吃午饭。我带他去了一家以宫廷菜为特色的餐馆。一进门，富丽堂皇的大堂格外扎眼，服务员穿着仿清宫的服饰，连桌布都是黄缎子的。虽然有点儿不伦不类，倒也蛮气派，唬老外够了。

我告诉Bill这里的环境是模仿清代皇宫的，菜也是按照皇宫的菜谱做的。

他开心地叫道："Wow, now I am going to enjoy emperor's food.（哇，我要享用皇帝待遇了）"

我点了冷热六个菜，这里的菜量很小，两个人应该够吃也不至浪费。

我告诉他，到这儿来，是想让他感受一下中国的食文化和皇家气派。

他兴奋起来，忙问我今天的午餐有什么文化。

"What is the name？"我指着刚上来的一道叫作"龙凤呈祥"的菜让他猜菜名。

他尝了尝说："是鸡和虾。"

我的词典显示"龙凤呈祥"的英文是：prosperity brought by the dragon and the phoenix，我指给他看。

他傻傻地张大嘴："这是龙和凤凰吗？"

我忽悠道："是呀，我们正在吃传说中的神。"

他端详了一会儿笑了："我明白了，虾的形状确实有点儿像画上的龙。这个鸡代表凤凰，这菜名是这样来的吗？"

还挺聪明！不过菜名的意思可不是简单地指形似，否则就不是文化了。

该怎么解释呢？我查了半天词典然后写道："皇家菜的名字有别于民间菜。取这个名字，不光是因为虾和鸡的样子跟龙凤有相似之处。在中国古人的观念中，龙代表皇帝，凤凰代表皇后，皇帝和皇后聚在一起，自然是非常吉祥啦！"

"我们在吃皇帝和他的妻子吗？"他用手在自己脖子上一砍，"要杀头的！"

我被他逗得大笑，我知道自己解释得乱七八糟，可这位怎么老忘不了吃呢。

"OK, OK, "他一副想开了的样子, "不管后果了。"

服务员端来一个香味儿扑鼻的小坛子, 我让他猜这道菜叫什么, 用什么做的。

他舀起一勺放进嘴里, 咂了咂味儿又尝了一勺说, 写道: "像是好多种肉加上调料煮在一起的。上帝! 这味道太美妙了, 简直无法描述。"

他还真说对了。"菜名呢? "我追问。

他想了一会儿写道: "Halloween."

我一查词典, 万圣节前夜? 听说万圣节是西方鬼节, 在万圣节前夜, 人们化装成各种动物和鬼怪聚会狂欢。他的意思是把好多动物和它们的冤魂一锅烩了? 亏他想得出!

"我们在吃一群鬼吗? "我笑得喘不上气来, 忙写道: "Its name is that Buddhist jump over the wall. (这叫佛跳墙)"

他又傻了, 疑惑地舀起一勺肉想要辨认: "这是佛吗? 墙在哪里? "然后煞有介事地比画起来: "怎么跳呢? "

我连说带写带比画: 这个菜名来自一个传说, 传说中这道菜烧好以后香飘四溢, 隔壁寺院里的佛教徒本来不吃肉, 闻到香味儿, 也忍不住跳过院墙来偷吃了。

他怔了片刻, 恍然大悟: "哇, 太有想象力了! "

我又写道: "这就是中国的食文化, 吃不仅意味着填饱肚子和享受美味, 还有文化。"

他说: "哦, 在美国吃只负责填饱肚子和享受美味, 没有文化。"

我有点儿得意, 捎带着就给他上了一堂中国食文化课。

看来这种说、写、查并用的交流方式还行，只是我能记住的词太少，频繁查词典按得我手指头都疼。

午饭后，我们来到王府井步行街。大概全世界的商店都差不多，而且男人大都对购物没什么兴致，他没那么激动了。

Bill 在外文书店买了一套学汉语的软件和一本中英文对照的旅游手册。然后就着书架写了一页纸给我。大意是他很抱歉，因为我的英语很好，他却一点儿中文都不会，这对我不公平，所以他要好好学中文，下次来的时候跟我说中国话。

我忽然想到，他应当有个中文名字。

听了我的建议，他很高兴，问我 Bear 用中文怎么翻译。

"熊。"我说。

"我就叫'熊'吧。"他兴奋地说。

"熊？ Why？"我问。

"从昨天一见面，你一直在叫我 Bear，我很乐意做你的熊呀。"

啊？想了会儿我才反应过来，原来我发音太差，一直把 Bill 念成 Bear，而他当熊当得挺美就没纠正我。

"那你叫'大熊'吧，就是 Big Bear。"

"大熊？我喜欢这个名字！"大概觉得应该对等，他说："你呢？"

"叫我兔子吧。"我告诉他我养过很多兔子，我的性格也像兔子——表面安静，一蹦就蹿出老远。

从此，我叫他大熊，他叫我兔子。

在外文书店，我买了一套英文版的《三国演义》送给大熊，告诉他这是非常有名的中国军事历史小说，读懂了这本书，会明白中国人打仗的方法。

在工艺美术商店，我买了一套少林小和尚的武术群雕送给大熊当警察的儿子。他说让他儿子模仿这些和尚的动作，学习中国武术。

这样且走且逛，我俩手里的袋子越来越多，想起晚上还要拎着这些袋子去看戏，我感到购物安排在别的活动之前，真不是个好主意。

晚饭简单吃了点儿汉堡，我们来到位于厂桥的中国京剧院实验剧场，看折子戏《八仙过海》《拾玉镯》《吕布戏貂蝉》。

戏一开场，大熊就被台上的表演吸引住了，《八仙过海》里的神仙们载歌载舞十分卖力，他随着锣鼓点儿摇头晃脑，观众鼓掌的时候，他也跟着使劲儿拍手。

我根据剧情略作解释：那八个人在渡海，每个人的方法不一样……这个女孩在家门口丢了东西，那个小伙子捡到还给她，他们就相爱了……演到《吕布戏貂蝉》的时候，我发现没法讲明白，干脆就不解释了。

看完戏，我们到剧院旁边一个小茶馆喝茶。

大熊还沉浸在看戏的兴奋中，一边喝茶，一边写起观后感来。大意是京剧的服装、脸谱还有舞蹈如何神奇，那八个家伙打得多么精彩，那个小姑娘多么可爱等等，最后问我："那个妈妈和女儿在谈什么？"

我觉得奇怪，今晚的戏里没有什么妈妈呀。

他说："最后那个故事里，穿粉色长袍的不是那女孩儿的妈妈吗？"

半晌我才反应过来，他把吕布当成貂蝉的妈妈了！

这是哪儿跟哪儿呀？我告诉他那是一个年轻的将军，他在追求那个女孩儿。

"那是个男人？！"他不相信地摇头，"他的声音那么尖，穿着粉衣服，脸上没有胡子，怎么会是男人？"

我不知道怎么解释好了，京剧小生的声音就是挺像女的，而且没有胡子，也不画脸谱。

至于为什么我也不知道，我只好写道："京剧里表现年轻男人的角色就这么规定的，粉衣服也不代表什么，男人穿什么颜色的都有呀。"

他这回信了，面带羞愧地检讨自己无知并解释说，在他的国家，婴儿一出生就以蓝色和粉色衣服来区分男女性别，所以他以为那个穿粉色衣服的是女人。

我对自己用英语解释吕布和貂蝉的关系没什么信心，灵机一动，便指着新买的《三国演义》说："故事就在这本书里，等你读完了，我告诉你是哪一部分你就明白了。"

品了会儿茶，大熊写了个条子递给我，我看了吓一跳，"Will you marry me？（你愿意嫁给我吗）"

"Why do you ask me this question suddenly？（你为什么突然问我这个问题）"我被他的突然袭击搞懵了，一时不知道说什么，只好写条子反问。

他赶忙道歉，解释道："从来没有人对我这么好……我爱你，你正是我要找的女人。"

"这算是求婚吗？"我心里嘀咕，西方人求婚应当是单腿跪地，展示一枚钻戒……

怎么什么形式都没有就说出来了？不过要真那样，就太尴尬了。毕竟刚见面，还是在公共场所。

望着他热泪盈眶的蓝眼睛，我稀里糊涂地点头答 OK，估计他搞不清我在表达什么，是答复他的请求，还是理解他的解释？其实我也不知道。

第一天的日程顺利结束，我对自己的表现相当满意。最欣慰的是，我说的英语这个美国人基本上能懂——虽然我听不懂他的英语。

他给我的感觉是：真诚、幽默、聪明、简单。完全不同于我认识的那些五六十岁的中国老男人，老奸巨猾的，干什么都像在做生意。

周五下午，早早从郊区的寄宿学校回家，我约了方圆和她老公一起来家里包饺子。

方圆是英语教师，早早英语也还行，估计这顿晚饭可以吃得轻松点了。

早早这年 17 岁，乖巧懂事，一双美丽的凤眼透着聪明，跟当年的我是像一个模子刻出来的。

"也带捎着帮我找点儿父爱。"她很看好我跟这个老外的缘分，沾光去美国的想法应该是主要原因。

今天是他俩第一次见面，希望他们相处融洽。

下午，在跟大熊回家的路上，我用手机把晚饭安排妥当：方圆两口子准备饺子馅面，早早到对面的餐馆买几个凉菜。

我们到家后，晚餐已经准备就绪，方圆在揉面，她老公从厨房端出饺子馅，四个凉菜已摆在饭桌上：卤水拼盘、川北凉粉、拍黄瓜和橙汁莲藕。

寒暄介绍之后，大家在客厅里围着饭桌包饺子。

方圆擀剂子，我和大刚包饺子，大熊在一旁好奇地观望，早早在一旁悄悄拍照。

方圆告诉大熊，饺子馅是把白菜、韭菜和猪肉剁碎加上各种调料做的，饺子包好煮熟后，吃的时候沾上酱油、醋、蒜、香油做的调料汁。

看着大熊垂涎欲滴的样子，我告诉他，中国人在过农历春节的时候，家人才在一起包饺子，今天是为了欢迎他才包的。

"谢谢！我太荣幸了，"他要求道，"我可以体验一下吗？"

我笑道："好吧，让早早跟你做伴。你俩比比谁包的更难看。"

可能是我的英语太差，他直打岔："当然是我难看，早早是多么美丽的女孩儿呀。"方圆忙解释我的意思，他大笑说："比饺子难看？那我争取当亚军吧。"

饺子出锅后，不用分辨就知道，又扁又皱巴的和露馅儿的肯定是大熊和早早的作品。至于他俩包的怎么区分，他们自己也看不出来。

大熊很负责任地说："我保证把我包的全吃光。"

早早赖唧唧地说："我包的送老妈啦！"

大熊费力地用筷子夹起一个饺子放进蘸汁里，然后干脆放下筷子，用叉子戳起饺子放进嘴里。"号赤（好吃）！"他伸出大拇指，用怪腔怪调的中国话赞道。

"又是混合的美味，这两天我吃的中国菜，都是这种无法描述的感觉，为什么中国菜的味道这么复杂？"大熊望着饺子若有所思地问，方圆把他的话翻译给大家。

我说："中国菜是文化嘛！文化当然就复杂啦。不同的食物和调料混合加热后会产生不同的味道,这是一种奇妙的化学变化。我们的祖先花了很多工夫去研究这些味道,所以中国就有了多种风味的特色菜。"

他肃然起敬:"了不起!这是中国人对人类化学的重要贡献。"

晚饭后,方圆夫妇告辞。

女儿跟老外接着聊,我基本上听不懂,但知道他们在说北京哪儿好玩儿,还有美国的大学什么的。

我递过茶去,指了指果盘。

"老妈,我在帮你侦察哪,"早早一脸的鬼灵精,"看他是不是好男人。"

"搞什么?"这小屁孩儿,懂得什么叫好男人!

"我跟他说我前男友的毛病,我问他这是不是男人的通病,他年轻的时候,有没有这样伤害过女孩子。"早早的问题咄咄逼人。

早早的前男友在跟她交往期间,跟别的女孩儿玩暧昧,早早为此跟他分手了。这会儿她是在刺探大熊的品行。

我瞥了一眼大熊,这么尖锐的问题,会不会让他尴尬?他果然有点窘,沉思了一会儿,语气凝重地跟早早谈起来。

"他说美国的年轻人结婚前,交异性朋友比较随便,一旦结婚就非常负责任了。他说他年轻的时候,有一段也是这样。曾经有个女孩儿很爱他,但他不在意,让那个女孩儿很伤心。"早早撇撇嘴:"男人都这个德行!不过……他说他结婚以后对家庭很专情,但妻子对他不忠,所以他们离婚了。"

"他说他对你很认真,希望你能成为他的妻子,他会好好爱你，也会对我们这个家负责任。"早早冲我挤挤眼。

"我刚才问他，你跟我妈交往的时间不长，为什么确定要跟她结婚。他说经历过失败的婚姻之后，他思考了好几年，现在很清楚自己需要什么。他说你就是他一直在寻找的女人。"早早边侦察边报告她获取的情报。

我理解大熊的意思，好比一个人走错路了，当他弄清从哪儿错了，下回再走这条道他就不会错了。大熊显然把我同他梦想中的女人对号入座了，而我还没来得及细想，他是不是我要找的男人。说实在的，从这个美国人来北京的那一刻起，我的精力就集中在怎么跟他讲英语，怎么完成每天的日程上，差点儿忘了他是来跟我相亲的。

我需要另外的时间来梳理一切。

星期六一早，我和早早带大熊到玉渊潭公园参观晨练。

初夏的玉渊潭，满眼是醉人的绿：绿草、绿树、绿的湖。

在草坪、树林与湖泊之间，有一片平坦的空地。

空地上，生龙活虎的一幕展现在眼前：

一对对中老年男女，伴着录音机传出的音乐欢快起舞，无论舞姿优美的还是动作笨拙的，看上去统统开心自信；练健美操的，矫健柔美舒展大方；舞剑的打太极拳的，一招一式魅力无穷；拉京胡唱戏的，一板一眼有模有样；还有练歌的、打网球的、遛鸟的、扭秧歌的……整个晨练场面，构成了一幅激动人心的健身图。

大熊看呆了，好奇地问："今天是什么节日？他们在这儿庆祝什么？"

"他们在健身。这里每天都这样，周末人多一些。"我说。

"是政府组织的吗？"他问。

"不是，"我摇头，"政府不管这些事。"

"那是商业活动？"

"也不是，"我说，"是市民自己来的，他们想要锻炼身体，就自发地到这来了。"

"太神奇了！"大熊说，"美国人锻炼身体，要么到体育馆练器械，要么在街上跑步。他们绝对想不起来用集体狂欢的方式来健身。"

有早早在一旁解说，今天我压根儿用不着写条子查字典，便连说带比画中英文并用，跟大熊侃起中国普通人的生活来。

我告诉他，这是中国城市居民创造的健身方式：去体育馆健身又花钱又枯燥；在大街上跑步太挤，空气也不好；中国人本来就喜欢扎堆儿活动，早晨空气新鲜，大家在公园里伴着音乐唱歌跳舞，健康快乐友谊兼而有之，自然大受欢迎。不知道最初是谁发明的，反正现在这类活动在中国的城市很流行。普通的中国人虽然生活条件一般，但他们想方设法让自己活得健康快乐。

"我太感动了。"大熊说他从来没想到人们可以这样生活，还说希望将来我们每天早上到这儿来，跳舞打球打太极，那我们一定可以活到 100 岁。

从玉渊潭出来，我们参观了军事博物馆和后海的老胡同。一路之上，早早叽叽喳喳说个不停，大熊不时开怀大笑。

看到他俩相处这么融洽，我特别欣慰。女儿是我心中很重的筹码，她不喜欢的人我恐怕很难接受。

周日下午，我帮早早收拾回学校的东西，她认真地说："老妈，这老外人不错，跟你也挺般配的，我觉得靠谱儿。"

"那我就勇往直前啦。不过——"我调侃她，"你是为了去美国上大学，才急着让老妈跟这老外走吧？"

"哎呀，我这不是盼着你有个归宿吗？"她装模作样道，"你有着落了，我也就放心啦。"

"行了，托福成绩考高点儿，到美国上个好大学，也不枉我这么老远折腾一趟。"我趁机提要求。

"那当然。"

一个星期转眼就过去了。

回美国的前一天，大熊来到我家，说有重要的事情要和我一起完成。

我正琢磨他要说什么，忽见他单腿跪地，亮出一枚戒指："你愿意嫁给我吗？"

虽然这个镜头在我的想象中出现过不止一次，可我还是吓了一跳。

"Yes……Yes"我别无选择。

他为我戴上戒指……

"希望你和早早跟我到美国生活，我会对你们负责任。如果你想念中国，等我退休了，早早大学毕业了，我们可以回北京定居。"他说他会把早早当作亲生女儿，做一个父亲该做的事情。

我找到了渴望多年的安全感。

大熊打开皮夹子，掏出一大摞表格说："这是美国移民局未婚妻签证的申请表格，现在我们需要一起做这件事。"

表格要填写我们三个人的信息，包括年龄、收入、财产、家庭成员、工作经历、教育背景、有无犯罪记录等，十分烦琐。我们花了一个下午完成了所有的填写。

在首都机场，大熊的眼睛湿润了："我的生活已经无法没有你。"

我真切地感觉到，这个男人内心的孤独和对亲情的渴望——这是他对我如此依恋的理由。

望着他离去的背影，一种柔软的感觉油然而生：这是一个可以相依为命的男人，我要好好照顾他，给他家的安全，家的温暖。

大熊回国后发给我这样一封 Email：

自从我们在网上相识，你的坎坷经历，不屈从于命运的奋斗精神，以及伟大的母爱就深深打动了我。在北京的相聚，我发现了你更为可贵的品质：你的善良周到令我非常感动，你的善解人意则使我惊讶不已——你甚至比我更了解我自己。你是一个懂得爱、需要爱并甘愿为此付出的女人。我相信，所有的男人都渴望找到这样的妻子，而我是他们当中最幸运的。

你的智慧给我的生活带来极大乐趣：你把中国文化诠释得耐人寻味，你让我了解了那么多我闻所未闻的东西。你向我打开了这个世界另一扇精彩的门，让我知道生活原来如此丰富有趣。我相信，你不仅会是一个好妻子，而且是我的知音、挚友和不离不弃的伴侣。我愿以男人的名义发誓，用我的全部去爱你，照顾你，决不让你再吃苦受累。因为你是唯一值得我这样做的人，我确信，自己找到了世界上最美丽最优秀的女人。愿上帝保佑我们尽快团聚。

剔除美国人表述方式中的夸张溢美，我读懂了他看中我的两个理由：善良和智慧。

之前我一直有个疑问：这个美国人为什么对我这个没钱没色还有孩子的女人如此衷情？换句话，为什么中国男人再婚要考虑的条件，他却完全不在乎？

他的信帮我理清了这样一种交换法则：他相信我的体贴和智慧，可以温暖他冰冷的生活，丰富他枯燥的时光。我指望他的呵护和关爱，能驱走我内心的孤寂，减轻我奔波的疲惫。

我们的交换单纯而明确，它更多地来自精神，物质条件自然可以忽略不计。在这样的交换中，我相信我们得到的，不会输给任何具备青春和财富的人。

方圆说："你还挺幸运，这简直是天上掉馅饼！"

其实，真有来路不明的馅饼砸到头上，宁可饿几顿我也不敢接——谁知道会不会吃死人。我相信任何看似幸运的事，都有它内在的合理性，大熊给出了合理的解释，我可以安心享用"馅饼"了。

回信中我写道：

谢谢你的爱和理解。在未来的婚姻中，我会全心全意地关心你，并为我们的家庭付出全部，也相信你会做同样的事情。作为历尽沧桑的中年人，我们的感情或许不像年轻人那么热烈，却更加持久和深沉。因为我们了解生活，懂得彼此的希望，知道责任和义务。我们共同的目标，是携手走完余生，为此我们将彼此关爱，相互支撑。

　　未来的婚姻也许会面临一些困难：文化的冲突、语言的障碍、性格的磨合、家庭关系的处理等等，但只要我们坚守今天的共识，一切难题都会迎刃而解。让我们约定，无论何时遇到分歧，都要坦诚交流、相互理解、彼此包容。我们的心将在理解和包容中更加靠近。

　　这些信件既是对前一阶段交往的总结，也是对未来婚姻的寄予，为我们后来的婚姻生活奠定了基础。

　　等待的日子漫长而煎熬。我天天盼着从美国移民局寄来的邮件，以至于一听见楼道有响动，就冲出去看是不是我的。

第 5 章
签 证

两个多月过去了，等待的邮件杳无音信。

大熊安慰我说，按照程序，美国移民局应当在调查他的收入财产和纳税情况，为的是确保我和女儿移民美国后的生活。调查还包括他有无犯罪记录、虐待倾向等劣迹，以保证我们母女的人身安全。

美国政府的考虑确实周到，但不知要等到何时。

我在 Google 上查找申请未婚妻签证的信息，了解了一些对付签证官的技巧和要准备的证明材料：如往来信件、机票票根、旅馆收据、合影、互赠的礼物等等。

我告诉大熊这些情况，他第一反应就是"再来一趟中国"，他说我们再拍一些合影，多攒一些票根收据之类的物证，这样签证就多一些把握。

其实我俩心照不宣：这不过是找个借口相聚，以缓解等待的焦虑罢了。

10月份大熊再次来到中国。我们去了上海、厦门和云南。这次旅行让他大跌眼镜：中国不仅地大物博，而且南北各地的语言文化、饮食习俗差异之大，竟好像不是在同一个国家。他对此产生了无限的好奇和兴趣，一路之上大惊小怪，稀奇古怪的问题接连不断。我只好不停地查字典、翻手册、编答案，还要想象一下从美国人的角度怎么理解，最后把资料加常识加杜撰混合而成的结果，译成英语解释给他。

虽然累得我身心疲惫，却也加深了我们对彼此性格、爱好、思维方式的了解。如果说他第一次来中国，我们的交往还限于平面层次的话，这次旅行则使我们的互知进入立体层面。至少，我懂得在未来的婚姻中怎么更好地和他相处了。

秋去春来，下一年的3月底，盼望已久的移民局通知终于来了。4月18日这天，我要携女儿去广州美国领事馆面签。

正赶上一年一度的广交会，广州的旅馆爆满。好不容易订到一家小旅馆，房间连窗户都没有，灯还是坏的。本来就忐忑不安的我更加心烦意乱，莫名其妙地跟旅馆老板吵了一架。

大熊在网上安慰我，万一美国不给签证，他就到中国跟我结婚，我们也可以在北京生活。反正无论如何都不再分开。

一夜无眠，睁着眼睛熬到早晨6点。

简单梳洗后，我和早早打车到了领事馆，门口的广场上已经站满了人。7点钟开始排号，人群排成长龙依次进入签证大厅，坐下等待叫号。

来这儿的都是办移民的，所谓的"移民倾向"，在这儿不是拒签的理由而是申请的前提，签证官的任务只是考察移民的理由是否真实。听网友说，面签的时候告诉签证官自己英语不好，可以只讲中文。也有网友说,要是碰上不会说中文的签证官,也只能说英语。

我密切关注每个窗口,发现签证官都能讲流利的中文,而且所有的面签都用中文进行。我心里的一块儿石头落了地。

时间一小时一小时过去了。一起进来的办完离开了,后面进来的也大多签完走了,还没轮到我们。12点过了,我正嘀咕是不是把我们的号弄丢了?忽听广播叫号要我们到3号窗口。

忙不迭赶过去,窗内一位五六十岁的老签证官语速很快地说了一串英语,我没听懂一个字。

我结结巴巴地用英语问:"我可以说中文吗?"

他摇头说NO。

早早告诉我,签证官说因为你的申请人填写的表格显示,他只懂英语,所以你必须用英语谈。

我的头嗡的一下,这不坑死我了!这头傻熊,干吗不填也懂中文?

此刻我又像初见大熊时一样,耳朵对英语没反应,完全不知签证官在说什么。

我意识到情况严重了:要是我不能讲英语,他肯定想,这两个人一个不懂中文,一个不懂英语,怎么可能谈恋爱呢?由此他会怀疑我和大熊恋爱关系的真实性而拒签。

没有选择,只能豁出去了。

"对不起,先生,我的英语说得不太好,听力更糟,但我的英语读写很好,我和Bill平时通过Email交流,以后我们在一起生活了,听和说自然会越来越好。今天我很紧张,我担心因为听力不好,对你的提问有误解,万一答错了你就不给我签证了。"我竭尽全力,磕磕绊绊地用英语向签证官坦诚相告,早早也帮助解释。

"我理解，"签证官通情达理地点头，"可是我不懂中文呀，你的面签又只能由我进行。"

早早机灵地问："我可以帮助吗？"

"当然。你们是同一个签证包。"他存心放我们一马。

"谢谢。这样可以吗？我女儿把你的问题翻译给我，我用英语来回答。"我必须让签证官知道我有英语表达能力。

"很好。"

总算峰回路转。

"你们在哪儿认识的？"早早把第一个问题翻译给我。

"在互联网。"我告诉签证官，"我们在网站相识后一见钟情，然后通过 EMAIL 和视频聊天相见恨晚，接着他来中国看我难舍难分，现在盼着在美国团聚简直度日如年……"这些英语句子是我事先背熟的，我发现煽情的话用英语说，一点儿也不显得肉麻。

"人家没问你那么多！"早早直瞪我。

我继续滔滔不绝……

"OK，OK。"签证官并无恶意地打断了我，接着问，"你的未婚夫第一次来中国是什么时间？"

"2006 年 5 月 12 日，"我再次拓展他的提问，"他第一次来北京的时候，我们参观故宫、长城、老北京胡同和博物馆，我们去餐馆……"

"老妈！"早早急了，"问你什么答什么！"

这傻丫头哪里懂得老妈的用心。网友说每个人面签的时间，仅限于那几分钟，我用有把握的英语说得越多，签证官出难题的概率越少。况且细节能证明我们的恋爱关系真实——这是我事先琢磨好的策略。

接下来的问题依次是："你未婚夫的工作是什么？" "他的父母是做什么的？" "他有孩子吗？"

真得感谢自己，昨晚趁着失眠，我把有关的英语烂熟于心，尽管那时我还以为面签用中文。

我底气十足地絮叨着："未婚夫在底特律的汽车公司工作，是个工程师。他在大学是学电子工程的，他在海军的时候是船舰工程师。他的父母80多岁，已经退休了。他爸大学没毕业就当了海军，参加过二战，退役后做生意；他妈当过老师，有了孩子就成了家庭主妇。他还有个儿子当警察，三十多了还没结婚……"

"All right."签证官做了个手势让我停下。

"行了，老妈，问完了。"早早忙止住我。

估计他也被我的啰唆折磨得差不多了。我不失时机地递上贴满证据的文件夹：合影照片、信件、旅馆发票、飞机票根等，每份旁边都注有英文说明。条理分明，一目了然。

签证官接过夹子会心地笑了笑，随意翻了两下就还给我。

"Congratulations!"他说。

我不懂什么意思，感觉像是结束语。于是我紧张地盯着签证官的手，直到看见那只长满汗毛的手抓起了红色单子——网友说红单子是通过，我才如释重负。

签证官微笑着起身跟我握手，说两天后来取签证。

道谢后，我筋疲力尽地往外走。

"老妈你刚才显得特傻！"早早不忘损我。

"不傻能拿到签证吗？"我对自己的表现颇为得意。

"是呀，瞧你傻得可爱，人家都不忍心拒签了。"早早没明白，还拿我开心。

"他有那么好心吗？"我情绪大好，教女儿一招，"你想啊，拒签不拒签，取决于签证官认为我和大熊的恋爱关系是真是假。我刚才深情款款、如数家珍地念叨大熊和他们家的事儿，而且一副提起未婚夫就打不住的架势，英语那么烂还没完没了。他会认为我们的关系是假的吗？"

"哦，"早早悟出点味儿了，"他看你一提未婚夫就激动，就不怀疑了。"

"还有，"我道破另一玄机，"要是遇上个问一句，答十句的主儿，你会怎么样？"

"赶紧打发他走呗。"

"所以他就打发我走啦。"

"老妈真狡猾！"

"他要觉得我狡猾就糟啦！他得认为我是恋爱中人，特纯特痴才行。"

"哎？你刚才不是紧张吗，怎么还顾得上算计这些？"

"签证官那么友善，我就不紧张了呗。我一放松，记者的功力就出来啦——根本用不着算计，审讯和被审讯的关系就变成观众和演员的关系啦。"

回到宾馆，我立即上网把好消息传给了大熊，并当即收到他的回音："现在，我成了世界上最幸福的男人。"

至此，我走投无路时的异想天开——嫁到美国去，算是有了现实的可能性。

接下来要面对的，是远嫁他乡带来的变化。这变化将涉及我的事业和家人，意味着我不得不告别熟悉的一切。

我知道，这并不轻松。

第6章
善 后

回到办公室，我像往常一样打开电脑编稿。

忽然一种强烈的失落感袭来，我心中隐隐作痛。

此时我意识到，伴随我多年的采访、写作、编辑、策划、晋升——以往生命中所有这些重要内容将不复存在。新闻生涯带给我的快乐与欣慰、成功与光环、痛苦与烦恼、艰辛与尴尬等等，精神和物质的诸般好处及坏处，将统统离我而去。

我很清楚，此去美国对于我，不过是利弊参半的等值交换。我不得不牺牲为之付出半生心血的事业和社会圈子，来换取感情的归宿和女儿的前程。虽然懂得鱼与熊掌不可兼得，却不料这抉择来得如此悲壮，我只好痛并期待着，保住的鱼或熊掌物有所值。

思前想后，我决定设法退休。我可以放弃事业，却不能失去安全。

退休金和公费医疗是我留给自己的后路，有了后路，万一婚姻失败，我和女儿也不至于没着没落。

我到单位人事部门查询了有关病退的文件，在一处条款上找到了自己申请退休的依据：工龄满 30 年，年龄满 50 岁，有慢性疾病的职工可以申请病退。

我有胃病和失眠症多年，这当然是慢性疾病，于是我顺利拿到了北大医院的疾病诊断书，病情为：难治性抑郁失眠症。

我很快写好病退申请报告交给部领导。

不出我所料，编辑部一片哗然。

报社正处在一个微妙的特殊时期，因为近年的整改让大家拿钱少了、干活难了、人际关系紧张了，所以单位上下怨声载道，不时有人另谋高就。每一次欢送会，总是引得大家心猿意马、感慨万千。

正常调动不管去哪儿都是人往高处走，而我的退休报告却反其道而行之，居然要回家歇菜。这自然引得同事们大惑不解、议论纷纷——毕竟这是一份令人羡慕的工作，我占据的又是大家眼热的职位。

分管采编室的编辑部副主任林涛叫我去他办公室一趟。我知道肯定是谈退休的事。

"退休报告怎么回事？跟谁赌气呢？工作有什么问题想办法解决嘛，干吗非要走这一步呢？我告诉你，退休，从我这儿就通不过。"林涛俨然在批评一个闹情绪的孩子。

这下麻烦了，没想到领导会以为我在闹情绪。我在报告里言辞切切地陈述了自己病情的严重和痛苦，以及退休对我的身体和工作的好处。看来我的退休理由令人生疑，而且现在人的思维方式，习惯于忽略说法直猜隐情了。只是他不知我的底细，自然猜不准了。

"领导误会了，我真是因为长期失眠太痛苦了，最严重的时候，连续一个月睡不着，你想那是什么滋味？现在整天考核，工作压力这么大，我睡不着觉还得写稿、编稿、出差，你看我都瘦成什么样了，再这么下去非得癌症不可。"我愁眉苦脸地诉说，信不信是他的事。

"那你想过没有，退休以后天天憋在家里，你的忧郁症不更得加重？要不这样，我帮你争取一下，病休半年怎么样？这可完全是为你着想，毕竟我们是多年的老朋友了。"林涛恳切地说。

我心里着实感动。林涛为人仗义，他当记者的时候我们就经常合作，他当了领导我也很配合他的工作。我知道报社不缺我这样的老家伙，等着提拔的年轻人早就望眼欲穿地盯着我的职位了。我相信他是为我好，但我别无选择，也不能告诉他真正的原因。

"谢谢，领导的好意我心领了。可我真的不想干了，退休以后的生活也打算好了，我的要求符合规定，就让我去吧。"

"这样吧，先别忙着决定，回去再好好想想，说不定过两天想法又变了呢，"不愧为领导，说话周全而有分寸，"等你深思熟虑以后，真的拿定了主意，咱们再谈好吗？"

林涛的好意让我既感激又为难。我希望他只是做一下挽留的姿态，不是真的打算留住我。因为按照规定，虽然我"可以申请退休"，但领导也可以不批准。现在我只能给领导面子，假装回去好好考虑。

第二天一上班，编辑室主任、顶头上司老于就来找我。我想应该是林涛派他来做我工作的。

老于开门见山："你申请退休真是因为身体情况，没别的原因吗？"

"是呀，还能有什么呢？"我把跟林涛说过的理由，添油加醋地重复了一遍。

"咱俩不是外人，我就跟你说句大实话吧，"老于压低了声音语重心长地说，"身体比什么都重要，你看咱们现在一天到晚累死累活的，还动不动就罚钱，干得有什么意思啊，说实在的我都想退。你听说经济室小刘了吗？小伙子干活儿不要命啊，这个奖那个奖还真没少得，上礼拜五骑着自行车去采访，路上突然心口憋闷透不过气来，上医院想采取点儿措施再接着干，当时就被留下做手术了，大夫说再晚一会儿就没命了，这都是累的呀。你看看咱们这儿，这几年多少得癌的？所以呀，身体第一，我觉得你的想法特别明智……"

原来，老于是代表他自己来支持我的。

他的话入情入理，跟我的利益也一致，可我心里却不大舒服。我明白他盼我赶快走人腾地儿，给谁腾我心里有数。但转念一想也没什么不对，老于比我年轻好几岁，自然不愿意身边有这么个业务强资格老，不好指挥的副手。现在好不容易我自己要走，使把劲儿推推，没准儿我就真走了，他当然不会放过这个机会。

"谢谢，谢谢理解，"我装出找到知音的样子，"可领导不理解，昨天林涛找我谈话，他以为我是闹情绪呢。我身体都这样了，哪还顾得上为工作闹情绪呢？还是你了解我，帮我跟领导说说吧。"

"咳，领导总得挽留一下嘛。这是你自己的事，你非要退谁也拦不住。哎……"他像是想到了什么，"你不是最近失眠挺厉害吗？我看……你干脆在家歇着吧。好好休息，这边有什么我帮你支应。"

我很快反应过来：我在家休息，然后他找领导诉苦，说室里怎么忙，我有病上不了班，我那摊活儿堆在那儿没人干，没准儿他还说我身体一直不好，经常三天打鱼两天晒网……他想让我上不了班成为既成事实，再从工作的角度给部里施压。我知道这是成全我，却对他感激不起来。

我请假在家，每天有人来电关心。问候之后，便打听我申请退休的真相。

我拿出祥林嫂的劲头，耐心细致地逐个诉苦，同事们想不出别的原因，只好相信我是身体不好，加意气用事。

一周后，我得到消息，我的申请已经部门领导同意，并送往报社人事部门审批了。

我大大松了口气，人事部门应该没问题，我的申请中规中矩无可置疑。

接下来要做的是向父母汇报。

我曾经跟母亲提过找老外的想法，大概觉得这是天方夜谭，她并没往心里去。现在见我真要带孩子走，老娘方知此事属实，便忧虑起来。

"你还真要带着早早去美国？还把工作也辞了？我说你挺大个人，做事怎么这么冒失呀！"她在电话里气急败坏地数落我。

我说别急，正要过去跟您和我爸谈这事儿呢。

"千万别过来，你爸正为这事儿生气呢，血压都上去了。你们爷儿俩都那么倔，回头吵起来他心脏病再犯了。咱俩就电话上说吧，这会儿他不在家。"

"好吧，"我说，"那您告诉我都担心什么，我一件一件地跟您解释。"

"那个美国人你才认识几天呀，就跟人家跑，还带着孩子，要是让人骗了怎么办？你人生地不熟的，连英语都不会说，到时候困在那儿怎么办呀？再说了，你这边工作没了，要是在国外混不下去，怎么生活呀？还有……"母亲忧心忡忡地列举她的疑虑。

还好，这些担忧合情合理。只要不认为嫁给老外就等于嫁给大猩猩，我就有解释的余地。

我说："放心吧，我不会受骗。美国政府在批准我们移民之前，把大熊的情况查个底儿掉，看他是不是有稳定的工作？有没有能力养活我们？他犯过法没有？虐待过老婆孩子没有？人家是怕万一我们到那儿出问题，给美国政府添麻烦。您看人家政府都出面管了，肯定安全。再说我有什么好骗的？我又老又没钱。"

"你非要去我也拦不住，要不你自个儿先去看看，觉得那边可靠，再回来接早早。"母亲更加放心不下她外孙女。

"早早得到美国上大学呀。谁家不是千方百计地送孩子出国留学，好不容易有这么个机会，您还拦着，这不是耽误她吗？"我赶紧拿女儿的学业说事儿。

"唉！"她叹了口气，大概不知说什么好了。

"另外我不是辞职是退休，退休金公费医疗都有。万一婚姻不如意，我先忍两年，等早早拿到绿卡我再回来。反正再不好也没损失什么，还成全了孩子，这多合适呀，您就别担心啦。"

"该说的我都说了，你自己看着办吧。"母亲貌似被我说服了。

母亲告诉我，父亲最近心脏不好，对我的行为很气愤。千万别惹他，先躲着点儿以后再说。

我不知道该怎么应对父亲。他老人家不爱说话挺倔的，有点儿像电视剧里的石光荣。从小到大，我们从来没谈过心，我不懂他，他也不懂我。在我的心目中，父亲更像是一幅挂在墙上的标准像，我们之间永远都存在距离。我有点儿纳闷，孩子要远行，一般的父母更多的是担心和离愁别绪，可为什么父亲却如此震怒？

难道是恨我投靠资本主义或者崇洋媚外，打算对我进行严肃的共产主义理想或爱国主义教育？那我还真不知何言以对，不是不会反击，而是怕击得兴起，伤到老爷子的尊严，他心脏病发作我可担待不起。

刚放下母亲的电话，妹妹君就打来电话，说父亲嫌我没找他汇报特恼火。她说这事儿躲不是办法，走之前总得跟父母道别吧？还是考虑怎么跟他谈一次。

看来这场交锋是逃不掉了。

"听说你要到美国去结婚，怎么回事？"是父亲打来的。

"爸，我找了个男朋友是美国人，我们打算结婚。还没来得及告诉您。"我还没想好对策，只好强作镇定。

"中国十几亿人，为什么要跟美国人结婚？"听得出他强压怒火。

我告诉父亲，跟大熊结婚不是因为他是美国人，而是因为我们彼此中意，最主要的是他能接受早早，中国男人很难接受别人的孩子。

"你认识他才多长时间呀？人家说什么你就信什么，上当受骗怎么办？我在报纸上看到越南妇女被人骗到非洲，受虐待回不来……"父亲开始详述越南妇女受骗的故事。

爹妈怎么都这么抬举我？我一无财二无色，弱不禁风的也干不了重活儿，估计找上门去人贩子都不收，人家骗我有意吗。不过我欣慰的是，父亲这次是担心我的安全，而不是为他的革命道理，我第一次觉得他像位慈父。于是心中涌起几分歉疚：我该早点儿跟他解释清楚，还让他为我着急。

"爸，您就放心吧，美国政府已经对大熊的情况做了调查……"

"美国政府是什么东西！从前打朝鲜现在打伊拉克，到处横行霸道，干过一点儿好事没有？！"父亲一提美国政府气就不打一处来。

我无话可说。

"你一意孤行，后果自负。但是有件事你必须严肃对待，"父亲转入正题，"你的党籍问题怎么办？要跟组织交代清楚。"

我忙说不用跟谁交代，出国没地方缴党费，就算自动脱党了。

"砰！"电话那头一声拍击，"这是负责任的态度吗？你必须写出书面材料，跟组织说清楚。另外，查查美国共产党还在不在？能不能通过这边的党组织，跟他们取得联系。"

找美国共产党接头？这老爷子……我真服了。

我无可奈何地说："爸，我不是15岁，我都50岁了。婚姻也好，党籍也好，让我自己处理好吧？"

父亲更来气了："你处理？我这个60年党龄的老党员，

一生对党忠心耿耿，最后自己的女儿嫁给了美帝国主义，我的党性立场还要不要……"

我终于明白了他老人家的愤怒从何而来，是我这个大逆不道的女儿，毁了他一世英名，害得他晚节不保。顿时，刚刚给我点儿亲情的慈父不见了，板着脸的画像又回来了。

凭什么让我牺牲自己的幸福和女儿的前程，去成全你的"党性"！我的歉疚荡然无存，一股怨气从心里往外冒，我跟他辩论起来："说到党性，我得跟您澄清一下。共产党是讲阶级的，大熊是给资本家打工的普通劳动者，属于工人阶级，共产党员不能跟工人阶级结婚吗？而且，《共产党宣言》号召全世界无产者联合起来，无产阶级只有解放全人类才能最后解放自己。您连国门都不让出，怎么联合，怎么解放？另外，美国打朝鲜打伊拉克又不是大熊的主意，凭什么把账记在他头上……"

"我没有你这个女儿！"只听那头一声怒吼，电话挂断了。

我的心变得冰凉。

想起以往暗无天日的婚姻，想起再婚之路的艰难，现在好不容易看到一丝曙光，不想又碍着别人的"党性"！我知道，我跟父亲永远讲不明白，只求他不要干涉我的生活。

接连几天，我心里七上八下，耳边总是响着父亲愤怒的声音，想到他年迈苍苍还被我气成这样，我的心就一阵绞痛。可是，这件事没有让步的余地，跟大熊的婚姻是我深思熟虑的结果，不可能因为父亲的观念而改变。

第7章
婚 礼

　　大熊来北京接我们去美国。

　　他想在北京办个结婚手续，以便我们的婚姻在中国也受到法律保护。他还想在我父母亲友那儿报个到，让他的女婿身份得以确认。

　　我赞同他在中国领结婚证的想法。有了中国政府颁发的结婚证，他往来两国之间更加便利。同时，我也理解他不便说出的另一层意思：为数不少的外国女人跟美国人结婚只为那张绿卡。她们把婚姻当作去美国的跳板，不管对方年老年少、有钱没钱，只要肯娶她们，绿卡到手就拜拜。虽然大熊不会把我当成那样的女人，但我们相识以来，我从未让他见过我的父母家人，也没让他以未婚夫的身份出现在我的朋友圈，这不能不让他的心中有所忌惮。所以，多一道结婚手续也就多一层法律保护，这也是合情合理的要求。

　　在北京领结婚证不成问题，但他要见我的家人亲友，却着实让我为难了。

原因一，以父亲的党性原则，他不会接见这个"帝国主义女婿"，也不许其他家庭成员会见这个美国佬儿。原因二，我的病退申请尚未批准，此时将大熊拿出示人，嫁老外出国的消息必被广而告之，只怕节外生枝病退不成。原因三，我这把年纪染指涉外婚姻已属新闻，万一到美国婚姻生变更成笑柄，所以板上钉钉之前最好保密。

基于上述原因，不仅领结婚证之后的婚宴不能举行，就连大熊这次来北京，也只好仍住宾馆。

可这一切怎么跟他解释呢？

一番努力后，原因一大熊表示遗憾但理解。原因二，任凭我费尽口舌，他还是明白不了，把他介绍给我的朋友，跟我的退休批不批准有什么关系。原因三被我藏下未提，免得他以为我对婚姻怀有二心。

这就是文化的差异，以美国人所处的社会环境和思维方式，恐怕很难理解，人与人之间的微妙感觉，有时候是事情成败的关键。

我说，有些事现在你理解不了，但我确有难处。请你相信我，在中国一切听我的，我会安排特殊的方式庆祝我们的婚姻。我承诺，下次回中国的时候，一定把你隆重推出。

他说："好吧，我相信你。"

我知道，他对于自己被藏匿感到委屈，但我无能为力，也只能以后再弥补了。

用什么方式庆祝我们的婚姻呢？

找到真心相爱的意中人，本该隆重地欢庆一番。这对我却是不可能办到的事。因为不管做什么，都得有人出席，可我既没有父母家人的认可，也不能告知亲朋好友，结个婚还得像做地下工作似的秘密进行。非要办婚礼，除非找个没人的地方，雇一帮人来当宾客。

大概我命里就没有婚礼这项内容。第一次婚姻，因为我们两地分居，跟双方父母又不在一个地方，草草领个证儿就算完婚。其实我并不是看重形式的人，婚礼动静特别大，转眼就打散了的夫妻比比皆是。两个人真心相爱比什么都强。那些没用的形式，对我是一种精神负担。

只是我担心大熊不好受。他把这段婚姻看得很神圣，肯定希望用特别的方式来纪念我们的结合。可在中国，我们面临的是这么一种境况。在美国，他的父母家人分住在不同的州，相距甚远，大家聚到一起需要有假期，而我的未婚妻签证对完婚期限有明确规定……

最终我想到了两个特别的方式：拍一套婚纱照和三个人的全家福，作为永久保存的纪念。去趟仙境般的九寨沟，来一场两个人的旅行婚礼。

大熊对我的建议高调赞同。

8月中旬的一天，崇文门大街一家高档影楼，我们一家三口合力演绎一本婚庆相册：我和大熊婚纱礼服登场，早早青春时尚亮相，然后是全家福大秀温馨。

被化妆师狠敲了一笔之后，我和早早变得光彩照人。

镜中那个秀丽高雅的少妇，发髻乌黑，白皙的脸上一双凤眼含情脉脉，洁白的婚纱裹着苗条高挑的身段，那是我吗？我欣喜而得意。不知化妆师用了什么魔法，竟使我原本松弛晦暗的皮肤变得光滑透明，像是回到了 30 年前，又找回少女时代公主般的感觉。

早早穿一件淡蓝色吊带长裙，披肩长发上随意别着支蓝色发卡，标致的瓜子脸上，细长的眼睛美丽动人，微翘的小嘴棱角分明，好一个古典美少女。

西装革履的大熊风度翩翩地出现在摄影室，一见我俩的妆容惊喜万分："Wow! 简直不敢相信，我有这么美丽的妻子和女儿！"

被摄影师摆布着做各种造型的时候，我拿出了异乎寻常的耐心。我知道这瞬间的定格，并非为了装扮出来的美丽，而是记录我们传奇的姻缘、阖家团圆的融融暖意。多少年以后，当我们翻阅这本相册的时候，会无限深情地回忆起今天的浪漫和幸福。

我带大熊来到九寨沟。

九寨沟怀揣大小一百多个形似水盆、水碗、水渠的池、塘、湖、泊、瀑布，因沟内有九个藏族寨子而得名。

传说这里的山神和仙女恋爱，仙女不慎将山神送她的定情镜子打碎，落在山坡上摔成了一百一十八片水洼，藏民称海子。这些多情的海子或静卧或流淌，日日夜夜守候着她们的山神，形成了九寨沟的奇妙景观。

之前浏览过太多的九寨沟图片，乍一走进这画中景，我的感官有点儿麻木。

我们沿着溪水边的小路漫步，脚边的清溪叮咚流淌，我向大熊讲述着九寨沟的神话……

走过一片片海子山溪，我心神荡漾，思绪万千……

湛蓝的海子清澈见底、平如明镜、静若处子、纤尘无染、风雨不改、映鉴青山——这池水得有多么圣洁的心灵，才能在这污秽的世间，清者自清，悠然自处？

湍急的溪流经山峦、森林、灌木和草甸无数次梳理后，一路叮咚，浩浩荡荡，似簌玉、如飞雪，依山而下，好不壮观——这激流须有怎样的气概，才能这样日夜奔流、不知疲倦、永不停息？

在永恒的大自然面前，生命是这样短暂，恰似这转瞬即逝的水滴。就在这短暂的瞬间，人类还上演着五花八门的争斗。残杀、痛苦、离别、疾病、烦恼、悲伤……使得这瞬间更加短暂和不堪。

我告诫自己：人生苦短，婚姻是缘，以往浪费的已经太多，今后的光阴要格外珍惜。

一回头，见他正凝视着海子出神。

"你在想什么？"我问。

"我是双鱼座，大概是命中有水，我从小就向往大海……"大熊望着水面款款地说，"18岁的时候，我不顾父母的反对，义无反顾地奔向大海，在海上度过了一生最宝贵的时光。那是奔腾汹涌的水，它令人激情澎湃，热血沸腾。"

"这么多年过去了，那生命的水始终在我心中荡漾。现在我想过安定的生活，上帝就送来了你——九寨沟的仙女，让我们在这宁静的水边开始姻缘。感谢上帝！我的幸运令人难以置信。"

我说："也替我谢谢你的上帝，他眷顾你的时候，顺便也救了我。"

指着眼前的青山绿水，我说："九寨沟的精妙就在于山水相依。那山，有轻灵的水滋润，所以青翠而巍峨；这水，被耸立的山呵护，才纯净而欢快。山是水的载体，水是山的血液。它们相依相存，天长地久、永不分离。"

大熊说："我是这山，你是这水。"

九寨天堂是一座后现代风格与藏羌特色结合的宾馆建筑，巨大的钢拱玻璃穹顶与灰褐色巨石筑成的大厦散发着原始图腾的气息。天堂的大厅内，美丽的高山花卉争奇斗艳，繁茂的银杏树撑起满园绿意，冰川纪的漂砾石昭示着远古，天鹅和鸳鸯池塘游弋……刻意营造的原生态与玻璃墙外的森林雪山浑然一体。

我们的"洞房"就在这座神圣的天堂内。

房间里豪华而厚重的陈设，竟如婚房一般：砖红的藏式地毯、大红的藏式床罩、暗红的藏式烛台。分明是中国老天爷和西方的上帝，有意将我们带进这亚当夏娃的乐园。

幽幽红烛下，我俩对视不语。

大熊将我揽入怀中，我们忘情地相吻。

靠在他宽阔的怀里，好暖好暖，渐渐地，我感到自己在融化……

原始的眩晕，如仙的飘逸，连同久违的青春，在阔别多年后重返我的灵魂……

初战告捷。离婚两年，我找到了如意郎君，印证了当初的想法——别人找不到的，不等于我就找不到。与此同时圆了女儿的留学梦：她随我移民美国有了绿卡，大学费用降低一半还能贷款。

找到这一举两得的婚姻，不知该感谢命运，还是该佩服自己？

　　但我依然清醒：语言不通，举目无亲，带着孩子到陌生的国度，跟不熟悉的人共同生活，这一切绝不轻松。我要经营好婚姻，要过语言关，要找工作……前路漫漫，不知还有什么样的难题等着我。

　　我并不恐惧，最难的坎儿都迈过去了。

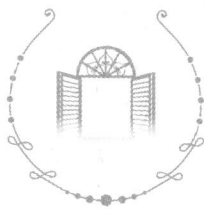

第二部　挑　战

　　走进梦寐以求的新生活，来不及欢庆就为随之而来的挑战所困扰。新的环境带给你希望的同时，要求你具备与之匹配的生存技能。

　　我面临两个选择：做家庭主妇轻松舒适，却放弃了养家的责任和参与社会的乐趣。走进职场一切要从零开始，以我的年龄其难度和压力可想而知。

　　我选择后者。先过英语关，再拼工作执照，我开始了新一轮的艰难跋涉……

第8章

选　择

10月，美国，底特律郊外。

鲜花绿地人工湖，环绕着红白相间的二层小楼。

窗外的苹果树下，野鹅、松鼠和五颜六色的鸟儿们吵吵嚷嚷、蹦蹦跳跳，怡人的环境象征着新生活的开始。

在这个陌生的国度，我把自己和女儿未来的希望，托付给大熊——这个承诺给我们幸福的美国男人，愿上帝和老天爷一起保佑我们。

大熊每天从公司下了班，一吃过晚饭就又在家里上了班：帮早早申请大学，为我们申请绿卡，准备结婚材料……常常要忙到午夜，几天下来人累得瘦了一圈。

两个月过去了，我们完成了在美国的结婚手续，向移民局递交了绿卡申请，帮早早进入她向往的密歇根大学。

尘埃落定，仰望异乡的天空，我的美国路从哪儿开始？

我有两个选择：

一是做全职太太。大熊说他愿意并有能力养活我们,他说很多美国女人一嫁人就辞去工作相夫教子。他的承诺让我倍感温暖,但既然来到机会和挑战无处不在的资本主义社会,我怎么甘心猫在家里当主妇!况且女儿上学花费大,我需要挣钱补贴家用。

二是出去打拼,这意味着我还要走一段很难的路……

我在美国能干什么?

去Google上探查一番,想看看在美国的中国人都干些什么,发现这里的华人大致有这么几个类型:一是父辈或爷爷辈曾祖辈就移民美国的,即华裔美国人,亦称ABC。二是近二三十年到美国留学,毕业后留在这儿安家立业的。三是靠婚嫁、亲属移民、偷渡和非法滞留等渠道来的。

与上述类型相关的生活情形,也大不相同:

在美国硕士博士毕业的,大多当了医生、律师、教授、经理、会计、工程师……工作体面,收入高。

华裔美国人一般住在中国城或者华人扎堆的区域,几代人打下的根基使他们在这个国家生活得游刃有余。他们开餐馆,开超市,开按摩店,多是家族企业:一个人当老板,小姨子大舅子帮忙料理,再雇上几个远亲,小日子过得有滋有味儿。

混得最惨的,恐怕是英语差又没有根基的新移民。不管你在国内是教授还是农民工,只要英语不行,在美国的情形就差不了多少,可能农民工还要比教授强一些——至少人家干得了只卖苦力不说英语的活儿。

我家楼下住着一对儿中国老两口儿,老头儿在中国是东北某汽车制造厂的总工程师,年近七十了还在对面超市搬运货物。

老太太在国内是个副教授，现在给一个中国家庭看孩子。听说他们来美国是奔儿女来了，两人在国内是否有退休金？是否打算随孩子定居美国？不得而知。

听老太太说，这楼上有个在国内跳芭蕾的，这会儿在中国超市当收银员。还有个北京来的国企经理，在附近中餐馆的后厨洗盘子……

我英语差，没专长，要找工作的话，按上述规则只能干刷碗按摩之类的体力活了。

我当然以及肯定不会干这些。硬道理是老公能够并愿意养活我，我不必为了生计，去做伤及虚荣心，有损健康的事。

可我还是要找一份工作——不干苦力只用脑力的。尽管我英语不行，也不知道去哪找这样的好事儿，但我知道，我一旦决定，就肯定能实现。

听上去有点儿矫情，矫情的事儿我干多了。经验是，当你把矫情进行到底，就离成功不远了。

来美国之前，也曾意向性地想象过两种职业：华文媒体和教中文。

干媒体对我是轻车熟路。一打听，美国大一点儿的华文报纸有《世界日报》《星岛日报》……我发现自己忽略了一个重要问题：这些报纸都在离我家甚远的州和城市，就算我真能在那儿找到工作，难不成每天坐飞机去上班？华文报纸薪水微薄，不可能让大熊为了成全我挣点儿小钱，放弃他在底特律养家糊口的工作。

找到两份我家附近的中文报纸，一份叫作"本州新闻"，一份叫作"战斗报"。

找来一看大失所望，"本州新闻"是一份台商办的报，与其说是新闻，不如说是每周一次的广告纸，16个版面一半是华人企业的广告和中国教会的活动信息，按广告上的电话打过去，信息大部分还是过期的。另一半内容是从网上扒的中国大陆、台湾、香港和美国社会半个月前的旧闻。叫它"本州旧闻与过期广告"更为贴切。

"战斗报"似乎不是真正意义上的报纸，通过查访，方知这是逃亡在外的反动组织办的报。这两份报纸且不说内容和质量，就冲它们的背景，受党栽培多年的我，为其效力就有卖身投靠的嫌疑。

看来只剩下教中文可以一试了。

说实在的，我特别不爱当老师，当初上师范院校，实在是别无选择。究其原因是性格使然，我这人生来随性，不喜约束。说话办事常常知其不可为而为之。有人认为我缺心眼儿，我知道自己非但不缺，心里比别人可能还多几个眼儿。我只是任性，有时宁可舍弃利益也要任性到底。我这样的人自然不适合当老师。虽说有过五年的教书史，也没惹过什么大麻烦，但其中的不舒服只有自己知道。

如今到了美国，要想不干苦力也不当全职太太，只剩下当老师可以一试了。出于对家庭的责任，我决定这次不任性了。

在美国，稍有技术含量的工作都要有执照，当老师必须先考教师执照。

去教育局咨询得知，考教师执照并非报名考试就行了，还要先有考试资质。所谓资质，就是在本科毕业的基础上，去美国的大学修20个学分的教育课和30个学分的中文课。完成这

50 个学分，至少得花一年半到两年时间，还有两万多美元的学费。在大学修完 50 个学分，考试合格拿到执照之后，才能向本州教育部门申请教师职位。若有空位，经学校和教育局联合面试合格，方能进入公立中小学校任教。

修学分，考执照，找工作。

我觉得面前耸立着三座高不可攀的大山，凭我现在的英语水平，哪座也爬不上去。

可是，我不想去中国餐馆洗盘子，也不想靠人养活。

绝望中忽然记起自己是师范大学中文系的，我学过的课程不是既有教育又有中文吗？要是把这两门课的学分转到美国，不就可以免修 50 个学分了吗？

再次咨询，印证了我的想法可行。

于是，经过我就读的大学调取学籍档案、教育部认证中心认证翻译、寄至纽约的一家国际教育中心、再转至密歇根州教育局等一系列烦琐的程序，我最终获得了考试资格。

没有太多的兴奋，只觉得自己稀里糊涂被扔在了半山腰。爬上山顶遥不可及，返回山底前功尽弃。

迄今为止，我的英语仅限于在有词典的电脑上给大熊写 Email，以及跟他连说带比画中英兼并的句子。而我要面临的考试，是为美国公立中小学教师岗位设立的，申请人的英语水平起码要相当于美国大学的本科生。这个档次的考试岂能容我用词典蒙事？

看来，没有货真价实的英语水平，想在美国取得教师职位纯属做梦。

忽然有种没有楼梯，不会轻功，却要从楼下跃至楼顶的心虚……

想当年，"文革"结束恢复高考的时候，只在初中班混过几个月的我想上大学，便进了为期三个月的高考补习班拼命——当时也有过类似的心虚。后来居然成功了，虽然上了个不怎么样的师范学院（现已升格为师范大学）。那时的情形不同，成千上万的考生跟我一样，都是没怎么学过中学课程，却拼进了大学。我的妹妹君，连初中班和补习班的门都没进过，凭着自学居然考了全省第二名。在中国，无数我的同龄人已经证明了，腾空而起的奇迹是可以创造的。

当我决定找个老外带女儿出国的时候，面临的又是一段没有楼梯，要上高楼的经历。靠着字典的帮助，我不照样找到了意中人！可见上楼不见得非要踩梯子，有时候一跃而起也能达到目的，当然得铆足了劲儿。

现在的问题是，50岁的我，还有没有气力像当年那样打拼？

在高考班，我们鸡鸣即起，半夜上床，吃的是小米稀饭高粱面，靠的是干农活儿练就的强壮体魄和背水一战的拼命精神。上网找涉外婚姻的时候，困难重重前途渺茫，凭的是摆脱困境的斗志和送女儿留学的决心。

可如今的我，经过这么多年的煎熬拼搏，元气耗损，精力体力早已大不如前。我不知道，要花费多大的气力才能当上老师？更不知道，竭尽全力之后，是否就能如愿以偿？

只想不做，永远不会有结果。不管怎样，既然我打算走出家门闯一闯，眼下该做的，就是赶紧学英语。

第 9 章
教　会

社区大学的英语班，要到明年 1 月才开课。

大熊带我来到离家不远的中国教会英语班报名。英语班是免费的，但学员得参加一些宗教活动，比如每周五晚上的祈祷——中国人喜欢搭配。

教会是台湾人办的，会员是海峡两岸的中国人，包括基督徒和靠近上帝的非基督徒。有点儿奇怪的是，教会不在尖顶教堂，而在一座土黄色的平顶大房子里，内部结构很像会议室和教室，不知上帝是否愿意在这种非典型场所接受祷告。

周五傍晚，以家庭为单位的车辆，源源不断地开进教会门前的停车场。走下车的是清一色中国面孔，家庭构成多为一对夫妇携几个孩子。进得门来，家长们先把孩子们打发到钢琴、舞蹈、图画等学习班，然后进入一个有百十来个座位的厅内聚集。

第一道程序是新来的自报家门，我和大熊简短地自我介绍后，全场对着我俩齐唱"欢迎你呀欢迎你"，我们惶恐地起立接受示好。

接下来几位专职和兼职的牧师、主持之类，或讲话或宣布或总结地忙活了一阵，然后大家盯着屏幕上的中文歌词，齐唱颂歌。

"万能的主啊，你无所不在……"

我不会唱便伺机走神：上帝连中文都懂确实万能……我猜人类、动物、植物想什么说什么，他老人家门儿清……让我有点儿忧虑的是，全世界的生灵们用成千上万种语言一起祷告，上帝还得一一听懂，再做出或护佑或惩罚或不睬的决定，工作量之大，即便他有成百上千个秘书，怕也难以承受。何不施用神力令所有信徒，不分种族地域统一语言呢？这样不仅上帝的工作量减轻了，众生们也省得互学语言了。如若可行我一定做虔诚的基督徒，至少不必为学英语犯愁了……

"Honey！"老公一声招呼打断了我的胡思乱想。

人们按照老中青三个年龄段，进入三个会议室分组讨论，我在中年组。

大熊嘀咕着，这莫名其妙的方式，是否算中国文化？然后耸耸肩告辞，说一会儿来接我。

"周二我女儿半夜高烧咳嗽，我焦急万分……此刻我想到了万能的主，便在心里不停地祈祷：主啊，帮帮我的孩子吧，把她的灾难带走吧。一个小时后奇迹发生了，女儿的烧退了，咳嗽也减轻了。由此我知道，万能的主无时无刻不在关怀着我们，帮助我们……"一位30多岁的中国妈妈，动情地汇报她女儿被"主"解救的经过。

"上个周日我开车去机场接我先生，雪大路滑，拐弯的时候，我的车子失控，猛地撞到了路边的柱子上。千钧一发之际，我想到了主并祈求他的帮助，结果车子撞毁，我和先生却毫发无伤。这样的奇迹得益于我们一家人平日里对主的祷告和衷心。"

……

各位依次汇报，内容都是通过"主"的帮助，逢凶化吉或心想事成的案例。

接受和给予，哪个更近天理人性我不知道，曾经沧海的我只相信，免费的午餐和天上的馅饼，从来不曾光顾于我。

接着我看到了感人的一幕：

主持人David（这儿的中国人大都有英文名字）宣布本周议题：如何帮助小周一家。

身边的艾琳告诉我，小周是这里的教会成员，生完孩子未满一周，她的先生便心脏病突发做了手术。现在产妇和婴儿需要照料，他们的家人从国内赶来需待时日，所以大家想帮他们解决一些眼前的困难。

"我每周二下午休息，可以花两个小时帮她做饭、搞卫生和购物。"一个快言快语的年轻女子自告奋勇。

"我可以煲汤，乌鸡汤、鸭血汤、猪肝汤我都会煲，味道很好的。我每天中午可以去医院给她先生送汤，我的小孩子也可以去送，没有问题的。"另一位眼窝深陷，操广东口音的中年女士也表态。

"这样子有点儿乱，我建议把她家的需求列个单子分分工，大家各尽所能轮班去帮忙，既保证我们一直帮到她的家人赶来美国，每个人又不会太累。"David此时显出了他的组织才能，他是一家美国公司的外贸经理。

......

议题结束后，申报新的互助信息。

"有个事情我讲出来，大家看看怎么办，"经营一家理发店的福建老板娘玛丽说，"最近有个从福建来的女人到我店里剪头发，是一个美国老头儿带着来的。趁那个美国人出去找卫生间，那女人哭着告诉我，她是在深圳打工的时候跟那个老头儿认识的。当时他来中国旅游，说能帮她去美国，给她办绿卡再把她儿子接来团聚。后来她办旅游签证来美国找到老头儿。老头儿却把她囚禁在家给他做饭当老婆，既不让她回国，也不给她办身份，还吓唬说你的签证已经过期，现在是非法居留，警察知道会把你抓进监狱。她不懂英语在这儿谁也不认识，怕进监狱又想儿子。她说求你帮我回中国吧，我想儿子呀。她还给我一个写着家庭住址的纸条，说是偷偷从老头儿的信封上抄的。"

听完玛丽的讲述，房间里沉寂片刻，然后像油锅进水一般叽叽喳喳起来："那女的也太傻了，怎么这么好骗，谁都不认识也不懂英语，就敢来美国！那老头儿也忒坏了，竟然非法囚禁，哎呀，太可怜了……"

七嘴八舌之后，大家决定见义勇为。

意见有二：一种说法是赶快报警，请公益律师帮她申诉，法官会考虑她的实际情况，判处免刑遣送回国，把那个坏老头儿抓进监狱。另一种意见是报警要慎重，毕竟那女的是非法居留，弄不好真把她送进监狱，我们不是帮倒忙吗？还是先咨询一下律师，想个万全之策才好。

最后大家决定，找做移民案子的律师咨询后再议。

互助待遇也惠及动物。一会员全家回国探亲，家里的三只猫两只狗求人看护。主人说猫咪有个性不愿去别家寄居，几位住得近的会员便自告奋勇，每天去他家给猫们开饭和清理大小便，一人管三天轮班制。两只狗则分别被另外两位会员带回家喂养，因为狗们得天天外出，散步如厕看街景。

这天晚上的情景，着实让我感动了一阵子。我明白了为什么一周的辛劳后，人们不在家放松休整，而是举家到此聚集。

教会的凝聚力在这儿并非全是"万能的主"，更在于它的互助平台——身在异国他乡的游子，需要来自本同文化的交流和互助，从精神慰藉到物力支援，乃至技能培训、节假日聚餐——以上帝的名义，于是美国有了中国教会、韩国教会、日本教会、印度教会等不同国名的教会。尽管这些教会都以耶稣基督的名义，但肯定掺进了自己的文化元素，仁慈的上帝也只好包容这样的组合了。

英语班每周二周四上午开课，由几位美国志愿者授课。口语测试后，我被分在成人初级班。

初级班的学生，大都是白发苍苍、满脸褶皱的老人。有给子女带孩子，窝在家里没接触过美国人的，也有来美国多年，一直在华人堆儿没机会用英语的。至于学习目的，有的说闲着也是闲着，学点儿英语买东西方便，有的为申请美国国籍考英语，我的情况在这儿属于另类。

虽说老师是美国人，但两个小时的课堂上，教英语的时间并不多。大部分时候，是听这帮颤颤巍巍的老头老太太发音古怪的对话："你叫什么名字？""你家有几口人？"……

二十多人一个不落挨着个儿说，如此这般一个上午耗下来，学不到什么东西。课堂上我心急如焚地想逃走，并决心再也不来这儿浪费时间了。

高级班学生英语都不错，可我听力太差，去了也跟不上。听说少儿班进度很快，但都是刚来美国的中国小孩儿，我总不好意思冒充家长去那儿陪读吧。

提高英语的目的，在教会及其英语班未能如愿。

但我还是一如既往地前往报到，因为我喜欢那种互相帮助的氛围。作为新游子，我更需要文化的归属感。

直到有一天，一位亲切和蔼的大姐神神道道地把我拽到一边，对我控诉另一位和蔼可亲的大姐。不久，被控诉的大姐语重心长地告诫我，离控诉她的大姐远一点儿，因为她人很坏……此时我才发现，这个表面上处处是雷锋的中国教会，其实是个关系微妙的钩心斗角之所。

我实在想不出，在异国他乡这个小小的同胞聚会之处，有什么好争斗的。

我撤了。

第 10 章
居 家

一想到过几个月要去社区大学上英语课，我就发愁。学校只开设语法课和写作课，没有听力课。我现在的听力，只能在手势和写字的辅助下，明白大熊放慢语速的英语，到时候怎么听老师讲课呢？

为了让自己的耳朵对英语语音的反应灵敏一些，我在家设了一个全方位的听力环境：在 Google 上下载了海词软件，跟着它一遍一遍念单词，念到嘴唇起泡；从早到晚开着电视，让电视机里的美国人不停地絮叨；做饭搞卫生的时候，《疯狂英语》磁带在我耳边疯狂；大熊还买来一套听力软件让我跟着学舌……日复一日，我艰难地重复着这些枯燥的练习，指望着有一天，突然听懂不包括大熊在内的美国人说话。

大熊说我需要一个跟其他美国人对话的环境，因为别人不会像他那样，放慢语速跟我讲话，也听不懂我古怪的发音。我说英雄所见略同，我也正有此意，拜托你帮我找这样的环境吧。

他上网一通检索，然后为我做了一份英文简历，把它投往附近招小时工的三家超市、一家快餐店以及招募志愿者的一家医院，一家养老院。他说这些地方应该不会对英语要求太多，你待在那儿可以听美国人对话，偶尔也跟别人说两句。

我欣然表示，如果能去，我一定珍惜这样的环境。

我打心眼儿里感激老公。在我最困难的时候，他解救了我，成全了女儿。自从我们来到美国，他何曾有过一日清闲？辛苦一天回到家，不是帮我学英语查资料，就是为早早改作文……

我知道他珍惜这个家，千方百计想让我和早早在美国生活得快乐。每当我学英语感到厌倦和绝望的时候，一看到他关切的眼神，便振作起来。我不能辜负这么好的男人，不想让他失望。

为了报答老公为我做的一切，我尽力做好家务，让他在家过的舒适。

做家务在美国比在中国容易很多。倒不是活儿少，而是这里的商家在方便省力方面，动足了脑筋：

方便一，美国菜谱每一道菜的食材用量和烹饪时间，都精确到毫克和分钟写在上面，主妇只需把规定的成分召集到位，过电子秤后扔进锅里即可。相比中国菜谱中令人费解的"少许""适量"和复杂的煎炒烹炸，做美国饭太省心了。大熊却总是鼓动我做中国菜，尤其喜欢带我的菜去上班，他美滋滋地说："所有人都羡慕地盯着我的饭盒，有个家伙想过来蹭一口，我说 NO，这是我妻子为我准备的。"

方便二，洗菜池的水漏儿底下有一个粉碎机，洗菜刷碗之后的残渣余孽，径直流入水漏被粉碎后冲走，省却了清理污物这个令人反胃的程序——由此我想到了中国古人堵与疏的哲学。

碗刷的空心塑料柄内装有洗碗液，刷碗时稍微用力，洗碗液便从刷内溢出涌向油渍。便利的清洗条件，使我热爱刷碗甚于做饭。

方便三，这里的洗衣机一律配有烘干机，就像鸳鸯成双对。洗衣服不用找衣架腾阳台，阴天下雨也不必担心衣服干不了，影响室内光线。

方便四，出门前将吸尘机器人——一个圆饼状的"地出溜"设好，它便满地溜达着吸尘除屑。出去散个步，回来地毯已是洁净如新。

真正鼓励我成为好主妇的，其实是老公的绅士风度。无论我饭做得好坏，他一律滥施表扬。开始我真以为他都喜欢，后来才学会分辨：

"It is really good!"是好吃极了。

"It is good, I like it."是还不错。

"It is ok."是难吃也得吃。

他时时挂在嘴边的"I love you."（我爱你）"You are so beautiful."（你真美丽）"You are wonderful."（你很优秀）也迫使我努力表现。最难得的是，凡事稍有差错，他便先说"对不起""这是我的错""我道歉"。

我这人是典型的顺毛驴，遇横则横，遇谦愈谦，绅士之风对付我特别奏效。我日日挖空心思琢磨，怎么做才能让他的赞美名副其实。

有时候我想，中国的妻子们，那么心甘情愿地为家庭当牛做马，要是中国老公也会这套，离婚率岂不大大降低？

自学的时光单调而乏味。周边的动物邻居，为我的学习平添意趣。

一日在电脑前念单词，忽听窗外一阵尖锐而嘶哑的喧嚣声。我起身向外望去，只见后窗外的草坪上，两群褐色的野鹅正在对峙，每群各有一只高大威猛的在前，伸着蛇一样的长脖子发出难听的嚎叫，两只大鹅的身后，各有十多只大小不等的鹅。看情形是两个鹅家庭在打架，不是争吃的就是争地盘儿。为首的肯定是两家的男主人，随后的应该是他们的老婆孩子……

争吵声太刺耳，而且没有停止的意思，我决定出面干预。我在冰箱里找了一袋面包片，心想有的吃，鹅就顾不上打架了。推门出去，鹅们看见我果然不打了，却忽地一下向我冲来……我从未近距离接触过野鹅，只见半人高的大鹅，吐着蛇芯子般的红舌头嚎叫着，不知是为了我手里的面包，还是怪我搅了它们的争斗。顾不得多想，我把面包袋一扔，撒腿就跑。慌乱中掉了只鞋也不敢捡，狼狈不堪地一路奔逃回家。

站在窗前，我惊魂未定地庆幸，没穿袜子的脚没被它们咬到。看着鹅们撕开袋子，狼吞虎咽地吃完面包，然后踱着步慢慢离开，我才下楼找回那只丢了的鞋，还好鞋没被当成面包。

从此鹅成了我刻意关注的邻居。我发现窗外的马路对面有个很大的人工湖，鹅们就来自湖畔的草坪上。我用高倍望远镜窥探鹅的家园，一、二、三、四……数了一下一共九户，每户包括十来只大小不等的鹅。鹅们有的草坪静卧，有的水面游弋，更多的漫步觅食……不管干什么都是举家出动。通常是貌似父母的两只大鹅前面带路，青少年、婴幼儿模样的跟随其后。不时有鹅群横穿马路，到这边的草坪散步觅食。行驶的车辆总是停下来，等鹅群通过，鹅们则永远不慌不忙地踱着步，仿佛法律赋予了它们不可侵犯的路权。

鹅群开饭的时候，个头最大的鹅爸爸从不与妻小同食，而是伸长脖子警惕地四下张望，但凡有同类或异类企图蹭吃，他便咆哮着冲过去把它们轰走。鹅爸爸呵护妻儿的举动令我顿生敬意，联想到老公对家庭的责任感，我决定善待这些邻居。有群鹅经常到我的窗下大嚷大叫，夜晚失眠的我宝贵的晨觉，总是被它们闹醒。我猜这是上次在窗外打过架的鹅，认定我还欠它们的，便理直气壮地前来索要。无奈何找点儿吃的开窗扔出去，不拘多少，鹅们吃完就会安静地离开。大熊对我经常把他爱吃的东西赏给鹅表示不满。我一边道歉一边笑话他，挺大个儿熊还跟小动物争食。

　　夏去秋来，天气转凉。一天上午我正在客厅练听力，忽见窗户上有黑影，定睛一看，竟是三个刚长出毛的松鼠崽儿，趴在室外的纱窗上挪动。不知宝贝儿们要干什么，担心纱窗被弄破，它们爬进来满屋乱窜，我很紧张。20分钟过去了，小东西们没有离开的意思，我只好给上班的老公打电话。

　　大熊问过物业后告诉我，是工人清理窗户下端的空调，惊动了空调外机内住着的松鼠婴儿——松鼠妈妈数周前把外机的盖子揭开，在里面诞下宝宝并哺育它们成长至今。

　　物业承诺尽快送走松鼠。刚松了口气，又接到老公第二个电话，说物业的人马上要到家里来，原因我没听明白。不一会儿，两个穿工作服的彪形大汉敲门进来，连说带比画表示要拆卧室的空调，我问不清楚，索性由着他们爱干啥干啥。

　　工人们把空调拆下，小心翼翼地从里面掏出一个裹着干草和树叶的小东西，说是刚出生不久的松鼠宝宝，然后把空调装上，把掏出的东西带走了。

我好生纳闷，拆空调就为掏那只小松鼠？带回家自己养吗？

晚上大熊回来跟我解释，物业工人发现空调里面有个刚出生的松鼠崽儿，怕清理的时候伤到它，所以先把空调拆下，把小松鼠掏出来。因为找不到松鼠妈妈，松鼠宝宝很难成活，物业把它交给了专业人士喂养。

第二天上午，物业来电话说，恭喜！你家的宝宝救活了，健康状况良好。

十月金秋，卧室窗外的两棵苹果树上挂满了红彤彤的小苹果，很像是春节时商家促销的小红灯笼。我斜靠在窗前的沙发躺椅上看书，眼睛累了就望着苹果树出会儿神。

环绕着苹果树的饕餮大餐展现在眼前：五颜六色的鸟儿们，叽叽喳喳啄食树上的苹果；小松鼠怀抱苹果，跳上跳下一溜儿烟钻入灌木；野鹅们默默分吃地上的苹果——熟透了落下的或松鼠没抱好掉下来的。

我忽然有一种想去分享苹果的冲动，但一想到上次被鹅追掉鞋子的情景便收敛了。终于有一次，想摘苹果的时候鹅不在，我绑紧鞋带出得门去，鬼头鬼脑张望一番，确信没有威胁后，拾起地上的一个苹果贼一般跑回家，此时才发现苹果上密密麻麻布满了虫眼！原来共享苹果的，除了鸟儿、松鼠和鹅，还有不计其数的昆虫们。

多么和谐的共享，我感动并感叹着。

一个多月过去了，发给超市和快餐店的工作申请，以及送至医院和养老院的志愿者申请，石沉大海般杳无音信。

大熊沏杯热茶递给我，神色不安地说，近年来美国经济衰退，大批的人失业，所以连这样的工作都抢手。

"那志愿者呢，难道大家找不到工作，都去做志愿者啦？"我愤愤地说。

"他们说需要的时候通知我们，不知道为什么一直没消息。"他更加不安。

他的不安来自我到美国前的一段对话：

"你觉得我在美国能找到工作吗？"

"没问题，你可以教中文，也可以找个跟中国做生意的公司，你这么聪明，相信你什么都能办到。"

"那我每月能挣多少钱？"

"三四千美元吧，"他说，"扣完税应该能拿到两三千。"

那以后，我经常盘算，这两三千美元用来干什么。现在我明白了，就算美国经济不衰退，能说英语之前，这些钱跟我也没关系。

听力练了两个多月不见效果，我的大脑对英语语音的反应麻木依旧，找环境练习听说的想法，也随着不见回音的申请而落空……失望中，我觉得这枯燥的练习简直是徒劳。

一个秋雨绵绵的下午，我百无聊赖踱至窗前，忽然发现窗外的马路上，过往的汽车放慢车速，似乎在躲避着什么。观察了一会儿，像是一只黑色的鸟儿遭遇车祸躺在马路上，另一只——不知它的伴侣还是亲属——试图把它的遗体搬走，鸟儿能当作工具的只有它的尖嘴，可怜的鸟儿用嘴叼着同伴的身体，竭尽全力想要飞起来，这怎么可能？此时不断有车辆开来，有的绕道避开，有的径直轧过去，不一会儿死鸟儿已经像块烂泥一般粘在地上，那执着的鸟儿却一直在坚持。有车开来，它飞起躲避，车开过去它继续叼。又一只鸟飞来，似乎想劝说悲痛的同伴离开，但它依然不停地叼着。后来的只好帮不肯走的一起干，它们叼起地上的鸟尸碎块儿飞走，又回来，再叼，再飞走……

我瞠目结舌，震撼无比：小小鸟儿何来如此的意志与深情！

鸟儿上演的悲壮刺激了我昏昏欲睡的神经，想起什么人说过的一句话："觉得快坚持不了的时候，只要你别放弃，哪怕是原地不动，过一阵就会发现，你已经进了一大截。"

回头看看自己走过的路，从农村到大学，从县城到北京，从离婚到来美国，哪一步不是在坚持——绝望——再坚持中走过来的。

我决定坚持。

第 11 章
感恩节

转眼到了感恩节。

早早回家过节，这是我们来美国后，迎来的第一个西方传统节日。

大熊说，美国人感恩节当天吃火鸡大餐，第二天购物。

早早补充说，感恩节次日全美国的商店一起打折，全美国的女人统统涌进商店——富婆富姐和不幸值班的可能除外，这一天叫作"黑色星期五"。

大熊说节日期间他只能歇一天，问我们选择火鸡还是购物？我们异口同声地说购物，作为购物司机，他只能这天休息。

大熊说："那我没法给你们烤火鸡了。"

我们说："烤火鸡跟打折的名牌没法比。"

可老公坚持要对感恩节火鸡负责，于是把我们交代给他的朋友丽兹。丽兹邀请我们娘儿俩感恩节下午去她姐姐温蒂家出席火鸡大餐。

我和早早欣然赴约。

并非火鸡的诱惑，也不全是对美国人过节的好奇，主要是我想利用这个机会，检验一下三个月来听力练习的效果。

温蒂的家是一座漂亮的独栋别墅，周边环绕着色彩缤纷的花坛、树木和绿地，比我家住的公寓楼气派许多。

长条餐桌上铺着雅致的蓝白格子桌布，一只烤得流油的大火鸡，赫然端坐在桌子中央的大盘内，陪在它身边的是烤牛排、土豆泥、意大利面、蔬菜沙拉、水果、甜点，还有红酒、啤酒、咖啡、果汁，鲜花蜡烛点缀其中。

火鸡大餐五颜六色的，卖相很不错，但除了火鸡和牛排，其他都像是凑数的。烤火鸡不过是平常的烤鸡味，倒是我做的糖醋鱼和锅塌豆腐率先不见了踪影。

女士们向我讨教鱼和豆腐的做法。我和早早都不知道调料们的英语单词怎么说，便承诺回去炮制一篇英文版的《糖醋鱼和锅塌豆腐是怎样制成的》，发 Email 传给她们。

餐后，孩子们到地下室打乒乓球，玩游戏。成年人喝酒喝茶喝咖啡，聊天打牌。

今天的 20 多名聚餐者，除我家两位之外，还有两个亚洲面孔，其他都是西方脸。温蒂让大家相互介绍，谁的名字我都没记住，谁是干什么的，我也没弄清。

我端杯茶坐在沙发上听美国人聊天，试试自己能听懂多少。

"可以提个问题吗？"温蒂持一碟冰激凌在我对面坐下，神秘分分地问："我很想去北京旅游，又怕那里不安全。你从北京来，能告诉我那边的情况吗？"

"不安全？"我不相信自己的听力，又让早早翻译了一遍。

没错，她是说怕治安不好。我被问糊涂了。

CNN 之类的美国媒体之前不定怎么妖魔化中国呢。

"北京的街上非常安全，外国游客到处都是。只要你不做坏事，没人打扰你，"我举例说，"要是真那么可怕，大熊怎么敢跑到中国来娶我。"

"你的丈夫确实很勇敢，"温蒂的老公凑过来，"不过他是搞技术的，我是传播宗教的牧师，我要是去中国，你们的政府肯定限制我的自由。"

"如果你不是间谍，不试图推翻中国政府，他们限制你干什么？"我也不清楚相关政策，先把他的说法否了再说。

我又想起在中国超市看到的那份华文报纸，还有以骂人著称的 CNN，这张华文报纸通篇都是反政府人士逃到美国后的叫骂，而 CNN 的特色是见谁骂谁。美国关于中国的很多负面传言都出自这些媒体，搞得一些美国人以为中国跟恐怖世界似的。

"你们说的事儿，有的被 CNN 夸大了，有的根本就不存在。想知道中国到底什么样儿？自己去一趟呀，看看跟报纸电视上说的一样不一样。"我耐心教育这些孤陋寡闻的美国人，此时发现，身边的听众已形成一个扇形的半包围圈儿，我们娘儿俩俨然成了新闻发言人。

"你跟 Bill 结婚是不是为了来美国？"丽兹的男朋友，一个愣头愣脑的美国男人问我。

"我们结婚是因为相爱，来美国是为了我女儿在这儿上大学。以后 Bill 退休了，我们还会回到中国。"我不卑不亢地回答。

"Why？"几个人同时问，"你不喜欢美国吗？Bill 愿意去中国吗？"那表情像是说，好不容易到了天堂，为啥还想回地狱？

"两个国家各有利弊吧，美国房子大环境好，可吃的太简单，娱乐太贵，生活太单调。在中国朋友多，吃的玩的又丰富又便宜，可是环境不太好。没法把两边的好处放在一起，我最终还是会回到中国。Bill 嘛，他每次去北京都不想回来……"

听众圈儿又扩大了些，从蓝、绿、棕各色眼睛里射出的好奇，刺激了我的谈兴。

我慷慨陈词、滔滔不绝，说英语没怎么打磕绊，记不住的单词全想起来了。不可思议的是，我大概齐听懂了他们的问话，从反应看，他们也明白我在说什么。早早的翻译只是在帮我确认自己的听力，整个听说过程，差不多都是我自己完成的……

眼见得几个月的苦练没白费，我兴奋得原地转圈儿。

"听说中国人吃狗吃猫吃虫子……是真的吗？"

"是有人喜欢吃，这有什么大惊小怪的？吃狗吃虫子跟吃鸡吃牛有什么不同？法国人不是还吃蜗牛吗？……"

"听说中国自来水管里的水不能直接喝，为什么？"

"中国人只喝烧开的热水，所以水管里的水不必加工到直接饮用。美国人习惯喝冷水，管道里的水就得消毒。饮食习惯不同，供水标准就不一样。"

"美国的很多中国留学生，买豪车、昂贵的手包、化妆品……为什么现在中国人这么有钱？"

"只是来美国上学的中国人有钱。现在你们国家经济困难，好多大学低标准、高收费，招收国际学生，只要给钱没有托福成绩都能上，可不就把富人的孩子都收拢过来了。"

"你的国家经济这么好，为什么中国人还往美国跑，喜欢美国什么？"

"主要是来这儿上学，美国有很多世界一流的大学。现在不少中国学生一毕业就回国了。总有一天你们美国人也会往中国跑。"

……

听众的表情告诉我，他们听到了闻所未闻的说法。

我知道自己的回答，有的避重就轻，有的打肿脸充胖子，使的是新闻发言人的伎俩。可我只能这么说，因为美国人无知且轻信，CNN 之流妖魔化中国的影响已先入为主，我若实话实说，非但解释不清，反而造成更多误解，矫枉必须过正。

我出国前对"爱国"没什么概念，此时切身感受到，身在异国他乡，跟外国人说自己的国家，就像说家的事儿。关上门跟家人可以随便抱怨，跟外人该藏着掖着的，就得藏着掖着。

"Are you Chinese？（你是中国人吗？）"温蒂问一个亚洲面孔的小伙子，他一直默默地听我们谈话。

"No，I am Taiwanese.（不是，我是台湾人。）"小伙子摇头说。

"So，are you a Chinese from Taiwan？（那么你是来自台湾的中国人？）温蒂较真儿。

"No，I am not Chinese，I am just a Taiwanese.（我不是中国人，我就是台湾人。）"小伙子坚持他的说法。

我觉得这小伙子着实可气！只听说 Chinese（中国人），Japanese（日本人），怎么还有 Taiwanese？还不是中国人！

"请问祖上是台湾本地人？"我用中国话问他。

"不是，我的祖父来自中国山东，我的祖母来自中国江苏。"

他会说中国话。

"那我告诉你，你的祖父和祖母都是 Chinese，你也只能是 Chinese，不是 Taiwanese。"我开导这个台湾的傻小子。

"我是在台湾出生长大的，我就是 Taiwanese。"他很固执。

"台湾长大的也是中国人，你祖父是山东长大的，你祖母是江苏长大的，他们都是中国人，你就是中国人。台湾是中国的一个省，不是国家，你怎么会是 Taiwanese？"我感觉这个书呆子型的男孩儿，还是可以教育的。

小伙子讪讪的，没言语。

"我看不当中国人也罢，中国没有人权……"一个亚洲面孔的女人插话。

"你是……从国内来的？"我打断她的滔滔不绝，这腔调我熟悉，跟那张报纸上的一样。我知道，逃亡在外的斗士们说起中国，就像同一个训练班毕业的。

"我是来自辽宁的自由人士。你是中共党员吧？我要跟你辩论！"她摆出开战的架势。

"在这儿吗？中国人吵架，让美国人当观众当裁判？"我愤怒了，"你要是还有点儿自尊心就别在这儿现眼了。我什么都不是，只是瞧不上你在美国人面前骂自己的国家。"

每每见到流落海外的"自由斗士"在老外那儿控诉祖国，我总是嗅出一点儿汉奸的味道。

辽宁女人瞪了我一眼，走开了。

这边刚消停，又听见早早在那边跟人争辩，分贝还挺高。

过去一看，她跟一个黑人男孩吵得面红耳赤，好像在说"西藏"什么的。

"说什么呢？这么激动干吗？"我白了早早一眼。

"他说中国侵略西藏，中国人应当从西藏滚出去，把西藏还给西藏人。"早早声儿都变了。

美国还真是个充满想象力的国家，什么说法都能想出来。不过稍有常识的美国人就该有自知之明，近百年来，他们载着飞机导弹杀遍全球，还好意思说别人"侵略"？

"我跟他说，照你的逻辑，美国人应当从北美大陆滚回欧洲去，把美国还给印第安人。"早早鄙夷地说。

女儿思维敏捷、口齿伶俐，辩论的架势俨然我的高徒。

美国人的手电筒只照别人不照自己。其实国家主权和领土都是历史留下的现实，后人都只能接受祖先留给我们的现状。否则要是每个民族都试图还原几千年前的历史，岂不天下大乱、生灵涂炭。

"我就讨厌美国人老是对别人的事儿指手画脚，无知透顶还瞎咧咧。可恶！"回家的路上早早愤愤地说。

"回头告诉你姥爷，"我调侃道，"咱们来美国是深入敌营，跟美帝国主义斗争来了。"

我忽然意识到，一种文化和民族意识的长期熏陶，是渗入骨髓的，无论你对自己的国民和文化怎样评判，当遭遇异族攻击时，还是会本能地捍卫自己的根基。

回家跟大熊说起美国人的无知，正要表扬老公比他们有见识，他却扮着鬼脸说："其实我第一次到中国的时候，也是胆战心惊的。"

"你怕什么呀？"他还害怕过？居然瞒过了明察秋毫的我！

"那天在琉璃厂，有个鬼鬼祟祟的家伙突然出现，拽我们去了一处奇怪的地方。上帝！那是什么鬼地方呀，与世隔绝。"

我想起来了，有个古董贩子死缠烂打，非要带我们看什么明代首饰，被缠不过，便稀里糊涂跟着去了。那是在琉璃厂一间铺面房的破阁楼里，好像拐了很多弯，又上又下，跟迷宫似的。我当时只想这么破的地方，让老外看了去不好，却没想到这也值得恐惧。

"你怕他杀了我们？"我调侃道。

"我以为他想抢劫。我们说了对他的东西不感兴趣，他还是强拉硬拽的，那个地方又黑又脏像个监狱，哪有在这种地方做生意的？"大熊说。

在美国不会有强买强卖的事情，所以他想多了。

听我说完今天的辩论，大熊若有所思地望着我说："你身上最吸引我的，就是这种不容侵犯的自尊和自信。今天你用英语跟美国人交流得这么好，证明了我的看法——你什么都能办到。我为你骄傲。"

这天最大的惊喜，是我发现，自己的英语已经能跟大熊以外的美国人对话。

第 12 章
圣诞节

感恩节一过，圣诞的气氛便笼罩着美国有人群的地方。

夜幕降临的时候，各家门前流光溢彩的灯雕，演绎着传说中的圣经故事，把人们的思绪带入那个神圣的冰雪之夜……

圣诞节前夕，我们前往蒙大拿州大熊爹妈居住的深山小镇。

20 年前他老爹退休后，老两口几经探访，找到这片幽静美丽的世外桃源安了家。

大半天的飞行之后，我们换乘了汽车。车子行驶在白雪皑皑的山路上，窗外的飞雪掩映了一切，我无从想象山林的美貌与超凡。

大熊一边开车一边讲述他的父母。

婆婆的祖上来自英国，她的父亲是律师，母亲是教师，她是家里的独生女儿。婆婆加州大学毕业当了老师，结婚生子后就做了全职太太。公公祖上是瑞典移民，父亲做柑橘生意。公公也是加州大学的高才生，大三的时候加入海军参加了二战，退役后做起了皮货生意。

公婆二人青梅竹马，上初中便开始相恋，之后演绎了长达60年的钻石婚。公公数十年如一日地宠着婆婆，家里诸事都由婆婆做主。婆婆热情开朗，在家里说一不二。公公坚毅沉静，习惯服从婆婆的安排。

天擦黑的时候，车子在一座童话木屋般的别墅前停下，白雪中的别墅在彩灯的映衬下，俨然是贺卡上的圣诞小屋。

两位白发苍苍的老人在门前翘首，一脸慈爱。

"Hello……"

"Nice to meet you!"

婆婆银发碧眼面色红润，看上去身体很好。公公有点儿颤颤巍巍，显然健康欠佳。

公婆的家宽敞明亮，精致典雅，家具和饰物显示出女主人不俗的品位。

壁炉前一棵高大的圣诞树格外耀眼，闪烁其间的彩灯晶莹璀璨，包装精美的礼品盒，环绕着树干堆成小丘，这就是传说中的圣诞树和圣诞礼物！我和早早忙把我们带来的礼包加入其中，小丘顿时增高。

一整天的旅途分外疲劳。寒暄后，吃过婆婆准备的烤肉、沙拉和意大利面，我们便安歇了。

婆婆说明天早晨大家要拆看圣诞礼物，那将是一个激动人心的时刻。

圣诞节一大早，我们就围坐在圣诞树下拆礼物。早早按照包装上的标签给礼物分类：给爷爷奶奶的、给熊Dad的、给我的、给她自己的，一共四堆儿。

我兴奋地清点自己的收获：五个礼包来自公婆，三个礼盒来自大熊，一个小包来自早早。

婆婆的包装漂亮得让人不忍撕开。拿起一个扁平的盒子，我猜是老人给我的衣服，打开一看我大吃一惊：竟是一件中国清代的绣花女袍！

看我一脸的惊诧，婆婆笑着解释说，这是她妈妈的妈妈从中国带到美国来的，算来有100多年了，现在该让这中国古董回家了。

虽然没有这方面的鉴赏知识，但我知道这是婆婆传家的宝贝，她妈妈的爸爸可能是当年在中国的美国传教士或是外交官，不然怎么会有中国清代的袍子。我感动地说："我一定好好收藏。"

打开另一个大盒子，是一套考究的银质咖啡具，我想到中世纪的宫廷器皿。

"这是我爷爷留下来的，传了好几代了。"婆婆说。

"为什么把这么珍贵的东西给我呢？"我有点儿受之有愧。

"这些东西总要传下去。你会保管好的，我相信。"她语重心长地说。

看来她把我作为皮尔森家族的主妇来委以重任了。

我受宠若惊，婆婆这么信任我，一定是大熊经常在她面前吹捧自己的中国老婆。我必须好好表现，不辜负老人的信任才是。

接下来拆开的是：精美的宝石蓝女表、可爱的紫色手袋、婆婆亲手缝制的挂件和小包。

我沉浸在浓浓的亲情中……一眼瞥见大熊在擦眼泪，凑过去一看，他捧着一套贴在木框上的粘贴画出神，这是早早为他制作的礼物。

首页是个可爱的卡通熊，一身海盗打扮，正举着望远镜瞭望，英文注释是：Once upon a time, there was someone looking for something……（从前有个家伙在寻找什么……）

翻开下面一页，海盗熊拽着绳索，奋力越过山谷。注释是：He got through a long way……（他长途跋涉……）

再下面，这傻熊坐在一个浮在水面的大南瓜上拼命划桨。Across the ocean……（越过大海……）

最后一页镶在木框中，是一幅简笔画，一大一小两只兔子簇拥着一只戴眼镜的熊，三个家伙全都咧嘴傻笑，小兔子伸出一截小舌头扮调皮状，大兔子手中牵着一只气球，球上有"Happy family（幸福家庭）"字样。英文注释：He found it!!!!（他找到了），木框上粘有彩色塑胶字母拼成的句子：MERRY CHRISTMAS（圣诞快乐）。

这套粘贴画描述了大熊找到婚姻的全过程。早早以这种生动简洁的方式，把我们的家庭故事演绎得出神入化。让我吃惊的不仅是她对我们婚姻的理解，她的形象思维和概括能力更让我惊喜，这孩子将来肯定是个人物。

"苹果电脑！"早早惊喜地叫起来。她拆开一个大盒子，里面是大熊送她的笔记本电脑。

大熊说过，他会把早早当成亲生女儿，他真的在做一个好父亲。

爷儿俩互相道谢，那情景正如粘贴画里的熊兔之家。

"iPhone 4!"早早拆开奶奶送的手机开心不已，今天她收获颇丰。

"Wow！中国竟有这么美丽的物件。"婆婆爱不释手地摩挲着我送她的白色羔羊披肩和蓝底黄花的苏绣丝巾，连包装丝巾的袋子都小心地收了起来，她说这么好看的袋子也是礼物。

"怎么样？"她进屋换了一套黑丝绒礼服，然后把披肩和丝巾披在身上，转来转去向我们展示。

"美极了！"大家为她鼓掌。

公公用早早送给他的一双古朴的鸳鸯筷，夹起盘子里的樱桃，稳稳当当，他得意地笑了。

拆开大熊给我的礼物，一包是学英语光盘，一包是英文烹饪书，还有一个盒子里装着个小本，像是说明书之类的不知干什么用。

"你的车。"老公指着这个盒子说。

"我的车？"我莫名其妙。

"这是车本和钥匙。"他指着盒子说。

原来"说明书"是车本，底下有两把钥匙。

老公竟然蔫不出溜为我备好了坐骑，我不知说什么好。

这辈子收到过数不清的礼物，却从未像今天这样让我心动。我理解了，为什么圣诞礼物作为经典的西方风俗闻名世界。

人们在准备礼物的时候，会花很多心思，琢磨自己牵挂的人需要什么，收到礼物的时候，也会甜蜜地猜想，惦念自己的人送来的会是什么，备礼收礼的过程情意绵绵。想到现在的中国社会，送礼成为拉关系的手段，内容也从用品改成红包、购物卡……剔除了情意的礼物，只能表达冰冷的金钱关系。

圣诞大餐的主菜，是婆婆烤的火鸡和我做的饺子，其他是沙拉、水果、甜点和红酒配以鲜花蜡烛，琳琅满目很是诱人。

我们边吃边聊，浪漫温馨。

餐后，婆婆沏了一壶我带来的中国龙井，大家品茶聊家常。

"这是你们第一次，也是最后一次访问这个小镇。两周以后，我们要搬到加利福尼亚去生活，那儿是我们的故乡。"婆婆说。

"为什么要离开？"早早问。

"我们没有力气收拾这个大房子了。你爷爷身体不好，这里的医疗条件有限，搬到加州要方便得多。Bill 的弟弟查理住在那边，可以照顾我们。"婆婆说。

"在这儿生活了20年，我爱这里的一草一木，这儿的狐狸、兔子、小熊都是我的朋友，"公公伤感地对儿子说，"将来我故去了，一定要把我安葬在这里。"

"爷爷别伤心，我用相机把这儿的景物都拍下来，存到你电脑里，以后你想这个家的时候，看着照片回忆这里的生活。"早早乖巧地安慰爷爷。

"真的？那好啊！"公公很高兴。

早早上楼拿来相机，楼上楼下，拍个不停。

"搬家的事，我们可以做什么？"我问婆婆。

"谢谢。我已经安排好了。"婆婆说，这房子已经卖掉，到时候，搬家公司运走一部分家具，剩下的或捐或送。两辆车搬运公司运走一辆，另一辆她和公公自己开到加州去。

"那得开多久呀？"我觉得不可思议。

"三四天吧。我俩每天轮流开几个小时，然后找个旅馆住下。"婆婆挺有把握。

这叫什么事儿！两个80多岁的老人颤巍巍开车，跨越数千公里自己搬家，两个儿子袖手旁观？这要是在中国，吐沫星子就得把他们给淹了。

早早拍完照片，凑过来听我们说话。婆婆慈爱地对她说："来，跟奶奶聊聊中国的事情。"

祖孙俩挪到壁炉前讲起了故事。

圣诞的午后，屋外大雪纷飞，屋内暖意融融，壁炉里的火光映照着这一老一小。我想起了"坐在壁炉前听老奶奶讲故事"的童话。

回屋后，我忍不住埋怨大熊："你们哥儿俩怎么不帮爹妈搬家呀？让他们那么大年纪自己开车。"

"他们没有要求帮助呀。"大熊不以为然。

"这是做儿子的责任！用得着要求吗？"他说话真可气。

"我问过他们是否要帮助，他们说不需要，总得尊重父母的意见吧。"大熊说。

"怎么可能不需要呢？你父母只是不想给你们添麻烦罢了。"我才不信儿子主动帮忙，爹妈会觉得自己不被尊重。

"可他们自己不要求，我怎么知道，他们需要不需要呢？"他辩解道，"如果一味要帮助，他们会觉得，我认为他们太老不中用了，反而会难过。"

这叫什么逻辑呀！

算了，这儿不是中国，人家的事儿我也管不了。

……

傍晚，老人开车带我们参观小镇的圣诞之夜。车子驶上一片坡地时举目望去，我惊呆了：一座座彩灯镶嵌的别墅在冰天雪夜中晶莹剔透，熠熠发光，像极了心目中的西方极乐世界……那一刻，我想到了乘雪橇的圣诞老人、壁炉前的彩树、白雪公主和七个小矮人……所有儿时关于西方童话的想象，都在此刻幻化为现实的体验。

快乐的时光总是那么短暂。

眨眼间，我们两国三代一家五口，在这童话般的小镇上，度过了一个诗意浓浓的圣诞节。

恋恋不舍地告别了公婆。

第 13 章
访 子

　　离开公婆的家，我们驱车数百英里去探访大熊的儿子马特。

　　说起儿子，大熊的舐犊之情溢于言表。他说，这孩子跟自己当年一样，十八九岁就离家闯荡。因为厌学尚武，他选择了警察这个职业，一干就是十多年，看样子打算为此奉献终身了。他说儿子有一颗金子般的心，见老爹一个人孤苦伶仃，便主动表态："不愿看着你孤独地老去，若你将来找不到合适的伴侣，就搬来跟我同住吧，老了我也能照顾你。"大熊说，我不会去打扰他的生活，但他能说出这样的话，已让我感动万分，我为有这样的儿子而骄傲。

　　马特这年 34 岁，未婚，在一座沙漠中的小城当警察。小城坐落在荒无人烟的戈壁滩上，据说城里有一座监狱一座铜矿，监狱和铜矿是小城存在的理由。城里人烟稀少，不知这是不是马特一直单身的原因。

　　一路行来，不见绿植动物，没有人踪车迹。无边无际的戈壁令我想到新疆的喀什、甘肃的河西走廊……没有背景参照，它们似乎毫无二致。

八小时的车程后，傍晚时分我们来到一个孤岛般的镇子上。

马特棕发碧眼，很壮实，长得有点儿像大熊。

寒暄之后，马特宣布他的住宿安排：我和大熊住他的卧室，早早住他的游戏机室，他睡客厅沙发。

父子俩久别重逢，滔滔不绝，早忘了饥肠辘辘的我们。

造访马特我并不情愿，总觉得有点儿怪怪的。从看见他的第一眼，我就感觉此行不受欢迎。好在只住两个晚上，就当是舍命陪君子吧。

走进我的临时卧室，见柜橱上赫然堆放着手枪、手铐、警棍、弹夹还有皮带什么的，我魂飞魄散地大叫："快把它们请出去，要不然我逃到街上去啦。"

于是这身警察行头，被扔到厅里的茶几上。我还是没有安全感，但也没辙，这是人家的地盘，嘱咐早早离这玩意儿远点就行了。

晚饭到餐馆吃比萨，喝啤酒。

爷儿俩继续滔滔不绝，马特跟早早偶尔说两句，我听不懂马特的英语——他也听不懂我的 Chinglish（中式英语），我俩基本上不搭话。

吃完饭大熊付账。我有点儿诧异，老爸携家属千里迢迢来探望，当儿子的不管顿饭？

饭后马特去值班巡夜。他说小镇治安很好，没有杀人放火的歹徒，充其量也就是碰上醉鬼，送他们回家或去医院或去警局。

第二天早晨我们刚起床，警察就全身披挂，威风凛凛地下班了。我建议他进卧室补觉，于是那些手枪手铐又跟着他回到了卧室。

打开冰箱想准备早餐，发现里面空空如也，橱柜里也没有做饭的家什。看来警察平时不做饭，也没为我们的到来备好食材，我们只好开车去超市采买。

从超市买回米面肉菜及锅碗瓢盆，我开始做午饭：红焖鸡翅、清炒芦笋、米饭，然后三个人默默吃饭——这房子不隔音，怕吵醒下夜班的警察。

马特醒来，吃过我做的午饭，爷儿俩又开始滔滔不绝。

我和早早甚是无聊，这地方前不着村儿后不着店儿，不开车哪也去不了。看样子一时半会儿，他们没有打住的意思，我俩只好蜷缩在卧室看影碟。全是英文的，我基本上看不懂，还得提心吊胆，担心橱柜上的手枪走火。

晚上7点多，我和早早肚子饿得咕咕叫。发现没人对晚饭负责，我只好到厨房做了点西红柿面凑合一顿。那爷儿俩闻见饭味儿也凑过来，狼吞虎咽吃完又回到客厅接着聊，我和女儿继续在卧室百无聊赖。

越想越生大熊的气，你儿子不拿我们当回事也就罢了，你怎么也不当绅士啦？一见儿子我们娘儿俩就不存在啦？

早早劝我："算啦，人家父子两年多没见，有好多话要说。男人粗心，你就别计较啦，不就剩一天了吗？忍忍就过去了。"

也是，再忍一天就走了。

树欲静而风不止，我倒想忍，可警察嗓门太大，他老爸受到传染也粗犷起来，他俩时而激昂时而爽朗，高分贝噪音不断挑战我的神经极限。

半夜12点了，我定了定神，走过去费力地挤出一丝微笑，对大熊说："太晚了，休息吧，马特明天还得上班呢。"

大熊问儿子："你累吗？"

"没事，接着聊。"马特说。

完了！这爷俩儿要是坚持到明天早晨，我们就别睡觉了。说什么也得捍卫这点儿休息权。

我语气决绝地说："半夜了，你们这样聊下去，我们俩也没法休息了。"

他俩这才道歉，意犹未尽地约定明天继续。

回到卧室，我狠狠地瞪了大熊一眼，他惊慌失措地问："怎么啦？"

"希望你意识到我和早早的存在。"我小声说。

他可怜巴巴地愣在那儿，似乎不知怎么得罪我了。

"睡觉，明天再说。"我怕他儿子听见。

躺在床上我接着生闷气：这警察大大咧咧粗人一个，看得出他并不欢迎我们，是他老爸死皮赖脸非要来的，所以我们基本上没人理。可气的是大熊，既然两头都不情愿，干吗非逼着我们往一块儿凑？尤其让我纳闷的是，大熊和他的父母都那么有教养，怎么会生出这么个粗糙的后代。

我胡思乱想着，不知过了多久才迷糊了一会儿。

第二天一早，警察儿子上班去了。

我松了口气，至少白天没噪音了。

大熊问我昨天怎么了。

"我和早早是两个大活人，不是物件，你把我们大老远的弄来，往那一扔就不管啦。"

"What's wrong？"他一头雾水，不知道我指什么。

"你儿子根本就不理我们，我是客人还得管他的饭。既然不受欢迎，你带我们来干什么？"我越说越来气，"你们俩从早到晚，没完没了地说，考虑我们的感受了吗？我们千里迢迢跑来，就是为了欣赏你们聊天吗？"

"Sorry about everything."大熊被我的愤怒镇住了，"都是我的错，我考虑不周，忽视了你们。"

看到他无助的样子我心软了："算了，反正就一晚上了，凑合吧。"我不想为难他，便到早早房里，留下他自己在那儿发呆。

"可以和你谈谈吗？"大熊敲门进来，"对不起，都是我没安排好。马特是个粗心的大男孩儿，根本不知道该做什么。"他语气沉重地说，对儿子他一直很歉疚。当年因为他的军队工作老换地方，儿子不得不经常换学校，成绩一直不好。后来他退役安定下来，又跟妻子闹离婚，让孩子很受伤害。马特十八九岁就离家出去闯荡。现在他看到我为早早付出这么多，觉得作为父亲，自己亏欠儿子太多了。这次来本想让我们认识一下，却忽略了双方的感受。"你也看见了，他一个单身汉，自己都是吃了上顿，才找下顿，你就担待点儿吧。"他说。

可怜天下父母心，我理解了这个父亲。"OK，我不生气了，反正明天就走了。"

"Thank you，thank you."他如释重负。

中午，我们到一家墨西哥快餐店吃午餐，全是油炸的东西看着就倒胃口。大熊说这里是马特的"食堂"，他一年到头在这里吃汉堡、三明治和墨西哥炸卷儿。

单身警察的生活也挺可怜的。想起网上一篇博客说美国警察胖子多，因为他们常年吃垃圾食品。我顿生恻隐，去超市买了肉馅、白菜和面粉，还买了根黄瓜当擀面杖（美国黄瓜皮厚且光，堪当此任），今晚做饺子帮大熊慰劳一下让他歉疚的儿子。

正跟早早包饺子，听见马特下班回来了。一会儿，大熊押着穿警服的儿子来到厨房。

"马特要跟你解释一下，"他对儿子使了个眼色，"跟她说吧。"

马特有点儿尴尬地说："让你们感觉不舒服，非常抱歉。下次来，我一定提前准备，陪你们到附近转转。"

看来大熊把我的不满，全端给他儿子了。我算领教了什么叫简单！

"我们的到来打扰了你的生活，不好意思。"我也挺尴尬。

"欢迎你到我家来，我爸说你们给他带来很多快乐。谢谢你，我希望老爸快乐。"马特客套着。

"谢谢。你爸经常提起你，他说你是他的骄傲。所以我希望我们成为很好的朋友。"我也假惺惺地客套着。

"我爸太在乎你了，"马特调侃道，"我刚进门，还没换衣服，就被他抓来跟你道歉了。"

"没那么严重，他这人太敏感。"我不好意思了。

"他？"马特意味深长地瞟了他老爹一眼，"也就是对你，跟别人他强悍着呢。"

大熊装没听见。

我说："好啦，以后相处的时间长着哪。我做了饺子，希望你能喜欢。"

马特道谢着去换衣服了。

"My god！"大熊吁了一口气。

拜访了老公家的两代人，感觉冰火两重天。

不知道哪个更像美国人的待客之道，或者说哪个是更典型的美国文化？但我看明白了，父母待孩子，永远比孩子待父母要好得多，这一点地球人都一样。

第 14 章
上 学

　　我没有跟着老师和课本系统地学过英语。从 2006 年注册国际婚介网开始，我一边自学一边实用，英文句子错误百出，英语发音怪腔怪调，从语法到用词一直稀里糊涂。

　　我特别希望有人为自己指点迷津，也曾要求大熊纠正我的英语错误，可他答应一次，只管一回，之后对我的中式英语照样充耳不闻。冠冕堂皇的说法是"不想说老婆做得不好"，真正的原因大概是，我的英语差不多句句有病，要纠正也实在忙不过来。加上他事不关己高高挂起的老美习惯，指望他给我当老师就是奢望了。

　　终于有机会去学校学英语了，我既兴奋又紧张。

　　美国的社区大学，有两年制的三年制的，还有各种单科课程班，有点像中国的职大电大。学生可以在这儿修两年基础课，然后把学分转到普通大学继续深造，据说这个办法能省不少学费。

奥克兰社区大学坐落在离家20分钟车程的一座大楼里，报名那天被告知还要考试。我的心一下子绷紧了。

拿到的试卷有20多页，很像托福试卷的阅读部分。

浏览一遍，7篇短文，140道选择题，每道选题下有ＡＢＣＤＥＦ六个意思相近的选项。

我紧张得呼吸急促心跳加快，定了好一会儿神才开始做题。

天哪，都是些什么文章呀？上面的单词十个有八个我不认识，再看每段文章下面的选题选项，不认识的单词比比皆是……终于发现一个似曾相识的单词并记起这是"卫星"，跟文中认识的词"太阳""月亮"联系起来，我断定这是一篇天文学方面的文章，长单词应该是专业术语。

按捺着内心的焦虑，我翻看后面的短文，想找出生词少点儿的先做，却发现不是讲地质的，就是医学、物理学方面的，从未谋面的单词遍布试卷。我的头嗡地一下，眼前一黑，满纸的字母幻化为无数飞虫张牙舞爪地迎面扑来……

过了好一会儿，我镇静下来，蒙吧，蒙一分是一分。破罐破摔，死猪不怕开水烫的心态，使我放松下来。

翻回到第一篇，我逐字逐句艰难地读起来。读上两三行文字，再看下面的选项，然后再读文章，这样反复读，反复猜，根据直觉选答案。

第一篇短文做完的时候一看表，两个小时二十分钟过去了，离结束还有四十分钟。这种蒙法效率太低了，我不再阅读，直接在每个选择题下的选项上用铅笔涂黑一个，或Ａ或Ｂ或Ｃ或Ｄ……没有根据，随意瞎涂，涂完所有的问题用了15分钟，铅笔用秃了三支，手指手腕酸得没有了知觉。检查过自己的名字后，我如释重负地交了卷，冲出教室好似鸟儿出笼。

两天后考试结果寄给了我，40分——满分是300分。我被分在了写作初级班和语法初级班。

我的心沉甸甸的像灌满了铅，自信再次跌至谷底。

前一阵苦练听力效果明显，我以为自己差不多过了英语关。一考试才发现，好像压根儿没学过这门语言。对于即将开始的课程，我只能安慰自己：尽力而为。

写作课每周二、五上午有课，语法课每周一、三上课。底特律的冬天冰天雪地，我没法练车考驾照，大熊把他的班调到下午和晚上，每天上午开车接送我去学校。

写作课的老师叫乔，是个三十出头的美国小伙子。学生大多来自南美洲，年龄在二十到四十岁之间，我是唯一的亚洲面孔，也是年纪最大的学生。

跟同学们打招呼的时候发现，我基本上听不懂他们打着嘟噜的南美英语，这个课堂上我注定是孤家寡人。

周二的第一次写作课上，乔要求大家写一篇议论文，内容从他给的题目当中任选一个：你为什么来美国？比较本民族文化和美国文化，分析它们有什么可以互补的？你更喜欢美国还是更喜欢你自己的国家？向旅游者介绍你家乡的文化。

乔宣布不许用电脑不许查字典，当堂交卷。我选择了"我更喜欢中国"这个题目，却无从下笔。从当初在婚恋网写简历到跟大熊交流，前前后后也算写过上百篇英文"作品"了，加上干了二十多年编辑，我从没为写东西发过愁，即使是英文的。可今天我束手无策，以往在电脑上写英文的时候，电子词典就像我的"单词超市"，思路到哪需要什么词儿，鼠标一点立即出现。正因为有了这样的"超市"，我脑子里不需要储存多少单词。即便是常用词，我也常常只记得它们的轮廓，不记得字母们具体谁挨着谁。现在让我离开"单词库"写文章，我深切地感受到，什么叫作巧妇难为无米之炊。

时间一分一秒过去了，我捏着圆珠笔憋出一身虚汗，却憋不出一个句子。

教室里静得能听见笔尖碰纸的嘚嘚声。

乔发现了我的异常，过来问我为什么不写，我语无伦次地说，我只能用电脑写，因为电脑里有词典，没有词典我什么也写不了，因为我不记得单词。

乔诧异地耸耸肩又摇摇头，那表情像说"真是个奇葩"。

我无地自容，只想找个地缝钻进去，心里盘算赶紧逃回家，再也不来这儿现眼了。

乔宣布家庭作业是写一篇短文，题目任选一篇今天课堂上没写的，下次上课时交来。家庭作业让我提起了精神，我打算在电脑上精心炮制一篇佳作，以雪今天交白卷的耻辱，让乔见识一下我真正的写作水平！

我写的是一篇介绍北京饮食的短文。为了让文章出彩，我翻阅了介绍北京的英文导游书，然后精心构思，反复斟酌，600多字的短文花了整整一个周末才写完。大熊为我修改后，说这是一篇逻辑清晰、语句精练、内容翔实、文采飞扬的短文。他说老师肯定表扬你，说不定作为范文让大家学习呢。

发邮件交了作业，我开始想象老师在课堂上朗读我的文章，然后把它贴在教室后面墙上供大家鉴赏的情景。我急不可耐地盼着下次的写作课。

第二次写作课上，乔点评了几个学生的短文，分析了其中的优劣，然后把作业发下去要大家修改。正纳闷老师怎么没提我的作业，听见他说："有几个同学的作业在我这儿，一会儿被叫到名字的到我这儿来一下。"

要单独跟我谈文章，写得太烂了？不可能！大熊都说是佳作，他可不轻易夸我的英文。那就是太出色了，乔想让我谈谈写作体会什么的……

老师叫我名字了。

"Good job!"他赞道。

"Thank you."我松了口气。

"但是我不能给你成绩，"他说，"这不是你写的。"

我懵了，好一会儿才反应过来："当然是我写的！"

"这才是你写的，"他拿出我上次的白卷晃了晃说，"你在课堂上一个字也写不出来，怎么可能回家就写出这样的文章？"

我不知说什么好，定了定神硬着头皮重复上次的解释："我说过，我必须用电脑写文章，因为里面有词典，在课堂没有字典我什么都写不了。"

"这篇文章是你用中文写好，再用电脑翻译的对不对？"乔的表情像是在揭穿一个骗子。"你来这里是学英语的，不把自己的真实水平呈现给老师，却把电脑翻译的文章给我，我改的并不是你的文字，那你的英语怎么能提高呢？"他语重心长。

我彻底无语了，猛想起当年婚介网上那个加拿大人，质疑我的英文信是翻译器写的。这些无知的老外怎么都爱把词典和翻译器等同起来，只要查词典，我的文章便不是我写的，而是翻译器的作品了。

"看这儿，"乔指着我作文上一处描写食品的句子（被他用红笔标注），"再看这儿，"他翻开一本旅游小册子，"你的这句话跟这本册子上的一模一样，你是从书上偷的句子。"

我参考的那本旅游册子他也有！

这世界太小了，还是我太背了？不过引用一个句子，也不能叫"偷"呀！

"再看这个句型，"他指着一处用绿笔标注的地方说，"这是地道的美国人说法，你不可能造出这样的句子。"

他指的是大熊改过的地方。我百口莫辩，看来我的作业成了剽窃和翻译的证据！我又气又急，忍住屈辱的眼泪，抓起自己的作业转身回到教室。

回家的路上，我向大熊控诉了老师的可恶，并说两次写作课我没有学到任何知识，得到的只是屈辱，以后不去上课了。他没搭话，我知道他不认同我的说法。

回到家里，我吃不下饭，躺在床上接着生气。

想来想去，不上课浪费的是自己的钱。我得接着去学校，但不能任由他这么污蔑我。我决定写一篇申辩信，痛斥老师的谬论。

理了理思路，我熬了两个夜晚写了一篇义正词严的长信，大意是：1. 来学校的目的是提高英语。我又不脑残，干吗自己交了学费，却把机器写的文章让老师修改？ 2. 据我所知，迄今为止，还没有能正确翻译文章的软件问世。如果你知道哪里能找到这样的软件请告诉我，我就不必费时费钱地学写作了。3. 写文章引用一两句公共出版物上的文字，不能算"偷"，你使用"偷"这样的字眼，是对我人格的侮辱，应当向我道歉。4. 我学的是写作不是生词，凭什么不让查词典？学外语遇到生词不及时查明词意，效率会很差，你的规定纯属刁难。5. 你无视我的解释也不做调查，仅凭课堂测验和家庭作业，就断定我的文章是"剽窃"和"翻译"的，这是不负责任的说法，我将保留控告你的权利。

数了一下，洋洋洒洒 5000 多字。大熊帮我润色后哭笑不得地调侃："乔一定后悔不该惹这个中国女人，不过——你引用别人的句子，应该使用引号并注明出处。"

我知道自己有错，不过还是得痛击。用邮件把信发给乔后，想象他看了会是什么表情，我暗自微笑。

第三次去学校的路上，我忐忑不安，不知会有什么样的情形等着我。

课堂上一切如常，乔照样点名让我回答问题。课间休息的时候，他叫我到教室外谈话。

"你的信我读了好几遍，"他说，"可以问一下你是做什么工作的吗？"

"在中国是记者，来美国还没工作。"我说。

"Wow！"他笑了，怪不得这么厉害。"你一定是误会我了。我是你的英语老师，我做的一切都是想帮你学得更好。以前是这样，今后还是这样。如果我说了什么，让你误解或者不舒服的话，我道歉。"他说得很诚恳。

"谢谢。"没想到他是这样的反应，我的斗志开始松懈。

"你可以用词典，但不要依赖它，如果没有词典就不能写文章，那就太被动了，"他说，"要花时间记住更多的单词，让这些单词变成你自己的，而不是词典的，这样你的英语水平才能提高。"

轮到我惭愧了。

"谢谢你，"我说，"我会努力的。"

乔不再干涉我用词典，我交上去的作业他改得格外仔细，批改的文字，密密麻麻占满了作业纸的空白，他想表明他是个好老师。

可以在课堂上堂而皇之地查词典，这让我的课堂学习容易了很多。同时我下功夫背单词、记句型，朝着摆脱词典的目标努力。

初级写作班只学议论文，这种文体的英文句型和转折词是固定的套路，有中文写作的基础垫底，我很快就掌握了要领，写作质量和速度迅速提高。我精心雕琢每一篇短文，必须让乔相信这就是我的水平。我的习作收获了好几个 A 和 A-，这是班里最好的成绩。

期末考试，我选择的短文题目是《我为什么来美国》。由于写议论文的套路已经熟悉，脑子里储存的常用词也初见规模，我很快搭好文章架构，放进适当的句型，填入相关词的单词，50 分钟工夫一篇短文的轮廓已经搭就。然后我把拿不准的单词写在纸上统一查词典，15 分钟搞定。接下来我放松地推敲句子，斟酌词汇。

两个小时 10 分钟，600 字的议论文大功告成，提前交卷时，我看见了乔惊讶的目光。

我的考试得了 A-，相当于 90 分，跟另一个同学并列第一。

乔说："从 0 分到 90 分你只用了三个多月，你是我教过的最不可思议的学生。"

第 15 章
备 考

　　在英语班学会了写议论文的基本套路后，我不打算接着上学了。因为我申请了明年 1 月份的公立中小学教师执照考试，下面的几个月必须全力备考。

　　州教育局规定，考执照前要完成国际红十字会的一项培训，叫作紧急救助培训。

　　急救培训的内容是，学习突发情况下的急救知识。课程包括专业人士授课、视频演示和实际演练，60 个课时。

　　考虑到语言障碍，老师特许大熊陪我上课，听不懂的，他可以为我补课。

　　我打心眼儿里赞赏美国政府的这项规定。当老师应该具备急救常识，这样校园里若发生紧急情况，可以第一时间施救，人家为孩子的安全考虑得确实周到。

　　专业人士是个八九十岁的白胡子老头，口齿不太清楚，讲课的时候盯着材料，慢条斯理地嘟哝，像是念经。我基本上听不懂这老头儿在嘀咕什么，便抱怨不该让白发苍苍的老同志担此重任。大熊说："在美国就是干到100岁不愿退休，工作没出错也不能强迫人家颐养天年——年龄歧视是要吃官司的。"

好在视频演示我能看懂，由此获知，在美国遇上车祸火情，或者突发急病什么的，要先打911，再救伤员——当伤者生命垂危，身边有具备救护知识的人时。

在美国打911，连报警带急救一并包括了。不像在中国，人命关天十万火急的情况下，还得打了110又打120。两拨救星往往不能同时到场，既不利于抢救也不利于破案。

一段抢救老人的视频让我大为惊讶：老年公寓内，一个单身老人心脏病突发，倒下去的瞬间他按下报警按钮。公寓的工作人员及时赶到，打911之后，为老人做心脏复苏按压。不一会儿，救护车、消防车和警车呼啸着赶到，呼啦啦从车上下来七八个穿不同制服的人……

"有人生病，医生和救护车来就行了，消防员和警察凑什么热闹呀？"回家后我问大熊。

"当然都要来啦，"他说，"如果病人单独在家，没有能力起身开门，消防队员可以破门而入，警察来看是否有人身伤害……涉及生命安全的事情，这些人缺一不可呀。"

蓦地想起几年前在北京发生的一件事：一位80多岁的老人夜里1点突然昏迷，老太太拨打120后，救护车很快赶到。老人病情危机必须马上送医院，但救护车上只有医生和司机两人，根本没法把身高体胖的老头儿，从没有电梯的五层抬上救护车。老太太打电话到处求助，住在城市另一端的女儿女婿赶到时，时间已经过去了一个多小时。因为延误了抢救时间，老爷子最终没能救过来。现在中国有那么多的空巢老人，急病突发时因为身边没有人手，延误抢救时间的事儿时有耳闻……美国的处理措施值得中国借鉴。生命至上的理念，在美国体现得更真切。演练课我挺喜欢，为硅胶娃娃做人工呼吸，按压心脏什么的，蛮有意思也挺好学的……

在老公的帮助下，我从急救培训班顺利结业，可以申请执照考试了。

从教育局获悉，教师执照基础知识考试包括三部分：阅读、写作和数学。

三部分内容都在一份卷子上，四个半小时交卷。考生可以一次把三部分都做完，也可以只完成其中两部分或一部分，剩下的以后接着考。每年有四次考试机会，每考一次付120美元，不在乎钱的话，可以轻轻松松慢慢考。另外还有一门专业考试——教什么考什么，我要考的自然是中文课。

考试就像打仗，实力固然重要，备考的战略战术也是事半功倍的关键，这一点中国人深谙此道。

具有悠久考试史的中国人最擅长对付考试，从中考高考到职考证考，人们研究出的种种"考经"，正是这些行之有效的考试策略。记得女儿第一次考托福得分551，入新东方托福班三周后再考得分617，两次考试相隔不到两个月。可惜我身在异国，无福享用同胞的智慧，只能自己瞎琢磨。

上网搜索到密歇根州五年内历次教师执照考试的试题，经过分析研究并结合自己的实际情况，一套复习备考的办法，在我脑子里逐渐形成。

中文考试不必准备，我这个学汉语的中文编辑，在美国考中文若是通不过，还有谁能过！

阅读是我的弱项。阅读部分的词汇从自然科学到社会政治无所不包，而我知道的单词大多是生活用语。拿下满分大概要掌握两万多单词，我现有的单词量撑死也就三千。

凭我这个年龄的记忆力，半年多时间要记住两万词汇，是不可能的。我决定，通过读报看杂志积累词汇，目标一万单词，加上到时候连蒙带猜，临场发挥，及格还是有希望的。

老公为我订了一份英文报纸和一份《时代》周刊。每天上午我坐在电脑前读报，一边读一边把不认识的生词用红笔标注，再放进电脑里的生词本，查明词意再接着读。因为不认识的词太多，差不多每读一两行，就得停下来查，千把字的文章看完得一个多小时。读完一篇，我就跟着发声词典，把摘出的生词念几遍，然后放回文内再读……

一遍一遍，我重复着单调而枯燥的程序，盼着有一天读书看报的时候，不再被该死的生词打断。

一个月，两个月过去了，我的阅读依然被雨后春笋般冒出的生词困扰着。不知是报纸的覆盖面太广，还是记过的单词没有留在脑子里，新学会的两千多单词，竟没让我阅读的时候少打一点儿磕绊。在潮水般汹涌而来的生词面前，我日渐衰退的记忆力，显得如此力不从心。

我近乎绝望地坚持着，别无选择。

数学考试相当于中国小学五六年级的水平，一色选择题。对我来说，数学本身虽然不难，但试题要求是英文表述，如果题意理解有误，则失之毫厘，谬以千里，加上数学公式离我已30年之久，所以我需要找到一本英文版的数学课本苦练，熟悉英文表述，并重温数学公式。

买来一本冲刺GRE的数学习题集，照这个标准练应该够了。做数学题跟记单词比，就像做游戏一样轻松，也算是沉闷中的一种调剂吧。我一边做题，一边把数学公式和英语表述词输进电脑，再打印出来贴在墙上。这样试了一段，效果不错，我对数学部分高分通过，信心满满。

写作考试只有一个命题。题目多为有争议的论点，措辞激烈，风格雄辩，篇幅千字左右，跟我在英语班学的议论文，显然不是一个路子。分析自己的情况，即使我一个上午只考写作，要在4个多小时内，完成这样的文章也是不可能的，何况考场上不让查词典。我只能提前写好一些文章，将其中典型的段落词句背熟，到时候根据考题随机应变，把脑子里存储的半成品编辑成文。这是我能想到的唯一办法了。

能准备的文章有限，猜题就成了关键环节。根据以往的考题，最可能出现的是涉及美国社会热点的题目，可我对美国社会不甚了了，更何谈热点。

美国大选临近了，大熊这些天下了班，不是上网看新闻，就是打电话跟朋友聊选举的事。灌进我耳朵里的声音表明，他反对奥巴马当选，他认为这位候选人没有执政经历，不懂经济，只是个哗众取宠的律师。

虽然对美国政治不了解，我对这位黑人候选人却颇有好感。他的哈佛学历、有色人种加上年轻帅气，让我觉得没准儿他能给萧条的美国经济带来一些生气。

闲谈的时候，我问大熊："奥巴马承诺的哪些政策令你反感？"

他说："这个政客企图在美国推行社会主义。"

看我吃惊的样子，他解释说："美国目前金融危机相当严重，奥巴马主张用纳税人的钱去挽救银行破产。经济危机的解决，历来是按照市场规律顺其自然，可奥巴马企图动用政府的权力推行国家计划经济，还提出提高富人的税，减免穷人的税，这是社会主义国家杀富济贫的做法，不适合美国。"

想起当年学过的马克思经济学说，资本主义经济高度发展后，经济危机必然发生，当经济危机严重阻碍生产力发展的时候，国家垄断必然出现……

我对大熊说："当整个社会深陷危机的时候，没有哪个私人企业能够改变全局，此时动用国家权力对经济做一些宏观调整，不是可以缩短经济危机的周期，让经济恢复得更快些吗？"

他不同意我的说法，坚持认为经济危机只能通过市场自身的规律慢慢好转，不可能动用经济以外的权力，人为地改变什么。奥巴马的做法是浪费纳税人的钱，去养活懒汉和庸人。

在社会主义思想熏陶下长大的我，更理解奥巴马的想法。大熊的脑袋里只装着资本主义的思维方式，以我捉襟见肘的经济学知识，想说服他显然是徒劳。

"何不写一篇该不该调整税收的文章？"我突发奇想，这既是社会热点，又符合思辨文章的要求，还可以向大熊展示清楚我的观点。

第 16 章
执 照

　　上网恶补了一些美国税收、社会、经济方面的常识，我冥思苦想了一个星期，然后炮制出一篇千字短文，翻译成中文大意是：

　　提高富人的税收是个有争议的论题。一种观点认为富人应该付更高的税；相反的意见则认为，让富人付更多的税是不公平的。我认为提高富人的税收比例，降低普通劳动者的税率，在当前的经济形势下是个合理的建议。

　　首先，调整税收可以缩小社会贫富差距。税收不仅提供社会福利和政府开支，而且是调节各种经济利益和收入差异的必要手段。当前，严重的经济危机正在冲击着美国人的生活，失业和收入减少已经导致很多美国人付不起他们的日常开支，无力偿还银行贷款，他们不得不减少消费。更重要的是，这些生活标准降低的人群是广大的中低收入劳动者。富人的开支和生活并没有什么改变，即使他们失去了工作或损失一些钱，他们仍然能够维持奢华的生活标准。原因是他们拥有的巨额财产和存款能够帮助他们轻松度过危机。不幸的事，普通劳动者没有足够的钱来抵抗经济衰退，收入减少或依靠失业救济金生活，使他们不得不遭遇贫穷。随着更多的人变穷，降低穷人的税负，提高富人的税收是合理的。比如，一个NBA球员的年收入是1500万美元，如果对他增收5%的税，他的生活标准又能降低多少？而一个年收入3万美元的工人少缴同样比例的税，他的孩子可能会得到好点儿的食物和衣服。在任何社会，如果贫富差距过大，这个社会就会变得不安全。因此避免大多数人变穷是必要的，调节税收正是达到这一目的办法之一。

其次，调整不同收入人群的税率，可能会有效地刺激购买力。众所周知，市场消费是美国经济发展的一个至关重要的因素。市场消费的主要构成是广大的中低收入消费者，因为富人不是多数。中低收入人群通常要花去他们的大部分收入支付日常开支，而富人可能只需用他们收入的一小部分便可满足生活消费。换言之，当一个社会的大部分钱集中在富人手里而穷人只有少部分钱的时候，市场的货币流通就会变少。因此，通过调整税收从富人手里拿走一些钱送给穷人，实际上是把更多的钱放入市场流通。

反对这个观点的人可能会说，富人是通过自己的智慧和劳动致富的，因此增加他们的税收去帮助普通人是不公平的。的确，很多富人是凭着自己的才能奋斗获得成果的，因此当普通人的日子还过得去的时候，富人的享受无可指责。然而当多数人开始为生计发愁的时候，富人的奢华似乎就不那么合适了。

毕竟，社会的财富是由富人和普通人共同创造的，所以从富人那里拿走一些利益去帮助困难的人是合理的。

综上所述，我认为提高富人的税率对于调整收入分配，推动经济发展，促进社会和谐是有帮助的。

读了几遍，觉得挺好的意思，让我用英文表述得别别扭扭，可又不知道哪不对。

拿给大熊修改，他说观点鲜明、说理充分、举例恰当，但文中太多的句子是中式表述。他皱着眉头逐字逐句地为我修改，文章经他一改，立马通顺流畅，气势磅礴，正是我想要的效果。

他解释说："有的地方，你在用英文单词填写中文句型，有的地方，你讲道理的语气和习惯是中国式的，美国人不这么说话。"

我理解他指的是什么，写文章不单是语言的事，语言背后的支撑是文化。语言和文化一起熟悉是个漫长的过程，眼下要应付考试，唯一的办法只能是炮制几篇这样的范文记熟，临场根据考题，或填入或嫁接成文。

大熊说："你要是走运撞上这个题目，肯定过了。"

"看来你赞同我的观点啦？"我开始得意。

"不，你没有说服我，"他说，"你的文章有一定的道理，但有的说法太片面。"

"比如？"

"比如没有哪个富人会把钱藏在家里，他们的钱也在市场流通中。这些钱用来投资、办公司、开工厂，创造就业机会刺激市场消费。让富人缴太多的税，他们入不敷出就会破产，到时候，会有更多的人失业，产生更多的穷人，经济危机不是更严重吗？这是杀鸡取卵的做法。"

知道自己露怯了，但我不会这个时候去恶补经济学，反正考的是写作又不是经济。我相信，写议论文只要观点鲜明、论据充分，能自圆其说就算 OK。

大熊："愿上帝保佑你的大作派上用场。"

接下来我选择了医改、禁枪、养老保险等美国民众关注的热点，如法炮制了几篇类似的文章，反复修改后烂熟于心。到时候凭自己的编辑功底，把这些素材恰如其分地融入考题，应该不成问题。

考期临近，我加大了学习量。

日益绷紧的神经使安眠药基本失效，多少个无眠的夜晚，我头疼欲裂，关节酸痛……不知道数了多少遍羊，翻了多少个"烙饼"，才能似睡非睡地眯瞪一会儿。

缺少睡眠的学习，效率极低。我终日头昏脑涨面对满纸英文，只盼考试快点儿结束。

1 月 12 日早晨，大雪纷飞。我一夜无眠，挣扎着爬起来喝了两口热水，忍着头晕反胃、心悸气短，跌跌撞撞地钻进车里，大熊开车送我去考试。

今天我上午考数学和写作，下午考中文专业课。

考场设在底特律城里的一座高楼，几百名参加各类考试的考生排成长龙依次进场。

我上气不接下气地爬上在五楼的考场。

口干舌燥眼前发黑，喝了两口水，趴在座位上定了会儿神，我意识到自己还活着，还得考试。此时的我对考试已毫无兴趣，只盼着熬过这几个小时，回家睡觉。

拿到考卷，我急切地翻到写作页面看作文题。

题目要求写一篇演讲稿，内容是说服制定法律的人修改某项法律。我混沌的头脑一激灵，立即想到那篇"提高富人税收"的文章。假定大熊是制定税法的人，我写的正是说服他调税的演讲稿——连改都不用改，直接搬上去即可！

惊喜之下我来了精神，调动浑身的气力先对付数学。数学题不难，怎奈我供血不足的大脑，稍一费神便嗡嗡作痛，我咬紧牙关，平心敛气，1 小时 20 分钟之后，完成了数学部分。

还有 3 个小时，我心里踏实，但气血耗尽。

趴在桌上养了会儿神，喝了口水，我开始回想那篇文章。好在这是我最用心的一篇，每个句子每个词都烂熟于心，只要写完第一句，第二个句子便滑向笔尖……我头脑麻木地写着，终于在墙上的挂钟指向 12 点之前落下最后一笔，连检查的气力也没有了，直接交卷。

出了考场，等在门口的大熊递给我一块儿冰冷的三明治和一瓶凉水，这是我的午餐。12 点半还有中文专业课要考，我没法去吃饭。

尽管饥肠辘辘，却咽不下一口面包，我喝了点儿凉水便在大熊担忧的目光下，疲惫地挪向下一个考场。

中文试卷很奇怪，考题是中文的，做题要求却是英文的。好几道题，我看了半天，也没明白要求我干什么，只好稀里糊涂猜着做。两段语速极快的听力题，要求把听到的内容记录成篇，我混沌的头脑，根本想不起来刚才听见了什么。还有一堆莫名其妙的小作文……我挣扎着对付完所有的题目，挣扎着没有躺倒在地，然后一步一挪地躺进自己的车里，由大熊拉回了家。

三天后的上午，我参加了阅读部分的考试，吸取上次的教训，这两天我没有学习，每天散步，看电视，逛商店尽量放松，考前的晚上又多吃了一片安眠药。第二天考试虽然头晕，但睡眠还算充足，猜单词的时候超水平发挥，直觉当时就告诉我，通过了。

三个星期后，盼星星盼月亮地盼来了结果：英文的三个部分全部通过，数学和写作得了满分。意外的是：中文不及格。我这个中文系毕业加 20 年中文编辑生涯的中国人，在美国考中文不及格！

这意味着：我拿不到执照，还得再等三个月参加下次的中文考试……我捶胸顿足，懊悔不已，要是不打疲劳战，怎么会出现这么荒唐的结果。

冬去春来，万物复苏。在一个阳光明媚的下午，我轻松考完中文，并当场确信高分通过。三周后，我收到满分的通知。

5 月 10 日，教育局寄来了密歇根州公立学校教师执照，范围包括 6 至 12 年级中文教学。这执照是对我两年来英语自学的评价，像是我孕育了两年才生出的孩子，个中的艰辛与苦涩难以描述。

大熊激动得手舞足蹈，要款待我一顿大餐。

我说应该我请你，感谢你为我操心费力着急上火这么久。

我们去了一家高档的鱼菜馆，两份烤鱼、两份汤、一份沙拉，200 多美元。烤鱼异乎寻常地难吃，我勉强喝了点儿汤，其他都归大熊了。我饿着肚子回来啃面包，他撑得肚子大了一圈。

至此，在美国教书的三座大山我翻过了两座，下面是更为艰难的挑战：到美国学校当老师。

第三部 立 足

在陌生的社会安身立命，仅有生存技能远远不够，你必须了解和遵循异域文化的规则。

本以为有了中文教师执照，在美国便捧上了铁饭碗。谁知文化的差异让我的求职过程举步维艰。凭着死缠烂打的韧劲儿，我四处求教，屡败屡战，最终拿到了美国公立学校中文教师职位。

第 17 章
培 训

冰消雪化时节，花了几周时间拿下车本儿。我揣着执照开着坐骑，底气十足去找工作。

我在《密歇根新闻》查广告，大熊在英文网站找信息。几个星期过去了，没见任何有价值的招聘信息。大熊说，学校可能到六七月份放暑假那会儿，才开始招人。

一天，在《密歇根新闻》上发现一则"中文教师培训班"的广告，课程包括资深中文教师传授如何在美国学校教中文，教学实习和推荐工作机会，为期三周，收费 300 美元。

像是黑暗中看见了光亮，沙漠中找到了清泉，我如获至宝地抓住了广告。

我的烦恼不光是没有招聘信息，就是工作找上门来，怎么面试怎么教课，我心里也没底。这个培训班传授教学经验，提供实习机会，捎带着还介绍工作。真是踏破铁鞋无觅处，得来全不费工夫——就像专门为我设的！

按地址找过去是一个王姓女老师家里。

王老师50多岁，戴眼镜，南方口音。她亲切和蔼地告诉我，培训班上个月已结束，她愿意为我单独开班，只是一对一教学要加收100美元，可以为我增加教学专家咨询内容。

结束了还做广告？收400美元干吗写收费300美元？

一丝疑虑掠过，知道别无选择，值不值也只能一试。

课表上写着：每周两次课，每次两小时，三周共计12小时。

第一节课测试我的汉语程度。内容很简单，就是背写声母韵母，给汉字注音，给拼音标四声之类的，这些对我自然是小儿科，四页纸的卷子我12分钟搞定。

"完了？"王老师惊讶地翻了翻我的卷子问，"你学什么专业的？在国内做什么工作？"

"汉语，文字编辑。您呢？"我颇有底气地反问。

"哦，那汉语是你的专业啦，"听得出她有点儿失望，"我是学教育的，来美国二十多年啦。"

她翻箱倒柜，找出一份打印成册的材料递给我说："这是我编写的中英文对照的语法教学材料，你拿回去仔细读一下。另外准备一份教中文的教案，要用英语，下节课在这儿试讲，我为你讲评。"

"什么内容？"

"讲拼音吧，20分钟。如果给美国人上拼音课你该怎么讲？根据你的想象准备就行了。"

"我真不知道怎么讲，能给我指导一下吗？"总算接触到正题了，我来了精神。

"你先随便准备吧，讲完我再给你指导。今天就到这吧。"

"不是两小时课吗？从进门到现在才 30 分钟，花 70 美元做这点儿拼音题就把我打发啦？"

王老师看出我的不悦，"你打乱了我的教学计划，"她装腔作势地埋怨道，"本来第一节是拼音辅导课，没想到拼音你全懂。再辅导你就是浪费时间了。那就调整成语法课吧，这份中英语法对照，我写得很详细，你可以在家学，也可以在这儿看，有什么问题我给你讲解。"

我明白了，她编的材料抵充了剩下的一个半小时课。

回到家里，我冥思苦想怎么用英语讲拼音。

印象中给美国人讲课得生动活泼，可教拼音怎么生动呀？再说也得针对学生的情况，给成年人给青少年和给幼儿园小朋友讲课完全不一样。给成年人讲课，我会告诉他们拼音是干吗用的，给小孩儿上课的话，弄点儿卡通图片，还有"鹅鹅鹅"之类的就行了……我思绪纷乱地琢磨了两天也没憋出一个教案来。打电话问王老师，我的拼音课是讲给什么人听的，她还是原话：随便。

翻看王老师编的材料，发现有一段关于拼音的英文解释，我灵机一动把这段抄进教案，心想再教两个声母两个韵母，加上带学生练发音，刚好 20 分钟。要是不对路王老师自然会告诉我哪不对为什么。这份教案显然是针对成年人的而且没法生动。

备好课，我兴致勃勃地对大熊试讲了两遍，他说听了我的课，知道拼音是干什么的了。

第二次上课，王老师坐在沙发上假扮学生，我把准备好的几个字母卡片贴在对面墙上，拿起教鞭，有模有样地背起了教案。快讲完的时候，见时间还有富余，我就带着王老师念拼音——

直到墙上的挂钟指向规定的时间。

"很好！"她赞道，"声音洪亮、讲述清楚、教态大方、英语流畅。特别是最后对学的知识有个总结，还布置了家庭作业。这表明你是一个合格的老师。不足之处嘛——注意多提问，多给学生课堂练习的机会，要照顾到不同水平的学生。"

"谢谢。"心说就你一个学生，我照顾谁去呀？

接下来王老师拿出一张歌片教我唱《字母歌》。歌词是声母和韵母，曲子是一首中国儿歌。

"a, o, e, i, u……"她打着拍子装着小朋友的样子，嗲声嗲气地边唱边指导，"注意表情！"

我不会卖萌，只能僵硬地跟着学舌。王老师不大满意，再三纠正我的表情无效便作罢。

"今天就到这儿。回去再写一份针对小孩子拼音教学的教案，下次试讲。另外今天学的字母歌回去练熟，下节课考你。记住教小朋友唱歌要有表情。"王老师给我布置家庭作业。

瞥一眼墙上的挂钟，还有一个小时呢！她怎么老这么节约时间？70美元就学首《字母歌》！我亏大发了。

"在美国学校就这样教中文吗？"我不甘心地质疑。

"是呀！你讲得挺好，不过给小孩子上中文课就不能这么严肃了，要生动活泼，注意调节课堂气氛。你要学好唱歌，教小孩子学汉语，儿歌图片非常重要。你先准备吧，下节课我会指导你的。"

"我什么时候可以到美国学校实习呀？"我想知道下面还有什么节目，要是仅此而已，我得抗议并要求部分退款。

"后面我会给你安排课堂实习的。你可以到我的班里讲课，想多讲几次也没问题。"王老师言辞凿凿地保证我的实习。

"那什么时候向专家咨询呀？是什么专家我能知道吗？"我进一步探询后面的内容。

"我为你请了一位在美国外语学校教了十多年中文的老师，她可以回答你所有的问题。我给你她的 Email 地址，你可以向她请教。"王老师说。

看来课堂实习和专家咨询是这个培训班的卖点了，前面这些哄小孩儿的把戏，就算是搭配吧，买菜不是还得好坏搭配吗？当然这属于中国特色了。

回家琢磨了一个晚上，拼音教学不就是把声母韵母念熟，再把它们拼在一起念出来吗。给小孩上课，好像得夹杂着唱歌看画做游戏。给大人上拼音课用不着闹腾，但除了读拼音，还得穿插着讲讲同音字、四声辨析和中英文发音对比什么的。

总之教孩子要连唱带跳，有个热闹劲儿。教大人得旁征博引，卖弄点儿知识。

向专家咨询什么？想了半天无非是"怎么教中文"。围绕这个中心，我煞费苦心地衍生出若干具体问题，然后把所有的疑问通过邮件发给了专家叶老师。

第二天收到了她的回音，她说我的问题太琐碎，最好面谈。她约我周六下午在奥克兰社区中心会面，她要当面向我赐教。

我大为感动，资深专家这么负责地亲临指导，看来这 400 美元没白扔。我决定绞尽脑汁，提出尽可能多的问题，去享用这难得的机会。

第三次培训课上，我带着王老师扮演的小朋友读声母韵母，唱拼音歌，认拼音画，热热闹闹折腾了 20 分钟后，她兴高采烈地夸我悟性好。

王老师那两下子我领教了，讲课方面也不指望她给我什么指点了，教学实习算是我唯一的念想。我以不容推辞的口气，向王老师要求马上实习。

她思索片刻便答应了。她说这个周日下午，我可以到她的班上听课并辅导学生，下个周日我可以在她的班上开讲。

我有点儿诧异，美国的学校怎么周末还上课，没好多问。

按王老师给的地址，开车找过去，哪里有什么学校？这是一个社区的文化中心，有很多收费的数学班、舞蹈班、美术班和外语班。

王老师的中文班是其中之一，八九个学生，年龄从四五岁到十来岁不等，面孔有亚裔、白人、黑人和貌似印度墨西哥那边的。

"不是在美国学校实习吗？"我失望地问。

"哦，我这个学期没在学校教学。在这儿讲课跟在学校讲没什么不同。"听得出她有点儿心虚。

我很不满，不同大了去了。我的执照是美国学校6到12年级的中文教学，以后我要到美国中学教中文。当务之急是见识美国学校的课堂教学是什么样子？学生怎么学习？中文课在美国怎么上？可这个整天装小朋友的王老师，收了我这么多钱，却把我引到这个课外幼儿班来浪费时间。

又想起北京的婚介，看来有中国人的地方，弄钱的招数都差不多。

王老师的中文课，跟她上培训课的风格一样。除了带孩子们念念拼音，更多的时间不是唱歌看图画，就是把手举在头顶上蹦来蹦去装兔子，或是"汪汪汪"学小狗叫。望着她皱褶遍布的脸上不时扮出的幼儿状，我一阵心酸，一阵反胃，决定下个周日放弃这里的教学实习。

现在唯一的指望，就是那个未曾谋面的专家了，但愿她不要让我失望。

咨询开始：

在美国学校教中文课堂上需要讲英文吗？
"能不讲就不讲，但学生不懂中文，你还得用英文解释。"

学生上课捣乱怎么办？
"得管，又不能太严厉。"

美国学生怎么学中文？
"别指望他们跟中国人学英语一样。"

要给他们留作业吗？
"要留，但是学生不做你也没办法。"

这里的中文教学用什么课本？
"不一样，有的老师自己编教材，有的用课本，用什么课本，教什么，怎么教，老师自己定。"

中文课是必修课还是选修课？
"选修课，所以老师不敢得罪学生也不敢考得太难，否则没人选你的课，老师就丢了饭碗。"

美国中小学的中文课程是怎样设置的？

"没有统一设置，老师爱怎么教就怎么教。大陆来的教简体字，台湾来的教繁体字。"

怎样准备工作面试？

"大概会问你的教学目标、教学计划、课堂安排，还会问你如何管理课堂，如何应对家长之类的问题。"

……

表情严肃的叶老师回答简短而笼统。同样的说法在互联网上也能搜索到。我想要的是她亲历的故事和感受，据此想象自己将面临的情形。怎奈她惜字如金，我只得拿出采访的招数，抓住线索、顺藤摸瓜、抛砖引玉、见缝插针……根据她的回答，我设法套出实例及细节。

经过一个多小时煞费苦心的盘问，我脑子里形成了一个大致的轮廓：

中文教学在美国还很不规范，没有统一的教学目标和教学计划，教材乱七八糟，教法五花八门。换言之，中文课在美国学校更像装饰，老师随便教，学生不用功，学校不重视。所以在美国当中文老师，主要精力要用在把每堂课维持下来，至于教什么怎么教，其实没那么重要，学生能说"你好""谢谢""再见"就算OK，要是会两句"你家有几口人？""我去过中国。"就可以显摆一阵了。

听了叶老师的介绍，我忽然意识到：对我这个连美国学校门都没进去过的外国人来说，当务之急应当是去实习，而不是急着找工作。即使没机会讲课，去教室听听课，辅导一下学生也好。否则两眼一抹黑，有了工作恐怕也会弄砸。

"我能去你的学校做志愿者吗？我可以帮你辅导学生，批改作业。"知道叶老师是外语学校的资深中文老师，我不失时机地推荐自己。

"我帮你问问校长。问题不大，不过现在马上就放暑假了，得等下学期开学了。"叶老师表示会尽力帮我。迟疑了一下她问："你上这个培训班交了多少费？"

我敏感地觉察到，这涉及她与王老师之间的利益分成，她探询的目光告诉我，她想知道自己所得占王老师总收入的比例。

"400美元。"我实事求是。

叶老师若有所思地点点头，没再问什么。

培训结束了，虽然离我的期望值差得远，不过也算有点儿收获：至少我认识了叶老师，了解了中文教学在美国的概况。要是下学期能到外语学校当志愿者，也算是往前迈了一步。400美元换来的，也就这么点儿进展了。

第 18 章
面 试

进入 7 月份，网上陆续出现一些中文教师招聘信息。搜索离家一小时以内车程的职位，找到三个招聘单位，我一一传去申请。

不知是我的专业背景还是教师执照起了作用，很快便收到了三个面试通知。

我开始发愁怎么应付面试。

叶老师说过，可能问及教学目标、教学计划、课堂管理和应对家长之类的问题。

对我来说，凭空杜撰一些教学目标和教学计划倒也不难，只是从没进过美国课堂，我实在想象不出怎么管理课堂和应对家长。因为我猜不出，被管理和要应对的人会怎么折腾我。

上网查询相关信息无果，我只好先凭想象写出一套教学目标和教学计划，并就相关的内容拟出一些"答记者问"。

第一家面试我的，是奥克兰学区的一所中学和教育局人士。面试通知说，被聘用的老师，将在这个区的两所初中和一所高中教中文课。

面试在 7 月的一个上午，彻夜未眠之后，我心悸气短地走进一间会议室，只见七八个美国面孔和一个中国面孔坐成一排，对面是一把为我备好的椅子。

我惶恐不安地坐下，想起了京剧《玉堂春》里的三堂会审，尚未开言便预感自己必败。

"如果学生认为中国字太难不想学，你该怎么办？"一位 40 多岁的女士并无恶意地问道。

"啊？"我直发懵，脑子里备好的，是成套的教学计划教学方案，突然冒出这样的问题，我一时无言。

见我发愣，主持老师以为我没听懂，忙把一份面试提纲递过来。上面列有 20 多个问题，看来今天的诸位将据此对我轮番轰炸了。

"我会告诉学生学中文很有用，因为中国经济发展很快……现在竞争这么激烈，你懂中文别人不懂，你就业的时候就多了一个优势……其实中文并不难学……"听着自己语无伦次的回答，我知道跑题了，可又溜达不回来，因为我脑子乱了，英语又差。

"如果你的课堂上，有学生打闹喧哗，你没法上课怎么办？"又是一个跟教学方案无关的难题。

"我会要求他们安静，否则请他们出去。"我不知道美国的老师会怎么办，便想当然地说。

"如果他们不肯安静，而且人数较多，你能都让他们出去吗？学生在教室外面，影响别人上课怎么办？这些被你请出教室的学生，你会为他们补课吗？如果会，你将花费多少时间来做这些事情？如果不会，那就意味着，这些学生的学习权利被剥夺。家长告你怎么办？"一位年长的男老师一脸不屑地质疑我。

没法再往下答了，我真的不知道，美国老师怎么处理这些问题，对我这个外国人来说，它已经超出了教学范围，涉及不同的文化和法律。

"你怎么利用学校的教学资料和设备，为你的教学服务？"一位年轻的女教师问。

"我先了解一下，学校有什么跟我教学有关的资料和设备，然后制定一个使用计划。"我觉得自己答得挺周全。

"我们学校有Projectors、Cable television studio system……请举例说明你怎么使用它们。"

我崩溃了，我根本不知道她说的是什么东西，当然也就没法知道怎么用，只好老实说不会用。

接下来的问题，我愈加招架不住：

如果学生不完成家庭作业怎么办？

如果你班上一半学生考试不及格怎么办？

如果学生的中文学不好，家长认为老师不称职怎么办？

如何吸引学生选修你的中文课？

……

狼狈不堪地败下阵来，我得出一个结论：美国学校招聘外语老师，不在乎你教什么怎么教，只关注你有没有本事应对学生和家长！我苦心构想的教学法，在面试的时候一钱不值，而应对学生和家长的办法，我没有实践经验，自然乏善可陈。

为了避免第二家面试重蹈覆辙，我上网查询了很多信息，请教了王老师和叶老师，把上次面试的问题细细捋了一遍，融会贯通，在纸上一一写下答案，这才觉得踏实点儿了，再问我怎么应对学生和家长，至少不会像上次那么狼狈了。

第二家面试的是卡特区的一所初中和小学连在一起的学校，据说学生从幼儿园就开始学外语，被聘用的老师将在这儿教五至七年级的中文课。

这次面试我的只有学校和教育局的两位，提问也简单，大概是"教什么""怎么教"还有"课堂纪律"什么的，因为有备而来，我顺利通过面谈准备试讲。

这所学校教中文的李老师来自台湾，见了我这个大陆同胞一脸不欢迎的表情，冷冰冰地递给我一本台湾编的繁体字教材，说下周一上午，在她的二年级班上试讲。

我满脸堆笑，跟李老师套近乎，想从她那儿得到点儿跟试讲有关的信息。

怎奈李老师爱答不理，问一句，答一两个字。最后只知道，在她45分钟的课堂上试讲20分钟，内容是这本教材的第七课。至于讲什么怎么讲，如何跟她的内容和教法衔接，她秘而不宣。

打开李老师给我的课本，内容是拼音汉字和与之相配的图画和儿歌。第七课是"你好""谢谢""再见"之类的问候语和绿、紫、橙三种颜色。不知道李老师的教法，我只能自己设想怎么教这些内容。

走进教室，满屋子白、黑、棕、黄不同肤色的小脸，好奇地望着我和监听试讲的老师。

李老师往讲台前一站，底气满满地一挥手，20多张小嘴儿一起发出"老师好"的中文问候，再一挥手，小嘴儿们整齐地唱起了儿歌："鹅，鹅，鹅，曲项向天歌，白毛浮绿水，红掌拨清波……"发音准确，口齿清晰。

接下来李老师指挥她的学生，一对儿一对儿，做起了自编的"你好，谢谢，再见"的游戏……

看着孩子们兴奋的样子，我断定他们掌握了这几个词儿的含义，不由对李老师顿生敬意。

游戏结束，轮到我教颜色了。

我拿出准备好的彩色卡片，先带领孩子们复习学过的"红黄蓝"。

"这是什么颜色？"我举起一个大红苹果的卡片，用中文问孩子们。

教室里一片寂静，我有点儿慌，没学过吗？

"红色——跟我读"我大声说。

没人响应，孩子们面面相觑，开始小声嘀咕，接着叽叽喳喳……

我一急冒出了英语："What color is the apple？"

"Red."孩子们参差不齐地用英语答。

我又拿起一张黄香蕉，用中文问："这是什么颜色？"

没人理我，孩子们的叽叽喳喳，升格为嬉笑嚷叫。

教不下去了，我气急败坏地冲着李老师大叫："他们没学过红黄蓝吗？"

李老师白了我一眼，走上讲台，举起苹果卡片唱道："这是什么颜色？"

孩子们齐声高唱："是红色，是红色！"

李老师又举起黄香蕉唱："这是什么颜色？"

"是黄色，是黄色！"歌声嘹亮，震耳欲聋。

我愕然。

原来学生只懂中文歌，不懂中国话！

这算哪门子的教学法？

我越来越紧张，今天的"绿紫橙"怎么教？用中文？学生不懂。用英语？教学规定不允许。唱着教？刚才只听见他们唱着复习，不知道教的时候该怎么唱。

顾不得多想，我举起绿色卡片，学着孩子们刚才的音调唱道："是绿色，是绿色。"

底下一阵哄笑，我心一横，脸一绷，提高了声音坚定地唱："是绿色，是绿色。"

有人跟着唱了，笑声停了，我一遍一遍唱，直到所有的孩子整齐地跟着我唱起来。

此时我挥着绿卡片唱道："这是什么颜色？"然后示意大家："是绿色，是绿色。"

"这是什么颜色？"

"是紫色，是紫色！"

"这是什么颜色？"

"是橙色，是橙色！"

试讲课结束之前，我带着孩子们，把绿紫橙三种颜色唱完了。

这个学校没有聘用我，回想当时的情景，应该是那个不友好的李老师从中作梗。课堂上学生听得懂中国歌，听不懂中国话，导致我的试讲打了磕绊，这不是我的错，而是李老师的荒唐教学法所致。听课的美国人不知其故，肯定得问李老师，她当然不会以实相告，一句"没有教学经验"，便足以砸掉我的饭碗。

第三家面试的是一所中文学校。学生大多是在美国出生长大的中国孩子，他们的父母担心孩子丢了文化，忘了祖宗，自己又没时间教，所以送孩子到这儿来补习中文。

中文学校给我一本汉办编的课本，告诉我选一篇试讲，时间半小时，其他没有要求。翻了翻课本，跟国内的中学课文差不多。

我选了一篇《矛和盾》，怎么写教案可真犯难了，学生在美国长大，会说点儿中国话却不怎么认识中国字儿……想来想去，我只好按照国内教语文的套路写教案：朗读课文，划分段落，找出生词和特殊句型再解释。

走进试讲的房间才发现，听讲的不是学生，而是10多位中文老师。

我的神经顿时绷紧。

"你用幻灯片吗？"一位戴眼镜的男老师和气地问。

"不用……不知道这儿有幻灯，没准备。"怎么没人告诉我有幻灯呢。

"那你准备别的教具了吗？卡片、图画什么的。"眼镜儿老师继续提醒。

"都没有，我不知道可以用教具。"忽然觉得，在美国我根本就不会讲课。

"好了，开始吧。"貌似主持的老师示意我开始。

我心绪已乱，干巴巴地背着准备好的教案，自己都觉得索然无味。众老师的眼神告诉我，我的声音令他们昏昏欲睡，大家唯一的期盼是我快点儿背完。

中文学校没有录取我。

我明白自己最大的欠缺是，没有在美国的课堂教学经验。

如果不尽快把这个环节补起来，别说找不到工作，就是真有学校聘我，恐怕我也拿不下来。

我决定先到叶老师的学校做志愿者，取得相应的课堂经验，至少知道美国的老师怎么教，学生怎么学，再去找工作。

第 19 章
实 习

听了我的诉求，叶老师总结道："你是本末倒置，别人修完教育学，才能考教师执照，修教育学的过程包括一个学期的课堂实习。也有人当了好几年非正式教师才考到执照，大家拿到执照的时候，都有了一定的教学经验。你呢，什么经验都没有就考执照，执照倒是有了，可你不知道怎么教！"

其实也算不上本末倒置，只是我的教学实践是在中国完成的，两个国家版本不同，所以得从头再来。

叶老师所在的外语学校在底特律城里。由于历史的原因，城里的白人 1997 年后陆续迁出，现在城里居住的大多是黑人，所以这个学校的学生，基本上是黑人。

叶老师介绍说，学校设法语、德语、西班牙语、中文和日语五个语种。从幼儿园到八年级，每个年级都有五个不同语种的班级，学生从幼儿园到毕业，一直学习同样的外语。班主任一般由教外语的老师担任，从一年级跟到五年级，六至八年级的外语课则由专门的外语老师担任。

9月初的一个上午，我跟着叶老师到她的学校参见校长。校长是一位打扮入时的黑人女士，看上去有40多岁，但实际已年过六旬。

审阅了我的执照，校长什么都没问就对我说："你去四年级教中文吧。"

以为听错了，跟叶老师确认一遍，没错！让我直接去当中文老师。

我着实吓了一跳。本以为实习只是帮老师改改作业，辅导学生什么的，领导却拿我当作独当一面的老师委以重任了。我哭笑不得，不知道该庆幸还是该叫苦。

转念一想，作为一校之长，她既然敢把学生交给我，我一个不拿工资的实习生，我怕什么？又出不了人命！

忽然想起在李老师班上唱着教中文的经历，不知道这个班的前任中文老师是唱着教，还是说着教的，要是我衔接不上，下不了台怎么办？

听了我的疑虑，校长答应我先去别的中文老师班上听几节课，再给学生上课。

"记住！在你的课堂上，你是老板，你有权决定一切。"领导善解人意地为我打气。

周二上午，我到冯老师的二年级班听课。

"起立！""坐下！""手背好！"随着冯老师语气严厉的指令，20多名可爱的黑人小朋友整齐地起立、坐下、手背好。

"现在我们复习上学期学过的诗。锄禾日当午……"冯老师起头，孩子们响亮而清晰地背起了《锄禾》。

真不愧是外语学校！我暗暗叹服。

"今天我们学习第一课《我的家庭》，现在跟我读课文。"冯老师带着大家一句一句往下读。

课文不长，大体是我家有几口人，爸爸、妈妈、哥哥、姐姐和我之类。学生跟读了几遍便自己齐读，分组轮读，单个读。

读啊读啊，声音从含混磕绊到清楚流利，我闭上眼睛听，这简直是中国孩子在读中文。

下课了，家庭作业是背课文。这节课学生的嘴巴基本上没闲着，从头至尾都在发声。忽然想到一个问题，孩子们知道他们读的是什么意思吗？他们会用自己读过的词和句子吗？冯老师为什么不解释？为什么不教大家用这些句子？没敢问，但愿这节只是朗读课，下节课会给学生讲课文。

周三下午，到八年级的张老师班上听中文课。

八年级相当于初三，20多名吃汉堡薯条长大的黑人青少年，人高马大，肌肉发达。

张老师慢条斯理地从包里掏出本子，把上面的中文词汇抄到黑板上，每个词上面都注有拼音，旁边还有对应的英文单词。

"Copy these characters on your notebook, please."张老师要求大家把黑板上的词抄在本子上，讲台下无人理睬，学生们有的聊天，有的发短信，有的做数学题，还有的干脆睡觉。

黑板被写满后，张老师用教鞭指着汉字带大家朗读，跟读的寥寥无几，声音低得像蚊子哼哼。无奈何张老师点名要学生读，被点到的竟摇头说不会。

我为张老师捏了一把汗，她却面带微笑不急不火，继续给学生讲这个字怎么写，那个字怎么发音……讲台下，20多个青少年继续聊天、发短信、做数学、打呼噜。

下课后，我问张老师："为什么课上学生不好好学？为什么面对这样的状况你不着急？为什么二年级的孩子中文读得挺好，到了八年级后反倒不会读了？特别是，如果多数学生中文考试不及格，你怎么跟学校和家长交代？"

张老师一一耐心解释："八年级学生要参加学区的升高中统考，学习压力很大。英文课、数学课、科学课都是必修课，自然要全力以赴。学中文又难又费时，跟升学还没关系，谁会这个时候在这儿瞎耽误工夫。"

"学生不学，我着急上火有什么用？这又不是我能改变的。我来这儿讲课，学校发我工资就行了，学不学是他们自己的事。"

"低年级的孩子把读中文当成做游戏，所以读得起劲儿。高年级学生压力大，想法多，自然没有情绪做这样的游戏了。"

"至于考试，试卷是我出的，我自然有办法让他们及格。"

我明白了张老师为什么压力不大——出简单的试卷，把考题提前透露，反复练习，没准儿连答案都公布了……既然学生、家长和校方都不把中文课当回事，她又何必较劲儿呢——我理解张老师的想法，也无可厚非吧。

从低到高听了两堂课，教学方面没什么可借鉴的，倒是平添几分忧虑：迄今为止，我见到的中文教法，不是背就是抄，这会把中文教学推向死胡同，我决定自己琢磨教法。

拿到的课本是汉办编的，前言注明针对 16 岁左右青少年，可四年级学生才八九岁。课文的内容更是莫名其妙，什么天安门广场、人民大会堂、付房租、兼职……这哪儿是美国小孩儿能理解的概念，明明是为在中国的外国留学生准备的，不知是哪个人决定使用这样的课本！

我想明白一个道理：语言是用来表达和交流的，不是背给谁看的。我决定本着这个原则，重点教学生使用中文。

周四上午，我开始了在美国的第一堂中文课。一进教室，20张黑色小脸上，20对儿圆睁的眼睛兴奋地盯着我，班主任莫妮卡女士向孩子们隆重介绍新老师。

我打开课文《在图书馆》让学生齐读。这是他们学过的课文，孩子们读得很起劲儿。

我问谁能用英语解释课文的内容，教室里一下安静了，大家面面相觑，无人应答。

"可是""然后""安静""喜欢"，我从课文里抽出几个单词写在黑板上，让学生齐读，无人出声。

尽管有精神准备，我还是感到悲哀——这是驯兽式教学法导致的结果：孩子们只知道这些方块儿字连成串的时候怎么读，不知道把这些字单独抽出来怎么发音，更不知道他们发出的声音在表达什么。

我把课文里的词抄在黑板上，对应的英文写在旁边，逐个用英语解释它们的意思和用法，然后让学生复述，确认大家听懂记住了，我再把这些词放回课文，让学生逐句朗读，逐句解释。

第一节课结束的时候，不少学生能用英语解释课文了。

第二节课，我让大家模仿课文中的句型造句。比如课本上是"图书馆很安静"，学生造句说"我家很安静"。课本上有"我喜欢读书"，学生说"我喜欢唱歌"。造句帮助孩子们准确地理解了"安静"和"喜欢"。

不知对我的教法感到新鲜，还是觉得用中文对话很了不起，孩子们兴奋异常。每当我问谁能用这个词造句的时候，他们不光小手举得高高的，嘴里还连嚷带叫："Me!Ms.Tang!Me!"

"Shut up!"一声尖厉的呵斥。

见学生喧哗，莫妮卡以为他们在捣乱，便跳起来维持秩序。因为我是实习生，我上课的时候班主任必须在场，课堂纪律由她负责。

两个小时的中文课结束了，莫妮卡冲我伸出大拇指赞道："You are a great teacher!"

没想到我的第一堂中文课会有这样的效果！

这是我到美国以来，第一次获得成就感。想到几次面试的失败，被平反的感觉令我惬意非常。

这所学校有个规矩，只要不违反法律，老师有权决定教什么怎么教。校长第一天就赋予我掌控课堂的权力，这等于给了我一块儿试验田。我决定利用这机会，好好摸索在美国教中文的路子。

甩开不着四六的课本，我教孩子们用"说、唱、吃、喝、写、读、走、跑、要不要、喜欢不喜欢、高兴不高兴、好坏、知道不知道"等表现行为和情绪的动词形容词造句。还把他们生活中常用的词汇，用中英文打印成册，发给大家当教材，重点组织学生解词造句，用中文对话交流。

我的课堂上，鲜有方块儿字的抄写，少见齐刷刷的朗读，常见孩子们争着造句，抢着翻译。

每当大家兴奋过度的时候，莫妮卡就会"嗷"地一嗓子，为燃烧的课堂气氛浇点儿凉水。

一天上午，教室里的中文对话正进行得如火如荼，忽见孩子们眼里闪着异样的光彩，噪音小了，手举得特别齐整。我下意识地向前望去，只见校长端坐在教室的后排，莫妮卡不见了踪影。

校长的到来，使学生的表现欲空前高涨，大家发言更踊跃，声音更洪亮，正确率更高，人人超水平发挥，我不失时机地用中英文表扬他们……

下课的时候，我发现校长已经消失，莫妮卡又出现了。她表情夸张地告诉我，校长说你真的是个 Great teacher。

接下来的事儿让我大为不安。我听过课的张老师、冯老师和隔壁教室的梁老师，先后跑来告诉我，校长要求中文老师都来听我的课，他们会找时间坐在我教室的后排，看我上课。

我非常不想让他们听课，同行是冤家，何况我的教法离经叛道，连课本都没有，谁知他们听了，会生出什么事端。我忙说自己不会教，只是跟学生练练对话，校长看见课堂热闹，误以为我教得好，恳求他们不要来浪费时间。

几位同行还是分别溜进我的教室听了会儿课，让我不自在了几次。

校长叫我到她的办公室去一趟。

我的担忧不无道理，一位听过课的老师告了我的刁状，说我上课不用课本，不写汉字，纯粹是误人子弟。校长想听听我的解释。

中文课怎么教，我是经过深思熟虑的，于是我慷慨陈词：

"语言的学习方法应该是'听''说''读''写'。听得懂和说得出，是起码要求。读和写，必须建立在听和说的基础上。中国国内的语文课堂强调读和写，那是因为学生在进入学校之前，已经能听会说，他们学语文的目的，是写文章和认汉字。美国的学生则不同，他们听不懂，也不会说中文，在这种情况下，照搬中国语文课的教法，一味地让学生背课文写汉字是不合适的。"

"我已经发现不少学生课文读得烂熟，汉字写得工整，却不知道自己读的写的是什么意思，更不会用中文交流。长此以往，语言失去了它的表达功能，学外语就成了纯粹的表演。我的中文课偏重造句和对话，就是想纠正这样的错误，让孩子们学了中文就能用。等学生有了一定的'听''说'基础，养成了用中文交流的习惯，我自然会加强他们的中文读写。"

校长频频点头："继续你的尝试。Ms.Tang，我非常赞赏你的做法，全力支持你的探索。"

午餐时间，莫妮卡带领学生去餐厅吃饭。我拿着自带的饭菜，去隔壁三年级梁老师的教室用微波炉热饭，顺便跟她聊天。

梁老师是湖南人，在加拿大和美国上学后，辗转来到这所学校教书。从她嘴里得知，这里的班主任都是全科老师，要教外语、英语、数学、科学等五六门课程。每天从上午八点半到校，至下午四点半离校，学生的课堂教学及吃喝拉撒都要管，工作压力很大。

她不无嫉妒地说："你在莫妮卡的班上教中文，让她捡了个大便宜。"

原来，莫妮卡不懂五门外语中的任何一种，因为跟校长是非洲老乡，破格当了班主任。她班里的中文课一直由梁老师代教，作为交换她替梁老师教数学。

"她的数学一塌糊涂，因为数学过不了，她的教师执照，考了好几年才拿到，"梁老师吐槽，"现在外语课你替她教了，她也不用替我教数学了，舒服死了。也好，我们班的数学课，也让她糟践的够呛了。"

控诉完莫妮卡之后，梁老师解释说："美国的黑人跟白人不一样，完全是两种文化。莫妮卡就是典型的黑人妇女，偷懒，占小便宜，老想让别人替她干活儿。跟莫妮卡千万别客气，越客气她越欺负你。"

不知莫妮卡真的差劲儿，还是梁老师跟她有什么过节儿，但这位黑老师的数学课我确实印象深刻。

一次我坐在教室后面改作业，莫妮卡在教数学。不经意一抬头，见黑板上写着一道数学计算题：$4 \times 6 = 27$，定睛一看，还是 $4 \times 6 = 27$。

这道错题堂而皇之地展现在黑板上，从上午最后一节课到下午放学。我大为诧异，不仅为莫妮卡的数学水平，更纳闷儿的是全班 20 多名学生，竟没人对此提出异议——他们最大的乐趣就是纠正老师的错误：

上语文课的时候，我用完马克笔要是没盖笔帽，学生会异口同声地嚷"盖笔帽！"刚来的时候我说"看黑板"，大家便七嘴八舌地说："你不能说 black board（黑板），只能说 board（板）。"我以为他们在捣乱，莫妮卡解释说："因为我们的皮肤是黑的。"我恍然大悟，看来这个词儿涉及种族歧视了。确实我用的也不是黑板，而是白色的玻璃板，马克笔写出的字才是黑的。由此我脑子里多了根弦儿，凡是涉"黑"的词，都得慎用。

这会儿，黑板上的错题没有受到质疑，我相信不是孩子们惧怕莫妮卡，而是她教出的学生跟她一样"数盲"。

两个月的实习生活快快乐乐过去了。

一天上午刚上课，莫妮卡凑过来，鬼鬼祟祟地说："我有急事出去一下，20分钟就回来，这里你帮我盯一下，别告诉别人我不在教室。"

我点头答应，继续上课。

莫妮卡离开没几分钟，教室和楼道的喇叭齐声高叫，好像是什么紧急情况发生，要求大家立即到什么地方去。

我没听清，不知如何是好，孩子们七嘴八舌地指挥我："到篮球场集合！""校长要开会！"

怎么办，带学生去？不知我有没有这个权限，别人要问莫妮卡哪去了，我说什么？不予理睬？四年级缺席麻烦更大。

权衡片刻，我怎么做，莫妮卡擅离职守的事实也没法掩藏。

无奈何，我跑出教室请教正在集合队伍的梁老师。

"告诉校长去！太不像话了……"梁老师惊讶而愤慨，立即拉开声讨莫妮卡的架势。

"可是……现在该怎么办？"我打断了她急切地问。

"你带学生去吧，先到楼道排好队，然后跟着我们班走，"梁老师意识到不是抱怨的时候，便安静下来，"不过你得跟学校领导说一声，这样你就没责任了。"

我力不从心地组织学生排好队，却无力止住他们嬉笑吵闹的噪音。此时我感到莫妮卡的"嗷嗷"是多么必要，但我知道，即使我来那么两嗓子，也收不到预期的效果，因为伴随着呵斥的是班主任的权威和她建立的一整套奖惩机制。孩子们只把我当朋友，他们不怕我。

我提心吊胆地把这支叽叽喳喳的队伍带进一楼的室内篮球场。

篮球场其实也是会场兼礼堂，中间是篮球架和打球场地，前面是舞台，两侧是能折叠的座位。各年级的学生已席地而坐，见我带学生走进会场，大家投来惊讶的目光。

不出所料，老师们纷纷询问莫妮卡的去向，我尽可能信守为她遮掩的承诺，轻描淡写地说她随后就到。

大会开始，在场的师生把手贴在胸前，面向国旗肃立齐唱美国国歌。我不是美国人也不会唱，便象征性地起立不张嘴，心想没见美国政府做什么爱国主义宣传，原来爱国主义教育是从娃娃抓起的。

校长讲了一通我不知所云的话，然后是一个什么公司的经理讲话。

云山雾罩地听了半天，我也没弄清今天这个紧急集合到底为什么。请教梁老师得知，当地的一家销售公司来学校卖东西，紧急集合为的是动员大家认购商品。她说这种情况每个学期都有几次，公司在这儿卖东西会给学校一定的提成。

"啊？！"我惊呆了。为了提成就可以中断课堂把学生抓来购物？

这也太堕落了吧！

"这是美国学校常规的做法吗？"我刨根问底。

"不，是黑人圈儿里常见的做法，他们没规矩，想干什么干什么，"梁老师鄙夷了一下，想想又补充道，"不过，从小培养孩子的商品意识倒是美国教育提倡的。"

销售开始了，经理在台上忽悠一通，台下就有学生举手认购，认购的雀跃着做出 V 字形手势跑上台，全场为其欢呼鼓掌夹杂着口哨和尖叫声，俨然在为世界冠军喝彩。

不断有学生跑上台，欢呼声一浪高过一浪，我开始怀疑认购学生的动机——仅仅为了上台去享受这片刻的狂欢，不知他们的家长是否肯为孩子的冲动买单。

销售进行了一个小时后散会。莫妮卡依然不见踪影，我只好整顿队伍带学生回教室。

孩子们见班主任不在开始撒欢儿，一路上又跑又叫，打打闹闹，溃不成军。我连嚷带叫狼狈不堪地把大家弄回教室，数了数还少三个。

莫妮卡还不回来，打手机也不接。梁老师力主我去报告校长，想了想我决定先上中文课，如果我的课上完她还没回来，那就别无选择了。

"请安静！"我用教鞭敲打着讲台，对着开水锅一般沸腾的教室喝道。

两秒钟的静寂之后喧闹依旧。

忽然觉得这些以往可爱无比的小精灵，此刻变成了张牙舞爪的小鬼儿。

不信治不了你们！我冲那个闹得最欢的约翰大喊一声："闭嘴！"我的怒吼在孩子们的狂欢声中，显得那么微弱无力。

约翰索性从座位上跳起来大嚷大叫，盛怒之下我冲过去抓住他的胳膊，指着门喝道："出去！"

看我真急了，约翰往地上一蹲，钻进课桌底下大哭起来，任我怎么拽也不出来，嘴里还嚷着："你打我！我告诉我妈妈，

Ms.Tang 打我！"

孩子们的大呼小叫变成了叽叽喳喳，大家七嘴八舌给我出主意：

"Ms.Tang，报告校长去！"

"Ms.Tang，给他妈妈打电话！"

"约翰出来，出来！"

我开始嘀咕：他会不会讹我打他？他的父母会不会告我？美国的未成年人保护法我还真不懂，可别惹什么麻烦……

我赶紧收场："就让他在桌子底下待着吧。现在给你们两个选择：找校长管你们，还是接着上课？"

"上课！"孩子们回答。威胁暂时生效，我抓紧上课。

课堂秩序恢复了十多分钟之后，随着学生抢答问题时的激动再次失控……

"Shut up!"一声尖利的号叫，莫妮卡出现在教室的后门。

教室里安静下来。莫妮卡急促地走过来悄声问："没事吧？"

"瞧那儿。"我指指课桌下面还在抽泣的约翰。

"出来！"在莫妮卡威严的指令下，约翰顺从地跟她出了教室。

课间休息的时候，莫妮卡带着约翰回到教室。

约翰没事儿人似的冲我咧嘴一乐，然后回到座位上跟同学说笑。

"约翰是不是很爱哭呀？"我问。

"是的，他们家人都爱哭。他的哥哥妹妹还有表兄弟也在这个学校上学，都一个毛病，动不动就哭，哭起来就没完，也就我能治他。"莫妮卡说。

此时我才意识到，为什么以前的面试总是问怎么管学生，看来管理课堂是比教知识重要。今天我使尽浑身解数还差点儿惹出麻烦，要不是莫妮卡赶到，还不知这课能不能上下去。想到八年级张老师的课堂上，学生除了学中文什么都干的情景，我不寒而栗。

时间长了，我发现这所学校有点儿像中国的不发达地区：三天两头开会、教师会、教研组会、师生大会……九点开会十点到，开会没什么实质内容，不是领导讲话，就是学生老师发言，还有同事间的钩心斗角。叶老师说这是黑人文化，并非典型的美国风格。

当然令人称道的地方也不少：课间休息的时候，全班排队上厕所，一个学生站在厕所门口值班，里面出来一个外面进去一个，值班的学生拿着免洗的液体肥皂，给每个出来的孩子手上抹一些，便后要洗手的卫生习惯就这样养成了。教室里有一些削铅笔器，学生想削铅笔要举手，获准后排队依次完成。早餐由快餐公司送至教室，全班一起用餐。午餐全体排队行至餐厅，餐毕再排队回教室……大部分校园活动都那么整齐划一，学校就像一座军营，跟我之前理解的美国教育颇为不同。

一天放学后开教师会。好不容易熬到校长又长又空的讲话结束，以为可以回家了，又让大家分组讨论。

我所在的组由五个中文老师加一个美国老师组成，议题是教材和教改。

"我觉得现在用的这套汉办教材不适合学生的情况……"梁老师对教材提出异议。

"No! 这是迄今为止最好的中文教材……"二年级的冯老

师立刻反驳。

正纳闷儿冯老师为啥这么激动，一旁的叶老师悄声告诉我，这套汉办教材是冯老师通过朋友推销到这儿的，肯定有回扣。

看起来，美国的大门也没能挡住国人做买卖的潜规则。梁老师的看法威胁到冯老师的钱包了，难怪她如此动怒。

"Ms.Tang 是专业的中文老师，她上课从来不用这套教材。你问问她什么看法。"情急之下梁老师把我推到了风口浪尖。

"有人用不了教材是她不会讲课，不代表教材不合适。"冯老师阴阳怪气地影射我。

我初来乍到犯不上吵架，便忍气吞声装糊涂。其实让我受不了的是，明明在讨论中文教材，在场的也大都是中国人，干吗非得用英文在这儿吐沫横飞地现眼，想让那个唯一的美国人当裁判吗？

这样的讨论除了使人际关系恶化，没有任何意义。老师们依然延续以往的教材教法，我依然特立独行地坚持自己的主张。

秋去冬来，密歇根的冬天特别寒冷。

我感冒了，嗓子失音说不出话来，便告假休息。

在家养病的第二天，莫妮卡从学校打来电话，我发不出声音只能听着。

电话那端传来孩子们整齐的声音："Ms.Tang，我们想念你！"稚嫩的童音撞击着我的心，我觉得浑身暖暖的，眼睛湿润了。

莫妮卡说，听说我病了不能上课，孩子们很想念我，他们祝福我早日康复，早点儿回到教室教他们学中文。

感动之余觉得歉疚，孩子们需要我，我必须尽快回到教室。

于是我按时吃药使劲儿喝水，争取早点儿回去上课。

三天后一进教室，孩子们看见我就欢呼起来。莫妮卡递给我一个大信封，说里面是学生给我写的信。

莫妮卡上英语课的时候，我坐在教室后面看信。所谓的信，其实是配有说明的图画，我一一翻看，不由热泪盈眶：

白纸的上端画着一个很大的太阳，太阳下站着一些小人儿。一侧的英文字母中夹杂着一些歪歪扭扭的中英文，大意是："Ms. Tang 像太阳，让我们的教室变得很明亮，快点儿回到教室吧，我们需要你！"

一个很大的变形金刚占据了整个画面，变形金刚的胳膊腿，有点儿像举重运动员发达的四肢。英文写着："Ms.Tang，强壮起来，快点儿！"我猜这是哪个男孩子的杰作，一看署名，竟是那个爱哭爱捣乱的约翰！

一个小女孩站在那儿，表情很痛苦，成串的泪珠从眼睛流到脚下。旁边写着："Ms.Tang，我想你，你再不回来我就哭了。"

……

读着孩子们的作品，我窥见了一个个天真无邪的心灵。那一刻我感到了自己的价值，也感觉到中国文化对美国孩子的吸引。我决定尽力教好这帮小可爱，希望他们长大以后，对中国文化有一种特殊的情结。

一个学期眨眼就过去了。

叶老师杨老师都说，一般人实习的目的是在这儿工作，我应该跟校长要求聘用。

没等我问校长，她先找到我。

校长说因为我的出色表现，她决定从下学期开始聘用我，但是我需要一边工作，一边去大学修课，修满包括科学、数学和儿童心理学在内的 18 个学分。原因有二：一是我的教师执照只包括 6 至 12 年级的中文教学，而这个学校目前只有小学教师职位空缺，如果我再修 18 个学分，我的执照范围就能扩大到 1 至 12 年级。二是这个学校目前只有全科教师职位，而我的执照限定为中文教师，要当全科老师就得修满另外的 18 个学分。校长特别加上一句，学校可以提供 5000 美元，作为我进修的部分学费。

校长的好意令我欣慰。此时我才明白，美国的小学教师比中学教师要求更高。

反复考虑后，我决定离开这所外语学校——尽管我舍不得这里的孩子！

原因是，全科小学教师的压力令我毛骨悚然：每天除了教中文还要教数学、英语、历史、地理，负责学生的吃喝拉撒，应对家长和校长，管理课堂纪律，组织各类学校活动……放学以后别人回家，我还得开车去大学修那 18 个学分……

算了，我不想把自己累死，既然有现成的中学教师执照，我还是老老实实去中学找工作吧。

校长表示遗憾，但尊重我的选择，希望我早日找到适合自己的工作。

第 20 章
传 销

元旦过后，大熊帮我向附近的学校和中文教学机构投出一批简历。

等了一个多月不见回音，叶老师说学年中间，除非有老师辞职，否则不会有什么职位待聘。她建议我先找点儿别的事做，还说要登门拜访。

叶老师如约而至。

进得门来，她的神情有点儿怪怪的，欲言又止。

感觉她无事不登三宝殿，莫非有什么让我为难的事。

"你想做生意吗？"她忸怩着开口了。

"做生意？"我有点儿兴奋，这有什么不好说的，谁不想赚钱哪！

我沏好茶递过去，等她的下文。

"是这样的，"她似乎不知从何说起，"我在帮一个生物科技公司卖优莎娜保健品和化妆品，已经赚了不少钱，想请你跟我一起干。有没有兴趣？"

原来是推销产品，我的心凉了，眼前闪现出那些大街上发广告的，打电话介绍产品的，还有死缠烂打追着你卖东西的……别说我英语不好，在美国不认识什么人，就是语言没问题，到处是朋友，我也不会去推销。我脸皮薄，干不了这个。

叶老师从包里掏出一沓材料放在桌上说："我先给你讲讲销售规则吧。这种保健品效果特别好，店里买不到，只能在你建立的销售网络上买……"

她絮絮叨叨说了一个多小时，神态语气就像在课堂上给学生讲课。

抵触情绪令我心不在焉，除了"上线""下线"这些出现频繁的词儿外，我什么也没听进去。

看我直眉愣眼的样儿，叶老师长话短说："想想看，你的朋友有没有需要保健品的？发展他们做你的下线。国内的也行，你当记者应该认识好多人呀。"

"上线、下线是干吗的？"我傻乎乎地问。

她知道刚才的演讲对牛弹琴了，叹了口气从头开始……

总算听明白了：她要我从她那儿买产品，让我做她销售链的下线，并发展我自己的下线。我买产品，她作为上线有提成，我的下线从我这儿买产品，她作为上线的上线还有提成，我的下线的下线买产品，她还拿钱……叶老师就像是一尊佛，我们这些儿子辈儿、孙子辈儿、曾孙辈儿，乃至曾曾孙子辈儿的下线买产品，她都会收到一份供奉。

"这很公平，"叶老师解释，"每个人都可以作为上线享受下线带给你的好处，关键是你要下功夫发展自己的下线。"

"这不是传销吗？"我说，"传销在中国是违法的。"

"在美国是合法的，只要产品没问题，怎么销都可以。"

找下线，我肯定干不了，但叶老师帮过我的忙，今天找上门来，总不好意思让她空手而归。"这样吧，我买你的保健品，但是下线我找不来，我谁都不认识。"

"你来美国也两年了，怎么会谁都不认识呢？你不是常去教会吗？还有你女儿的同学也可以问问呀。"她循循善诱。

"以后再说吧，今天我先买点儿保健品，得买多少钱的？"我只想快点儿打发她走。

在她的推销网站上付了 210 美元之后，叶老师说："买了产品就算加入，你现在就是我的下线了。还是想办法找朋友加入吧，这样你也可以拿钱了。"

我才不求爷爷告奶奶地找挨骂呢。就冲今天被叶老师纠缠的这股腻歪劲儿，就是去饭馆洗盘子，我也不会厚着脸皮骚扰朋友。

我强装笑脸，把喋喋不休的叶老师送走，感觉像是吞了猪油。

210 美元买了两瓶复合维生素，那么多"上线"要从这点儿维生素里提成，当然是宰你没商量！

"顶多值 50 美元！"大熊下班听说此事，一脸的愤慨。

我知道他对我甘当冤大头不满，忙解释说叶老师帮过我的忙，人家找上门来，不得不给面子，就当是给她的酬谢吧。

"中国人面子很重要，我知道，不过到此为止。"大熊只好给我面子。

本以为扔点儿钱，还了叶老师的人情就完了，谁知我的手机从此不得清净。

叶老师一早一晚准时打来电话，早上说："出去看看朋友，别老在家窝着，顺便说说保健品的事。"晚上问："今天去哪啦？有什么收获吗？"

烦得我真想屏蔽她的电话，想想在美国教育界就她这么一个朋友，只好忍了。

一天中午，正打算煮点儿面条喂自己，叶老师来电话说："我今天休息蒸了螃蟹，过来一起分享吧，等你啊。"

我知道螃蟹不是白吃的，我的耳朵得忍受"上线""下线"的轮番轰炸，可要是不去手机可能被打爆。思索片刻，觉得躲不是办法，还是去吃螃蟹，顺便跟螃蟹的主人说清楚，我真的无能为力。

陪着螃蟹上桌的还有水煮肉和清炒西蓝花。叶老师的厨艺堪称一流，可我满脑子都是优莎娜，没心思享用美味。

席间叶老师没提优莎娜的事，说有个朋友住在附近，饭后我们去她家串个门。

我犹豫着想告辞，却被叶老师不由分说推进她的车里。

路上叶老师介绍她的朋友：张兰，河南人，来美国前是国内某机关的政工干部。她做优莎娜两年，已经做到了经理级别。她用这两年干优莎娜挣的钱，全款买了一套大房子。我们现在就去她的新房子，她会给你传授发展下线的办法。

真想把吃进去的螃蟹都吐出来，要知道还有这么一出等着我，绝对不来。

房子确实大，家具也很豪华，不伦不类的装饰，昭示着主人钱的充足和品位的欠缺。

张兰40来岁，热情而健谈，言谈话语间显示出做思想工作的深厚功底。

"我来美国时间不长，英语也不行，刚开始做优莎娜的时候，老公特别反对，说那是'杀熟'，会把朋友得罪光。我坚持了两年，现在钱挣得比老公还多，他没话说了。我拉朋友一起干，帮助他们挣钱致富，不但没有得罪人，反而朋友越来越多，现在老公可支持我啦。"张兰现身说法。

我告诉她俩，我天天闭门学英语，在美国真的没朋友。

张兰说不需要多近的朋友，我在大街上都能拉来"下线"。

我说我张不开口，她俩说只需把朋友带来，她们负责游说。

我说没有理由把人带到这来，她俩说可以编理由、想办法，你当过记者搞定这点事儿应当不在话下……

"你刚进来，我们可以帮你谈，但你也得抓紧学习，以后你要给你的下线、下下线讲课，"张兰开导我，"公司每周有两次电话销售讲座，你要按时听课，好好看材料，学习别人的经验，钻研谈话技巧，这里面学问大着呢……"

我终于向软磨硬泡屈服了，答应找人来听他们忽悠。

回得家来，越想越后悔，找谁去呀？

为难之际，想到我和大熊的健身教练丽兹，记得有一次她要大熊买保健品，说可以免教练费作为回报。这表明丽兹也做生意，何不找她试试。

上健身课的时候，我跟丽兹说有个卖保健品的朋友想跟她合作，她迟疑片刻便答应了。我把丽兹的电话给了叶老师，张兰英语不行，这活儿就靠叶老师一个人了。

我松了口气，好歹弄了一个人来，也算有个交代了。

第二天晚上叶老师打电话说，丽兹答应为她们代卖优莎娜，好卖就入伙，不好卖就原物退回。叶老师说："你找的这个人是不是下线还两说着呢，所以你得想法再找一个来。"

放下电话我就生自己的气，明明没办法，为什么还答应试试看？我不欠她们的了，何苦这样为难自己？

生完气我接着琢磨找谁，最后想起一个在中国教会认识的女人美珍。

美珍50多岁，来自广东农村，是个苦命的女人。38岁那年，她在中国的老公车祸遇难，经人介绍带着13岁的女儿嫁到美国。两眼一抹黑的美珍到美国才知道，大她30岁的老公，是个靠美国政府救济金过活的中国老头儿，还患有癌症。老头儿这样的经济状况，是怎么通过美国移民局审查的我不知道，反正中国人办法多，要想造假瞒过移民局也不是难事。

记得美珍跟我诉苦说，来美国的第二天，她就去学车找工作。每天除了在餐馆洗盘子，她还得照顾女儿、跑医院，受尽煎熬劳碌。两年后老公去世，好不容易熬到女儿上了大学，女儿却因为失恋精神失常。舍不得让孩子在精神病院受罪，美珍辞了工作，在家照顾女儿。

广东这块儿商业沃土似乎天生孕育生意人。虽说小学毕业来自农村，美珍却有着极好的经济头脑。她在房前屋后种菜养鸡，省吃俭用，用多年积攒下的钱买房出租，用房租再买房。底特律周边的房价便宜，租金却不便宜。几年下来，她竟倒腾出四套房子，一套自住三套出租，房租维持娘儿俩的生活绰绰有余，她用多余的钱再倒腾，再赚钱……

我想既然美珍擅长理财，说不定她对优莎娜会感兴趣。说好听点儿，没准优莎娜能给她提供一个赚钱机会。

以介绍生意为由，我把美珍拐带到张兰家，冷眼旁观两位上线如何让她掏钱当下线。

听说是推销产品，美珍开始了祥林嫂式的絮叨：女儿的病快把她愁死了，哪有心思哪有时间干这个……

张兰不愧为经理级说客，不一会儿，她就找到了让"祥林嫂"成为下线的突破点——告诉她传销可以"退税"赚钱。

叶老师跟我解释，在美国任何人都可以注册 home business，也就是家庭生意或者叫家庭公司。为了鼓励个人经商，法律规定办家庭公司，头两年的成本开销可以退税，比如买计算机照相机、开车的汽油费、外出的机票旅馆费，甚至餐馆吃饭等等，只要你把这些开销说成投资成本并有发票为凭，一年下来就可以拿到几千美元的"退税"。

张兰对美珍说："优莎娜产品中有镇静安神的保健品，对治疗你女儿的病特别有帮助。你把优莎娜作为经营项目申报 home business，这样一年下来，退税的钱扣除买保健品的钱，你还能赚点儿。你当房东装修要花钱吧？还有带女儿看病的机票钱旅馆费什么的，这些都可以报成做生意的经营成本，申请退税呀。"

对颇有经济头脑的美珍，退税之说果然奏效。她打电话确认后，便爽快地掏钱当了下线。

张兰进一步诱导："你们广东人爱做生意，把这个法子告诉你老乡，看到你免费吃保健品还能退税，他们肯定也乐意干。这样你不用费力就有了下线，他们买产品你坐在家里拿钱，多合算呀！"

回家路上，美珍欣喜地说："刚花三万美元买了套破房子，装修就得两万。这下好了，做优莎娜可以退税，装修费估计能回来不少。"

"退税"我早有耳闻，可一直没弄清怎么回事。听中国教会的人说，美国的税法相当复杂，有很多空子可钻。很多做生意的人聘用专做税法的律师，通过退税每年能拿回不少钱。

回家我问大熊，我们是否可以用退税的办法免费服用优莎娜？毕竟这种保健品质量还是不错的。

"我们结婚以后，每年都能拿回五六千美元的家庭退税，至于优莎娜退税——"他不屑一顾地说："No！那是弄虚作假，是违法的，绝对不能干！"

大熊是老派西方人，歪门邪道的事儿哪怕一丁点儿，在他这儿都属于大逆不道，应该是家庭教育和军人背景使然。

虽然有点儿自惭形秽，但我不认为中国人和美国人在遵纪守法方面的差异属于道德范畴。两个国家的法律制度和社会环境有太多不同。在美国，法律是动真格儿的，一旦查出造假，不仅罚得你倾家荡产还得坐牢。就连打老婆孩子这样的事，一不留神都会进监狱，所以对于美国人来说，法律是不可挑战的底线。在中国，法律有着太多的变通性，人们做事自然有了相应的灵活性。

稀里糊涂发展了两个下线，不久我收到一张来自优莎娜公司的 100 美元支票。

两位上线趁机对我大肆鼓励："你看，做生意没那么难吧？只要你肯做就会有收获。"

张兰进一步对我开展工作："一个月内发展三个下线就成为'金牌会员'，金牌会员在享受提成比例和级别晋升方面都有好处，无论如何你得想办法再发展一个。"

我斩钉截铁地回绝："一个也没有了！"

叶老师建议："要不把你女儿加进来吧，她在学校同学朋友多，说不定可以发展一大串儿呢。"

我心里一动。早早这代中国孩子，对于做生意挣钱总是跃跃欲试，来美国留学的中国学生家里大都有钱，如果这些孩子真感兴趣，没准儿还是个办法。

可谁去发动他们呢？

张兰和叶老师表示，去学校游说的事她们义不容辞，我只管让女儿召集同学即可。

早早说快期末考试了，没时间。张兰说最近产品打折，不要错过时机。

禁不住两位上线天天电话骚扰，我责令早早近期内召集同学，她最终答应，附加条件是老妈不准来。

我背着大熊，用私房钱为早早买优莎娜注册了会员。

我晋升为"金牌会员"。

早早通过学校的中国学生会，找来听众，联系好教室。

我跟两位上线约定，周六下午两点准时开课，题目是某知名生物科技公司销售经理讲销售技巧。

周六早晨还没起床，叶老师便来电话说，张兰嗓子疼去不了，她一个人够呛。

这不是坑我吗！好不容易逼女儿联系好，说不去就不去了？转念一想也好，既然她们说话不算数，我不正好借此退出吗。

我说那就取消吧，今后别再跟我提优莎娜。

叶老师说张兰去不了，她就一个人去，绝不让早早失信于朋友。

刚放松的神经又绷紧了，张兰擅长忽悠，她去讲没准儿还真有点儿效果。叶老师去讲还不如取消呢——她说话的腔调就像"马列主义老太太"，而且废话永远多于有用的话。早早的同学都是 80 后的独生子女，谁吃她那套？

无视我的劝阻，叶老师以九头牛也拉不回的气势，非去不可。

我只好盼着奇迹出现，别让早早在同学面前太丢脸了。

下午四点半，早早打电话气急败坏地跟我嚷嚷："老妈你找的什么人呀！说好两点开始，她三点多才到。而且她一直在讲怎么使用护肤品，根本没提销售的事儿。讲的什么呀？废话连篇老重复，还结结巴巴的。没过多会儿大家就开溜了，最后只剩我一个人，跟她大眼瞪小眼。我们同学问我哪儿弄来个二傻子跑来现眼，真是丢死人了！"

比我想象的还要糟……耐着性子等到六点多，估计叶老师到家了，我压抑着怒火打过电话去："今天怎么样？"

"还行吧，"叶老师声音疲倦，"不过没人买产品，不知你女儿怎么跟她们说的？"

还跟我装！

我怒不可遏："今天的题目不是销售经理讲销售吗？我女儿说你根本没提销售！而是教她们使用护肤品。"

"讲销售是张兰的事，她不是去不了吗？我想跟她们讲讲优莎娜护肤品的优势和用法，她们要是买护肤品，不就加入了吗？"她的声音底气不足。

我没法给她留面子了："你们俩天天逼我，我天天逼我女儿，她好不容易求爷爷告奶奶，帮你们找了人。你们倒好，一个不来了，一个跑去胡说八道。我女儿早就跟同学说了，今天是专业人士讲销售，结果你招呼都不打就改了题目，好像她把朋友骗来似的。张兰来不了改期就得了，你干吗非去现眼？这么难得的机会就这么让你们给毁了。别怪我说话不好听，就您那两下子还想对付中国留学生？你知道他们说你什么？"

"你怎么这样！我辛辛苦苦，大老远地帮你做工作，你还指责我？"电话那端抽泣起来，"你女儿那帮朋友也太狂了！说她们只用国际一流的名牌护肤品，优莎娜没听说过。还考我国际上最流行的护肤品都有哪些……怎么跟长辈说话呢！现在国内的年轻人怎么这样！"

赚钱还讲辈分？

把早早的描述和叶老师的抱怨连在一起，我能想象出今天下午叶老师的状况有多狼狈了。她把那帮狂傲不羁的80后当成俯首帖耳的小学生了，自讨苦吃也是情理之中的事。

算了，50多岁的人了，风尘仆仆开了几个小时车过去讲课，受了一肚子气刚回来，又听我抱怨。

"叶老师你也辛苦一天了，早点儿休息吧。去学校发展的事，我看就算了吧，国内的年轻人不好对付。"我赶忙收场。

第二天一早天还没亮，我就被狂叫不止的电话铃声吵醒了。一看是张兰的号码，我没好气地拔下电话线。

午饭后刚接上电话线，电话铃又开始狂叫，还是张兰！难道她从早晨到中午一直在拨打我的电话？

"昨天的事对不起，不过我真的病得挺厉害。要不跟你女儿说说，下周六我一定去她的学校讲。"张兰还想预约。

"没下回了，我不干了，你也别再骚扰我了。"说完我挂断了电话。

铃声再次狂叫不止，刺耳的声音不间断地响了十多分钟，依然没有停下来的意思。忽然想起一种催缴欠费的办法叫"呼死你"，看来她大有"呼死我"的架势。或许这正是张兰赚钱的秘诀，一般人的神经，在这样的死缠烂打之下会绷不住。

我决定维护自己的清静权。

"如果你再敢给我打电话，我立马打911报警。不信你就试试！"我对准话筒怒吼道。

维权奏效，张兰没再打过电话。

叶老师跟我的关系淡了许多。有时候我们打电话问候一下，但都不再提优莎娜的事。

倒是美珍隔三岔五带着她疯疯癫癫的女儿来串门，她总是苦着脸絮絮叨叨，她女儿则如入无人之境，一阵狂笑一阵自语，自得其乐。

美珍说，她做优莎娜一是为退税，二是为有个由头带女儿到朋友家散散心。

尽管她女儿折腾起来挺吓人，尽管我不做优莎娜了，但我无法拒绝她们——同为母亲，我知道她心里有多苦。

两个月后，叶老师说她打算提前退休，专职推销优莎娜。

我说："祝你财运亨通，心想事成。"

第21章
按 摩

李岚来电话说，她的按摩店需要人手，问我有没有兴趣去看看。

李岚四十七八岁，是我在中国教会认识的朋友，英语比我还差。她跟我同一年带孩子从中国嫁到美国，老公也是美国人。

李岚自己经营一家按摩店。听说在美国按摩很挣钱，她来美国才两年多就有了自己的店，我很想知道她是怎么做到的。

说是按摩店，其实就是个设在商厦走廊里的按摩摊位。一个带有抽屉和照明装置的柜子立在中间，柜子上端挂着一张很大的穴位图，上面有中英文的"按摩"字样。柜子一侧有两把按摩椅，另一侧有张按摩床，椅子两侧是作为隔断的屏风。

按摩摊位除了李岚，还有一个北京来的老景。

在商厦购物的人经过摊位的时候，有人会好奇地驻足观看那个穴位图。此时李岚和老景就上前招呼："Would you like massage（您想按摩吗）？"

按摩收费，一分钟一美元另加小费。摊位上午 11 点开张，晚上 9 点打烊。俩人平均每天能挣 300 多美元，扣除摊位租金一天 30 美元，差不多净赚 300 美元。

李岚是老板，按摩的钱全归自己。老景是雇员，挣的钱一半归老板。俩人每天下班前现场分账。老景悄悄跟我嘀咕，上一年他俩净挣十万，自己只拿到两万多。

李岚在广州是中学音乐老师。

老景在北京是外贸公司的经理。他俩的按摩手艺都是来美国现学的。

"边学边干，我一礼拜就能独立上手了，你更没问题。"老景鼓励我。

闲着也是闲着，何不来这儿挣些散碎银两，带捎着长点儿见识。我答应李岚，明天就来学艺。

商厦上午 10 点开门，李岚和老景 10 点半过来支摊子。中午没什么顾客，他俩用微波炉加热带来的午餐。我没带饭，吃着李岚递来的包子，喝着老景带来的可乐，听他俩讲述自己的故事。

李岚在国内离婚多年，独自抚养儿子。两年前通过中介认识了现在的美国老公，老公去中国相了一次亲，便为她和儿子办理移民签证。由于语言不通，事先没什么交流，一起生活才发现，两人的性格习惯以及各方面都格格不入，只好分居。现在她和上高中的儿子租房单住，她干按摩维持两人生计。

"到美国的第二天，我和老公去超市。我挑了些蔬菜水果放进购物车，他说'NO，如果你选东西你必须自己付钱。'从那以后，我再没跟他一起去过超市……他开车带我们去办绿卡，回来说我得付他汽油钱。他是个兼职的厨师,挣钱不多又很吝啬。为了生活我只能出去找工作,他又嫌我在外奔波没时间陪他。可我不去挣钱,我们娘儿俩除了有口饭吃,什么都没有,我儿子以后上大学用钱的地方多着呢。看我能挣钱了,他让我付他房租,我干脆搬出来跟儿子租房住……"提起美国老公,李岚的委屈如滔滔江水。

看来美国男人不都是绅士,真庆幸自己运气好,找到了大熊这样的老公。

老景是北京人,曾经是北京一家国企的经理。早年加入美国籍的小姨子,为姐姐一家申请亲属移民,一等就是14年。去年他们获准移民美国的时候,儿子已超过21岁不能来。申请移民的初衷是为儿子来美国上学,现在签证到手孩子却来不了。两口子合计,好不容易等到的签证不能废了,干脆提前退休来美国打工吧,辛苦几年挣点儿养老钱,也不枉等了这么多年。

不懂英语只能干体力活,老景在中国餐馆洗过碗,在库房当过搬运工,最后发现,按摩这活儿不太累收入也不错。现在两口子分别在两个按摩店打工,老婆能吃苦,每月挣4000多。老景当惯领导了,干体力活差点儿,每月挣2000多。两口子除了房租吃饭养车,每月还能存5000美元,打算再干几年,攒上几十万美元就打道回国。

吃过午饭,商厦里过往的人多起来,李岚和老景开始忙碌。

"Would you like massage?"他俩分别站在摊位的两侧,冲过往的人招呼着。

有人礼貌地摇头说"No, thanks."有人则直视前方像是没听见,也有人停下来询问,李岚和老景便在他们肩颈部位按摩几下，对方体验之后，便坐在按摩椅上享受二三十分钟，然后付钱走人。

按摩40到60分钟的，大多是回头客。他们无须招呼径直走来，老朋友似的跟他俩问候致意，离开时还会千恩万谢付小费。

我头一天来没什么事干，李岚让我注意看她和老景的按摩手法，没客人的时候，在他俩身上操作，找找感觉。

看了一个下午，我发现他们的手法其实很简单，也就是捏捏脖子、揉揉肩膀、捶捶后背。按摩椅是斜的，客人趴在椅子上，按摩师工作的时候，倾斜身体把全身的力气压在两只胳膊上，这样即使遇上很胖的顾客，也不会太吃力。

令人称奇的是，这里居然还有足底按摩，没水泡脚，客人脱了鞋躺在按摩床上，李岚带着橡皮手套隔着袜子，为顾客捏脚趾按脚心，捎带着捶腿。

不得不赞叹国人应变改良的能力，尽管跟国内的按摩程序大不相同，可这也叫按摩能挣钱呀。

我听说，在美国除了中式按摩还有泰式按摩、韩式按摩、墨西哥按摩等五花八门的按摩。我猜美国人肯定以为，中式按摩不过如此，正如他们以为中国菜就像美国中餐馆里的味道一样。尽管如此，按摩摊儿的生意还是很兴旺，下午和傍晚的时候，李岚和老景忙得连喘气的工夫都没有，顾客不得不排队等候。

我偷空为李岚按了几下，她说还可以，抓紧练习，争取下礼拜上手挣钱。

回家跟大熊汇报了今天的收获和去按摩店打工的想法，他说举双手赞成。

我说为了提高技艺，每天回来得拿你练手，他说谢谢被练。

接下来几天，老公告诉我，在公司一想到回家可以被练习，就美滋滋的。

这种简易按摩其实没什么可学的，凭感觉照葫芦画瓢就行了。

第二天，我为一位顾客按了 10 分钟，加小费拿到 6 块钱。

第三天，我干了 20 分钟，挣到 12 块钱。

一周后我开始独立接活，除了足底按摩，肩颈背的捏揉按，我基本上都能对付了。尽管不如他俩干得利索，懒得排队的美国人也只好找我。一天下来，我大概能分到百八十美元。

我发现自己挺喜欢这个工作的。跟当老师比，按摩没那么大压力。不用备课，不用跟学生大呼小叫，也不用跟校长交差，跟同事钩心斗角，更不必跟家长废话。按摩并不像想象的那么累，而且还能健身——两年来我的手肘关节一直酸痛，一按摩竟然不痛了。最让我愉悦的是，来按摩的美国人特别可爱，他们从不挑剔，只要筋骨放松身上舒坦就兴高采烈。

一个胖胖的黑大姐时间到了舍不得走，一边嘀咕："怎么这么快！"一边翻衣兜儿，最后掏出 10 美元，惊喜地说："再来 10 块钱的。"

一个老头儿还想接着按，却没钱了，咧着嘴说："Oh，no money！"听着他带哭腔的声音我于心不忍，又给他多按了几下。

多数人付完钱都会再三道谢，这让我感到自己的劳动被尊重，从而富有成就感。

唯一别扭的是，只要手上没活，李岚就让我"喊客"，也就是冲着过往的人问："Would you like massage？"感觉像卖菜的在吆喝："胡萝卜白菜的卖！"其实在美国的农贸市场，卖菜的也不吆喝。吆喝纯粹是中国人的习惯，在美国使用不仅奇怪而且有扰民之嫌。

我不止一次质疑喊客的必要性："经过的人能看见我们牌子上的穴位图和按摩字样，感兴趣的自然会来，干吗还要喊呢？"

李岚语气决绝地表示非喊不可："喊不喊效果大不一样，中国人开的按摩店都这么干。"

于是喊客成了我的一块儿心病，他俩客人多，我闲的时候多，"喊客"的重任就归我了。我心一横，脸一抹，扯着嗓子吆喝着，心里说不出的硌硬。

几个星期过去了，眼见我的手法日益熟练，顾客增多，李岚告诉我得去弄个按摩师执照。

"在美国干什么都得有执照。"说着，她掀开穴位图，露出下面挂着的镜框。

我这才发现那里挂着三个镜框。凑过去细看，一个是摊位的营业执照，另两个分别是李岚和老景的按摩师执照，好像是加州什么按摩机构颁发的。

想起考教师执照的艰辛，我脑袋都大了："还得去加州上课考执照吗？"

"用不着。花800美元，从中国人开的按摩学校买个结业证，就能办执照了，"李岚直言不讳，"我们的执照都是这么弄的。"

"不会惹麻烦吧？美国的法律这么严。"在美国造假？听着有点儿悬。

"没事儿，按摩又不是针灸治病什么的，出不了人命。谁查呀？放心好了，大家都这么干，没听说过谁出过岔子。"李岚胸有成竹。

看来美国也有法律覆盖不到的地方，不过弄假证的事我不会干。既然有了真教师执照，干吗要去弄个假按摩执照？算了，在这凑合一天是一天吧，等暑假学校招聘的时候，我还是名正言顺地当老师去吧。

老景是个关不住的话匣子，有点儿空就跟我神侃，从北京的房子到在美国餐馆打工，絮叨起来没完没了。李岚不在跟前的时候他就悄悄抱怨，辛辛苦苦干了半天，只拿一半儿钱，她凭什么坐享其成，这不是剥削吗？

从老景嘴里我得知，他和李岚每月每人只缴100美元的税。

"为什么呀？"我知道缴税是美国人的沉重负担。老景挣2500美元的话，怎么也得缴五六百美元的税和保险，李岚挣得更多，怎么会才缴100美元？

吃午饭的时候我提出疑问，他俩相视一笑。

李岚迟疑片刻向我道破玄机："来按摩的客人都付现金，这样每个月挣多少钱，税务部门没法查，我们自己说了算。"

"我们上报的是，每人月收入800美元，缴100元的税就行了。现在身体挺好的，没必要买医保，老了就回国了，用不着缴养老金，这样挣的钱，差不多就都拿到手了。其实不光是按摩店，这儿的中国人开店做小买卖的，都这么干。"

老景抢过话头说："回家别跟你老公说啊，他是美国人，回头该去举报了。"

回家跟大熊一说，他二目圆睁愣了一会儿，严肃地说："你不能这么做，这种行为是要进监狱的。"

偷税、用假资质、没有医保和养老金，美国人没有胆量这么做，渗入骨髓的法律意识，对他们有着道德和现实的威慑力。在中国人的成长环境里，实惠变通对很多人来说，是超越法律的生活准则，他们把习惯搬到了美国。

掂量一下自己的境况，我按摩没资质，挣钱没交税，实际已经违法。大熊说："你既然不打算去按摩学校修课，也不能依法交税，还是早点离开是非之地为好。"

听说我要走人，李岚以为我嫌钱没他俩挣得多，赶忙承诺："以后有活儿我们三个人轮着做，这样挣钱机会就都差不多了。"

她悄悄跟我说，打算租个店面再招几个人把生意扩大，她管那个店，这个摊位让我替她照应，除了我的按摩收入，她会另外给我开每月 1500 美元的管理费。

"这段时间我一直在观察，你这人悟性好责任心强，我信得过，"她指指那边按摩的老景，"不像有的人就会偷懒耍滑。"

我受宠若惊却没法留下来，为了不伤面子，只好编瞎话说，最近得回国处理点儿事，等我回来再说。

第 22 章
教 学

七月，学校的招聘季到了，在网上查到一些中文教师职位的信息。

经过一番紧张的投简历、准备、面试，不知上帝保佑菩萨显灵，还是我功夫下到了，没费什么周折，我就被卡特学区教育局聘为全职中文教师。

因为从教育局拿薪水，所以课时分配也由教育局决定。全职教师的工作时间是每周 40 小时。一所学校开不了这么多中文课，为了教满课时，我得在这个学区的三所学校赶场子上课。具体要教小学两个班、初中三个班和高中三个班的中文课。听说美国的中文老师大都这么上课。

公立学校教师薪水不算高，但工作稳定福利不错：起薪 4 万美元 / 年，之后逐年增加；全科医疗保险；每年两次带薪休假，加上周末和隔三岔五的这个节那个纪念日，以及暴雨暴雪不上班，算起来每年的工作日不到 200 天。

来不及感受找到工作的喜悦，我就为怎么教课发愁了：这个学区刚刚开设中文课，我是第一个中文老师。虽然暂时没人跟我竞争，可凭我的英语，要带着美国少年儿童——这个最难管理的人群，把每堂课程顺顺当当走下来，还得让他们能说几句"你叫什么名字？""你家几口人？"之类的中国话，绝对不是件轻松的事。

更麻烦的是，我的学生分别来自小学一年级、初中一年级和高中一年级，我得设计三套不同的教学方案，还得熟悉不同年龄段美国孩子的特点。

这真是初学理发就遇上疤癞头，天知道这些孩子会怎么对付一个英语说不利索的外国老师？

愁也没用，只能摸着石头过河了。离开学还有三个星期，我还有时间冥思苦想。

当我走上讲台，面对几十双好奇的眼睛，开始了我就职中文教师第一堂课的瞬间，我发现两年多的艰辛付出，此刻在我身上化为一股强大的气场——我确信，我能够掌控自己的课堂……

几周的艰难尝试后，我的教学思路初步形成。

下面是我某天的工作剪影：

早上7点，走高速路开车45分钟到达约翰高中。

学校没校门，学生一进楼门，先被安检机和绷着脸的安检员搜查一番，老师不用查。

据说这座楼里发生过枪击事件，为此楼道里经常戳着一两名穿制服的彪形大汉——腰里还别着枪，我一直没弄清他们是警察还是保安。

这场景在我心里多少留下点儿阴影，每当学生的表现惹得我怒火中烧想发威的时候，突然想象这些人高马大的家伙端着枪横扫教室的样子，我便淡定了。

高中生有一定的知识积累和理解能力。我的策略是多讲知识，包括汉字的起源和偏旁部首的表意，比较中英文语法和表述习惯的异同，同时见缝插针地介绍一些中国传统文化。

新鲜的东西对青少年总是有吸引力的。他们有兴趣，课堂上就不捣乱了，要是再把从我这儿听来的东西，回去跟亲朋好友们显摆一下，我就是 Great teacher 了。

河　泪　洗　汁　汗

在黑板上写下这几个汉字，我让大家把每个字中相同的部分标出来，然后猜它代表什么。

三点水很快被标出来。

"猜猜看，这三个点代表什么呢？"我问。

"可能是地震了，房子呀家具呀，还有人和动物都被砸碎了，这个部分表示碎片。"一个女孩儿扑闪着棕色的大眼睛说。

"不！是龙卷风把树叶石头还有汽车什么的，吹得满天飞……"另一个女生叫道。

"我猜这表示警告，它的形状跟惊叹号（！）差不多，只是倒过来了。"一个眼神聪慧的男生说。

……

多可爱的想象力！看起来三点水能让人联想很多东西。

我在这几个汉字旁注上英文，让大家再猜三点水的意思。

河 river 泪 tear 洗 wash 汁 juice 汗 sweat

"水！是水！"静寂片刻，全班一齐大叫。

"这五个字的意思都跟水有关，所以都有半边带着水。你们要是看见不认识的中国字上有这三个点，就可以认定跟水有关。"我说。

我又写下五个字并注上英文：

喝 drink 吃 eat 咬 bite 叫 call 吹 blow

口字旁被拎了出来。

"嘴巴！"他们掌握了要领，五个动词表述的动作都离不开嘴。

接下来木字旁、金字旁、提手旁的汉字跃上黑板。

大家越猜越起劲儿，准确率高达 100%。

谁有什么问题？

"我的字典上有好多汉字，可以把它们画到黑板上让大家猜吗？"一个男生举起手里的中国字典叫道。

成猜谜课啦！

我怕他们真把学汉字当成猜谜语，赶紧往回拽："中国的老祖宗把他们想告诉别人的事情，用画画儿的办法标刻在龟壳上石头上，形成了最早的汉字。经过几千年的流传演变，有的字儿还保持着当初的形状，一看就知道它表示什么，更多的则变化太大，看不出来最初的意图了。"

我强调汉字的"演变"，是担心爱较真儿的美国学生顺着象形字这个思路走下去，以后认的字多了，会一个一个抠着问：为什么"听"字没有"耳"字旁，却有个"口"？"我"字的形状跟它的意思有什么关系？……天知道老祖宗当初怎么想的，后人又是怎么变的？一个"演变"把表义不明的责任推给祖先们，要问去问他们好了。

眼见大家对学汉字热情高涨，我因势利导："这些方块儿字只表明意思，没告诉怎么发音，要想知道每个字怎么读，还得学汉语拼音。以后我们每学一些汉字，我就会教大家一些相关的拼音，汉字表示意思，拼音告诉你这个字怎么发音，缺一不可。"

"Wow!"他们的感叹，一半是惊奇，一半是畏难。

我开始嘀咕，这种教法学生可能会感兴趣，可备课难度就大了。除了要教他们怎么读，怎么写，怎么用，还得上网查汉字的起源和演变。不行，我得琢磨怎么能既吸引学生，又不给自己找太多的麻烦。

美国高中生的能力不可小觑，学校有各种各样的兴趣小组，经常组织演讲比赛、模拟联合国会议、模拟审判辩论等活动。要是他们学中文上了瘾，没准儿会整出一个中文小组，到时候千奇百怪的问题就够我应付了。

我提醒自己，一方面自己要努力充电以便应对自如，一方面还得把握好激发兴趣的度。不然发散出去，收不回来，自己可就惨了。

离开高中课堂，开车5分钟到达玛丽小学，今天在这儿有两个班的中文课。

教学楼没有安检机，但进楼门得刷卡。

楼道的墙上贴着色彩斑斓稚嫩可爱的图画，大多是学生的作品展示。几个长条桌子上的纸箱里，装满了卡通玩具、图画书和衣物，据说是学生从家里带来，捐给贫困儿童的。

美国的孩子5岁上学，这个年龄的美国小孩儿看起来特别可爱。每次一进教室，面对20来个洋娃娃的小脸，我的心便充满了柔软。

小学生坐不住，对付他们，只能用王老师和李老师的办法。

只教拼音不讲汉字，儿歌、图片、玩具、幻灯片一起来，连唱带画加表演，还好小学外语课就30分钟，只要热热闹闹把时间打发了就算OK。

孩子们回家能唱上两首中文歌，背上两句中文诗，家长和校长就会大惊小怪地夸耀一阵子。至于让学生理解自己唱的什么，背的什么，来日方长吧，眼下我得先把中文课的架子搭起来。

对付这些"洋娃娃"并不轻松。我必须使出浑身解数，去吸引他们的注意力，稍不留神他们就像小猫小狗似的乱嚷乱闹。

儿歌、游戏、卡通画、毛绒玩具、幻灯片，还有以前在培训老师实习老师那儿看到的装嗲卖萌伎俩，都被我搬到了课堂上——我理解了，为什么她们一脸皱纹，还得假装小朋友。

声音、视觉加上游戏，教学效果相当不错。一个月的工夫，我的学生居然能说简单的中文句子了。

"这是什么？"我抓起一个黄色的玩具鸡用中文问。

"黄色的小鸡。"一个小女孩口齿清晰地用中文答。

我示意大家一起来。

"黄色的小鸡！"声音一遍比一遍大，最后变成了齐声呐喊。

"这是什么？"我拿起红色的毛绒狗。

"红色的小狗！"几个孩子异口同声。

"绿色的……"

忽然瞥见一个小东西挪向墙角，另一个迅速扑过去，我还没反应过来发生了什么，两个物体已滚作一团儿。顿时，教室里的中国话戛然而止，20来张小脸一起扭向墙角那个翻滚的团儿。

"Stop！"我大吼一声，冲上去把两个小东西分开，令他俩分别站在教室的两侧墙边，免得干扰别人。

小学教室一般有两个区域，讲课的这边没有桌椅，学生听讲席地而坐（有地毯）；有桌椅的那边则用于学生做练习写作业。没有桌椅的约束，淘气的男孩儿不是你捅我抓地扭作一团，就是毛毛虫似的满地乱爬。上半截课往回抓"毛毛虫"，是我经常得干的事。

尽管如此，小朋友还是比青少年好对付。教小孩儿不涉及太多的知识，备课基本不用查资料，只要有道具（玩具、图画、幻灯片）写个提纲就能上课了，而且小学外语课只有30分钟，唱一会儿，念一会儿，画一会儿，再做做游戏，一堂课玩儿似的就过去了。对我来说，这也是一种放松。

我悟出一项心得，课堂上必须让孩子们动起来，难度不能大也不能小，太难他们不干了，太容易他们觉得无聊，只有让这帮小祖宗觉得上课有趣，他们才会配合我，多少学会点儿中国话和中国字儿，我就算交差了。

在玛丽小学吃过微波炉加热的自带午餐，我驱车赶往克林中学，下午在那儿有两节初一年级的中文课。

十一二岁的初中生最难教了。

这个年龄段的孩子独立意识开始觉醒，逆反心理特别强。教小学生那套他们不屑一顾，用高中的教法他们又不大听得懂。对付这些学生的办法，我只能在教学过程中慢慢摸索。眼下能做的是，尽量让我的课生动活泼一些，尽可能让学生在课堂上动起来，其他的出现问题再说。

今天这个班是我所有班级中最差的，想起他们我头就大。

"大家好！"我走上讲台说。

无人回应。

学生应当用中文说"老师好"。教过他们好多遍，不知记不住还是懒得说，反正没人理我。

习惯了这样的尴尬，我带大家重复了几遍"老师好"，便开始复习上节课学过的中文句子。

"你家有几口人？"我叫起一个男孩儿问。

"I don't know."一脸的茫然表明，他压根儿不知道我在说什么。

"你家有几口人？"我示意其他同学答。

看到大家面面相觑，我的怒火在胸中冉冉升起。

"我家有爸爸、妈妈、弟弟、姐姐和我。"终于，一个女孩子举手用中文答道。

靠谱儿。"My question is how many people in your family."我用英文重复一遍刚才的问题。

女生低头扳起手指头数了一下，仲出五指说："Five！"

还好她家人口没超过十个，要不然还得脱了鞋袜，掏出脚指头来数。

课文其实很短：你家有几口人？我家有五口人，爸爸、妈妈、弟弟、姐姐和我。

就这么两句话，昨天课堂上我带着他们读了又读，然后挨着个叫起来练对话，当时还可以呀，怎么回家睡了一觉全忘了？而且昨天的家庭作业就是抄写这两个句子并译成英文，难道全班都没写作业？

"把作业本打开放在桌子上。"我决定彻查此事。

走下讲台挨桌子查看，除了个别人，作业还都做了，只是本子上的汉字有很多缺胳膊短腿的，歪七扭八像是蜘蛛爬苍蝇飞，认不出是些什么东西。英文翻译更是一塌糊涂，不是把 sister 译成爸爸，就是把 father 译成弟弟，有的只把课文抄在本子上，翻译就没做。

既然不是智障儿童，就不该笨成这样，显然是存心糊弄。

很想发点儿雷霆，脑子里冒出一堆刻薄的中国话，却反应不过来英语怎么说。

忽然想起实习那会儿梁老师发感慨："瞧人家美国老师训起学生来，一套一套的多花哨。我们就那两句'不许干这个，不能做那个'的词儿。"是呀，我管学生的时候，除了"Close your mouth 闭嘴！""What are you doing 干什么呢？"还真没什么新鲜的，别说学生嫌单调，我自己都觉得没劲。

看来他们课堂上读中文全然不走脑子，哇哩哇啦热闹完，回家写作业的时候就忘得差不多了，于是张冠李戴地胡乱涂鸦。

算了，就当是对牛弹琴吧，牛听不听没关系，反正琴我弹了，管牛的就得付薪水。并非我师德不济，强按牛头不喝水，强扭的瓜不甜。反正教学计划由我定，就这么一遍一遍从头来吧，水过地皮湿，就是资质一般的孩子，这么重复下去多少也能学会一点儿。

"你家有几口人……爸爸……妈妈……"我不厌其烦地带着他们朗读对话，感觉自己像马戏团的驯兽师。

"babababa……yayaya……"怪腔怪调的尖声夹杂在朗读中，孩子们一阵爆笑，读不下去了。

又是那个小混蛋！有个叫道格拉斯的墨西哥裔男孩儿老在我的课上捣乱，不是出怪相就是发怪声，每每搞得课堂秩序大乱，

"Get out!"我生气地把他轰出教室。

强压怒火，我一边组织学生对话，一边盘算怎么对付门外那个挑战者。

从第一次上课，道格拉斯便表现出强烈的对抗意识：课堂上捣乱，回家不写作业，中文考试交白卷。

更可恶的是他那超重的老娘，一次从儿子书包里翻出画着零分的白卷后，找到我大嚷大叫："为什么不给我的孩子分数？"

我和颜悦色地告诉她："因为你的孩子什么也没做，我只能给他同样的东西。"

"他为什么不学中文？你怎么教的？作为老师你没有责任吗？"胖女人咄咄逼人。

她儿子说汉字太难学，中国话不好听，他没兴趣，反正也不去中国，学中文干什么？

我说："请回去问你的孩子。他愿意学，我可以给他补课。如果他不肯学，我也无能为力。"

"如果你继续给我儿子这样的成绩。我要找校长理论，要求他解雇一个让学生得零分的老师。"她歇斯底里地威胁，全

然不理会我的建议。

跟这样的家长没法交流。我有那么多学生要教，自然没工夫研究怎么培养那孩子的中文兴趣。找他谈话时，我们达成的默契是，不学可以但课堂上不能捣乱，可今天他再次跳出来哗众取宠。

我决定下课就拽着道格拉斯去找校长，以求彻底解决的办法，免得他那个不讲理的老娘恶人先告状，让我有口莫辩。

校长去教育局开会了，下午不回学校。不知道他明天的日程，我等不了了，一回家便把道格拉斯和他家长的问题写成文字传给校长。

第二天下午，刚到克林中学就接到校长通知，让我下课去他办公室。

"要是每个老师都像你这样，把解决不了的问题都交到我这儿，我这个校长就啥也别干了，我替你管理课堂算了。"校长拉着脸，一副跟我过不去的架势。

我不卑不亢地说："找你的目的是确认一些事：如果学生在课堂上捣乱，致使我的教学无法进行，我是否有权把他逐出门外？如果学生考试交白卷，我是否可以给零分？家长认为学生不学是老师的错，你怎么看？"我抛出三个问题。

"把捣乱的学生逐出教室，肯定不是个好主意，虽然你的做法我能理解，但过后你必须解决问题。你怎么可以给学生这么差的分数？学生成绩不好，说明你的教学很失败。学生不想学，老师当然有责任……"听上去，校长像是跟道格拉斯他娘一伙儿的。难道这是美国人的共识？

十个指头还不一般齐呢！个别学生不学，我的教学就失败了？

我感到委屈而且愤怒，特想对校长喝一声："老娘不伺候了！"

但我只能听着他的教训点头称是，因为此时我想起了艰辛的自学时光、失败的工作面试……原以为在公立学校找到工作就算大功告成，不料更多的挑战才开始……

从校长那出来，压力和屈辱折磨着我。我明白了，文化的差异像一堵高高的墙，把我同美国社会隔离开来，我面临的问题已经超出了教学范畴。要想在这个位置继续拿薪水，还有太多的东西要从头学起。

我近乎绝望地跟自己斗争：

坚持下去？我心力交瘁，厌倦了挑战。学习、奋斗……这似乎是年轻人的事。我老了，再没有气力从头学起，我真的厌倦了。

就此放弃？那么之前的努力全白费了！

真正让我揪心的是，如果放弃，怎么面对老公？

他伴随我经历了多少艰难的时日，从自学英语拿下执照到当上老师，哪一步不凝聚着他的心血和焦虑？

如今看到我如愿以偿，他刚松口气，我却说"不干了"？

大熊不善安慰人，沏一杯中国茶递给我，轻声说："做你想做的，不要太为难。"

看到他眼中的担忧，我的心被触痛了。

我觉得自己特混蛋，我没有理由让这个深爱自己的男人再为我担心。我必须振作起来，坚持下去……

我登门请教叶老师，因为传销的事我们疏远了，但她不计前嫌以多年积累的教学经验帮我分析，还承诺陪我一起去家访道格拉斯和他的老娘。作为回报，我心甘情愿地从她那儿买了一千美元的保健品。

在叶老师的帮助下，跟道格拉斯母子的谈判取得进展：在凶悍老娘的干预下，道格拉斯上课不再捣乱，家庭作业也基本能完成，虽然质量差但做了总比不做强。我也兑现了对他娘的承诺，给她儿子打分的时候刻意提高些——该给 D 的时候我给 C，谁让我碰上这对自欺欺人的母子！

就这样，他老娘看到了她想要的分数；道格拉斯回家少挨骂；我的课能教下去——大家都合适的事，何乐而不为呢？

日子一天天过去，我逐渐摸索出一套在美国教中文的办法，我的教师生涯在酸甜苦辣的体验中日渐安稳。

此时我感觉到，我在美国社会立足了。

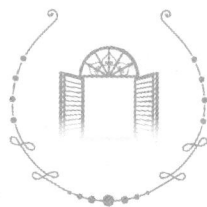

第四部　百　味

利益纷争是人性本能，人生百味为生活真谛——
幸福的和不幸的婚姻大抵如此。

记忆中的婚外情、前夫的灭顶之灾、因财而起
的官司、回国定居的打算……这一切伴随着深刻的
情感，猝不及防地冲击我的生活，我不得不应对新
的变故。

第23章
做 媒

国内的女性朋友听说我的跨国婚姻甚是美满，钦羡之余展开议论：从离婚女人贬值，到成功男人肤浅；从亚洲女人可怜西方男人可爱，到亚洲女人与西方男人婚配之合理性……

有人建议我开个婚恋网站，用自己的成功经验，帮助水深火热中的姐妹寻觅知音。我收到的具体托付是：帮两位事业有成婚姻无望的女同胞在美国寻找配偶。

其实，离婚再嫁难，已成为国内不少离婚女人的烦恼。为了找到感情的归宿，一些大胆的单身女性，开始把目光移向海外，但因为种种问题，跨国婚姻大多以失败告终。年逾五十连英语都不懂的我，居然在美国找到了童话般的浪漫爱情，还带捎着把女儿的留学一并解决。为此朋友们认定，我创造了奇迹。若不是太过走运，就是我在这方面有什么独门绝技，所以她们要我传授经验，助女同胞觅得佳偶。

我相信，隔着半个地球遇见大熊，的确是上天对我的眷顾。

可面对跨国婚姻带来的诸多问题和挑战，打造幸福美满的婚姻，就远非"幸运"二字可以涵盖了。换个说法，我走过的路，别人未必走得通。有些人即使遇上了对的人，也未必有圆满的结果。这一点我无法解释，也只能尽力帮忙了。

罗芳，方圆的朋友。40岁，本科学历，风韵犹存，从未婚配，带6岁儿子在上海做生意——儿子乃"地下爱情（一称小三儿）"之果实。因为在中国择偶难，方圆希望我帮罗芳在美国找到一位条件相当的绅士共度余生。

带着对女同胞的同情，我发动大熊来帮忙。

很快，大熊从公司带回了希望：他们办公室的大卫看了罗芳的照片很感兴趣——漂亮女人对男人的杀伤力，全世界都一样。激动之余，大卫给照片上的人写了封热情洋溢的信。

罗芳不懂英语，也不肯通过字典自己懂，于是授权我全权代理。

从大卫的信中获悉，他45岁，机械师，离婚，3个孩子都已长大成人独立生活。大卫在信中表示，很喜欢照片中的罗芳，希望进一步交流，如果两人能走到一起，欢迎罗芳带孩子来美国一起生活。

我把大卫的意思写Email告诉了罗芳，她立马打来电话。

"没提收入吗？"没有我想象中的喜悦，她的语气中透出些许失望。

"没提……大概四五千美元？"我推断。

"太少了吧……能养活我们娘儿俩吗？我一年还挣70多万人民币呢，总不能比我还少吧。"罗芳不掩饰她的失望。

挣70多万还想让别人养活你？心里鄙夷，我问："是不是只要挣钱多，别的条件就不在乎了？"

"其他的也得差不多呀。"

"那你列个单子吧。收入、年龄、长相、工作、教育程度、家庭人口，什么标准算合格？"我发现，这个被我当作困难群体来帮助的女人，其实不困难。

"咳，我要求也不高。收入嘛，跟我差不多就行。年龄比我大几岁可以，但不能太老了，我儿子才6岁，给他找个老头当爸不合适。身高一米八以上，模样周正，文化程度起码得本科吧。当然得有房子，能养活我们娘儿俩……"她以很好说话的口气，开出一堆不好说话的条件。

大卫显然不合格。

听了罗芳的择偶要求，大熊耸了耸肩表示无能为力，并告诫我这个忙帮到此为止。

"你是说没有这样的男人？"

"有倒是有，可人家为什么要找她？她远在中国又不懂英语，没法跟美国男人有真正的交流。符合她要求的男人在美国都很抢手，怎么会去一个陌生的国家，跟一个语言不通的人谈恋爱？"大熊不屑地摇着头。

"那你干吗去陌生的国家，跟这个语言不通的陌生人谈恋爱呢？"我指着自己的鼻子好奇地问。

"她怎么能跟你比！我们俩在网上交流得多好呀，我们不光没有语言障碍，而且心灵相通，这辈子除了你没有第二个人这么懂我。别说你在中国，就是在月亮上我也会飞过去找你。"

虽然心里美滋滋的，但我明白托人帮罗芳介绍男朋友不大现实，光打听对方收入这点就不好操作。

既然答应了还得帮，我决定帮她在我和老公相识的网上注册会员。网上找对象，至少对方的照片职业和经济条件都列在那儿，省得我勉为其难地去问了。

跟罗芳要了几张艺术照传到网上，又煞费苦心地为她写了一份浪漫的简介，其中的择偶要求，指的是性格爱好方面的，因为挣多少钱之类的物质条件，从对方资料上一目了然，联系的时候可以假装不理会。

不知是照片的魔力，还是简介写得太好，对罗芳示好的帖子和信件接连不断。因为罗芳授权我替她注册会员并筛选和回复信件，所以事实上，是我在忙不迭地应对那些网上的男人，而她却像局外人似的，隔三岔五给些指示。

对于我的助人为乐，大熊不解且不满。他调侃道："你这么乐此不疲，是不是趁机为自己暗摸什么？"

我哭笑不得，说这叫"仗义"。他不懂啥叫仗义，我解释半天他还是不知所云。没法子，美国文化里没有仗义这项内容。我决定再回国的时候，买一本英文版的《水浒》送给他，读完这本书，再谈仗义想必就不这么费劲了。

按照罗芳给出的条件，为她筛选男友实在不易。

虽说来信的不少，合格的却寥寥无几。查理收入不错，可长得对不起观众；汤姆仪表堂堂，怎奈学历太低；杰瑞什么都好，却超龄……罗芳一丝不苟地坚守她的条件，不肯降低半点儿要求。她的苛求考验着我的耐心，我开始质疑自己的多管闲事。

终于有一天，数学教授鲍勃出现了。鲍勃 47 岁，人长得帅，工作体面，收入不错，还没孩子，不仅所有的条件都合乎罗芳的标准，而且他对罗芳的照片一见钟情。没准儿这就是上天给罗芳送来的白马王子，我得帮她好好把握机会。

我以罗芳的名义，小心翼翼地跟鲍勃交流。几个回合下来，双方通报了基本情况。鲍勃提出实质性问题："如果两人见面感觉合适，你是否愿意带孩子来美国生活？"

本以为这是不言而喻的事。

罗芳的回答却令我大吃一惊："我在国内的生意不能放弃，很多时候我还得待在上海。"

"那你干吗要在美国找老公？"感觉自己被涮了。

"在中国不是不好找吗！而且跟他结婚，我和儿子就有了绿卡，儿子在美国上学的问题也解决了。"她盘算得很周到。

"你们不住在一起，婚姻怎么维持？"

"我每年在美国待几个月，他是老师，寒暑假可以来上海，一年有一大半时间在一起也行了。"她胸有成竹。

"那你儿子在美国上学，也不能跟着你两头跑呀。"我觉得她的想法太不靠谱。

"呃……"罗芳想了想说，"儿子寒暑假回上海，我不在美国的时间一年也就几个月，让他照顾一下呗。孩子越来越大，也没那么麻烦。"

"在美国夫妻一旦分开就算分居了，而分居是离婚的前兆。当然……如果你们每年分开几个月，是为了做生意赚钱，他也受益，也许还可以商量。"我努力想象着，对这样的分居，美国人会怎么权衡利弊。

"不，我挣的钱是给我儿子攒的，他将来上大学、结婚、买房子都得要钱。美国男人不是有责任心吗？他得养活我们娘儿俩呀。"她振振有词。

我彻底无语，有点儿愤怒。

在哪儿听过一句话，大意是什么都要等于什么都不要。罗芳为自己考虑的太周全了：美国绿卡、儿子上学、体面的老公、国内的生意、老公的房子和钱……她想到了所有能从美国老公那儿得到的好处，唯独忽略了一件事：人家娶你图什么？

忽然明白了一个理儿：缺什么想什么。饿了想要吃的，冷了想要穿的，不冷不饿想要的东西可就没边儿了。一个穷苦的村姑，指望跨国婚姻给她的，可能是衣食无忧的日子。一个色衰孤苦的女人，想通过跨国婚姻得到的，或许是男人的关爱和陪伴。这类女人的忙好帮，因为她们想要的东西简单而明确。

罗芳作为经济殷实，有学历有姿色的女人，不光衣食不缺，围着她转的男人，估计也不在少数。她想通过嫁给美国人得到的好处，是复杂而不切实际的幻想。更为荒唐的是，做生意虽精明，她却没想明白，如果把婚姻当成交易，你拿什么去交换你想得到的东西？

我估计，涉猎跨国婚姻而失败的女人当中，相当一部分是因为没想清楚，自己嫁到国外图的是什么？期望和现实的反差应当是婚姻失败的重要原因。

我告诉方圆，她朋友的忙，我帮不了。

张玲玲是我老妈同事的女儿，四十有二，尚未婚配，目前在洛杉矶某国际公司做精算师。

据介绍，玲玲是个数学博士，相貌中等，来美国 20 多年，学业有成，却没谈过恋爱。择偶条件是，找条件相当的在美中国人。

似这等高学历大龄剩女，在国内出嫁尚属老大难，要在中国人有限的美国，找到条件相当的中国人，则难上加难。

因为跟她年龄相仿的在美中国男，大都有了家庭。离婚男人中，窝囊的她看不上，有成就的人家盯着年轻漂亮的女人——中国男人的这个习惯，被他们原汁原味地移至美国。

我决定动员她，把慧眼锁定美国人，这样我的经验或许能帮到她。

给张玲玲写了一封 Email，帮她分析了在美国找中国人做伴侣的困难性，以及找美国恋人的可能性，并承诺全力帮她。

张玲玲电话跟我详谈。感谢话说完，她对跟美国人谈恋爱大放畏难情绪……理由居然是：她英语不行。她说跟公司的美国人，除了打招呼没话可说。

这不是气我吗！曾经的北大研究生，考托福和 GRE 高分通过，在美国读完博士又工作多年，谈个对象还说英语不行！我英语一句不会说，在美国找到了美满姻缘又怎么解释？

"行了！你英语肯定比我强百倍，谈恋爱跟在公司和同事相处是两码事，你的条件放到婚恋网站上，肯定特别火……"我苦口婆心地对玲玲展开深入细致的思想工作。从我当初怎么上网注册，怎么在电脑上下载词典，怎么跟大熊 Email 交流，到美国男人如何对家庭负责任，大熊如何对我好，我现在的婚姻如何幸福……说得我心潮汹涌，口干舌燥，对方就是块儿石头也该融化了。

"可我没法想象，怎么跟老外谈这种事儿。"电话那端柔声细语地否定了我的努力。

我很诧异，"这种事"不就是男人女人的事吗？男老外难道不是男人？莫非她在潜意识里把外国人当成别的物种了？

没能说服她，我只好答应，帮她留意单身的中国男人。

放下电话觉得怪怪的，原本是因为自己打造了跨国婚姻的成功范例，才被当成这方面的专业人士委以重任，怎么现在要找中国男人的也来求助？我要是能给自己找到中国配偶，当初也就不用来美国了。

话虽如此，答应帮忙了还得行动。迷茫中我想到中国教会的姐姐妹妹们，她们对姻缘方面的事，总有着令人感动的热心。

很久没去教会听大家向"主"汇报思想了，周五晚上我特意赶到教会跟大伙儿叙旧。申报互助议题时，我隆重推出玲玲的求偶信息。或许是天生有成人之美的习惯，在场的女士们纷纷响应。

接下来几天，差不多天天接到通报人选的电话。

一星期下来，收到七八个信息却没有一个合格的。

玲玲博士学历，谈不上漂亮却也模样周正。对应她的男人起码应该大学毕业，有份事业。可传给我的人选，不是年龄相当但没上过大学，就是学历还行却年近六十，要么就是失业或者离婚还得付抚养费的，或者干脆又矮又丑。

以我追求完美的秉性，拿不出手的信息本该不予转送。但随着纷至沓来的推荐，我明白了，玲玲的情况想在美国找到条件相当的中国人，希望微乎其微。

虽说她比我年轻且没有孩子，但比起我离婚后在中国的处境，也好不到哪儿去。这些情况我早就跟她分析过，她显然不信。这会儿若是不把这些人选通报给她，她还以为我什么都没做呢。也好，让她知道，坚持在美国找中国配偶的结果是什么，说不定她会改变思路呢。

如我所料，推荐给玲玲的歪瓜裂枣们令她沮丧，我趁机劝说她试着考虑美国人。

听完我的说辞，玲玲依旧重复上次的话："我真的没法想象，怎么跟老外谈这种事儿。"

都说蔫人有蔫主意，算是领教了。虽没见过本人，但这个声音细弱的女人，居然如此油盐不进，却着实令我意外。

既然如此，那就单着吧，我是无能为力了。

一个电话给玲玲的择偶带来了转机，也让我再次担负起做媒的义务。

多年未曾谋面的李姓大姐从北京打来电话，互致问候之后转入正题：听说我的故事后，李大姐想请我帮她在波士顿的弟弟介绍女朋友（只要中国人）。听说李弟弟的瞬间，我便想到玲玲，忙问那个弟弟的年龄、学历、职业、长相。

李弟弟 50 出头，北京人，硕士学历，离异无子女，是一家 IT 公司的软件工程师，收入颇丰，据大姐说长得也精神。虽说年龄大了点儿，论其他条件跟玲玲倒也般配。我不管闲事的决心，瞬间被抛到九霄云外。

听了我的描述，玲玲很高兴，千叮万嘱地希望我促成此事。我把玲玲的信息发 Email 传给大姐，要她那个弟弟主动跟玲玲联系。

李弟弟很快给我打来电话，除了详细询问玲玲的条件和兴趣爱好外，还絮叨了一些别的女人跟他的花絮。大意是很多女人哭着喊着要嫁给他，他谁都没看上。之所以答应跟玲玲联系，主要是冲着他姐姐和我的关系，他得给我面子。他说最近太忙，最好让玲玲跟他联系，他保证回复。

有意思吗！说这么多此地无银三百两的废话，是想抬高身价，还是底气不足给自己壮胆？我不得而知，但可以肯定，此人情商不高且有性格缺陷，我的兴奋之情骤减。

"巧了，玲玲的情况跟你差不多，追她的男人得有一个连吧，可她谁也看不上。你姐求了我半天，我动员了玲玲半天，她才答应给这个面子。所以你得主动跟她联系，你是男的嘛，要不然这事就算了。"学着他的风格，我不卑不亢地回敬道。

"那我联系她吧。"没料到我会装同样的蒜，他没什么词儿了，只好就范。

一周后李大姐在电话中兴奋地说："他俩谈上啦！感觉还挺好，经常通电话……"

紧接着我北京邻居来电说："太谢谢你啦！玲玲说这回找对人了，那男的特别好……要是差不多了，得催着他们早点儿结婚，争取要个孩子。"

总算促成了一对儿鸳鸯。一个固执己见的老女人，一个装模作样的离婚男，两朵奇葩居然让我撮合成一对儿了，还真有点儿成就感。

李大姐和北京邻居隔三岔五打来电话，跟我讨论老处女和离婚男，谁去谁那儿落户更为合理。

就在此时，玲玲来电话说他俩吹了。

"他说我必须去波士顿跟他见面，他工作忙，不可能来洛杉矶找我，我要是不去就算了……"玲玲带着哭腔，"好不容易遇上个条件差不多的，我小心翼翼跟他交流，想把关系处下去，可这人太过分了！平时打电话他基本不接，说是班上不能接电话，下班累了懒得说话，手机就关了。他家里没座机没电脑也没电视，也不知这个人每天下班怎么打发时间。他每周就给我打一次电话，还限时 15 分钟……"

听着玲玲的控诉，离婚男的性格特征清晰了：一个孤僻、刻板、乏味、自我的老男人。

看来玲玲在美国能找到的中国单身男，也就这样了。真难为她了，跟这样的怪物居然对付了三个月。可话又说回来了，宁可跟这样的中国男人瞎耽误工夫，也不考虑美国人，玲玲的一根筋也不能算正常吧。

面对我的质疑，玲玲终于吐露真实想法："他再怪也是中国人，跟中国人都谈不成，跟美国人就更没戏了。我有个朋友嫁给了美国人，因为文化差异太大，现在正离婚……"

原来她有个前车之鉴的朋友！

我理解了她的思路：中国人之间文化同源，尚且找不到对路的，跟异类文化的美国人，怎么可能相处和谐？

女博士的想法太过片面。在婚恋关系中，文化的差异固然是一种挑战，但价值观和性格的迥异，才是不可逾越的障碍。有例为证，我和前夫同属中国文化，同受高等教育，同为新闻记者，同一屋檐下生活，这么多的相同，也没挡住我们在生活中的格格不入水火不容。而我跟大熊，文化不同、种族不同、语言不通，从小的生长环境更有天壤之别，我俩却一见如故。心心相印，就像上辈子认识的老熟人，以至于我经常忘了他是外国人这一事实。这难道是文化差异可以解释的？

依我之见，价值观和性格的差异对婚姻双方的影响，远大于文化差异的作用。可玲玲只因为身边有个失败的例子，就认定跨文化的婚恋难以成功，竟对我这个成功的例子视而不见。她的消极来自内心的不自信，这也正是她单身至今的根源，找哪国人，结果都一样。

性格决定命运，姻缘大抵如此。

第24章
缘 分

转眼来美国三年了，幸福的时光在平静中一天天流逝：

每天一早，我和老公各自开车去上班。下班回家，我做饭他洗碗，然后上网、读书、看电视、改作业……各忙各的。

周末我们一起洗衣购物打扫房间，不定期的餐馆电影音乐会，为我们平淡的日子增添乐趣。节假日的时候，要么老公带我参加美国人的聚会，要么我带他去中国人家里吃饭。跟朋友聚聚聊聊，也是我们生活中的重要享受。

上中国网站看新闻，是我每日必做的功课，如同吃饭喝水上厕所。老妈每次打电话说国内又发生什么了，听说我比她知道的还详细，总是惊讶不已。

大熊上网看新闻的时候，喜欢在今日美国新闻网和新浪英文版之间来回溜达。每当中国和国际上有重大事件发生，他就会忙不迭地研读两国新闻。

这是我给他的建议，我说不要相信你读到的全是真相，媒体站在本国的立场上，难免有失公正。要了解接近真相的事实，最好是各方说法对比着看。他甚以为然，凡遇感兴趣的事情，他总是博览众家媒体说法，然后跟我切磋。

有时候晚餐成了研讨餐。新闻事件涉及面广，我的英语不够，便查字典、画图、上网查资料。研讨餐把我俩同中国连得很紧。当国人欢庆申奥成功的时候，为汶川地震揪心流泪的时候，我们跟国内的人们一同感受那些激动和焦虑……

我们给国内的家人汇去1000美元，委托他们捐给地震灾区，这点儿钱换来的参与感，让我俩觉得，中国的事儿就是咱家的事儿。

奥运火炬传递的那阵子，美国好多地方都有"藏独"人士在闹腾。我听见大熊在电话里说："美国人没资格对西藏的事情指手画脚……"对此我颇有成就感，他认同了我和早早的说法。

网上得知，国内流行一种叫"微博"的东西，浏览了一下有点儿意思，这玩意儿不仅能传信息交朋友，还能让你有话语权，于是我在新浪注册了一个。不久却发现，除非你名气大或者下功夫经营，否则你的微博便形同虚设。我既不知名，也没时间在这儿耗，所以基本上没人理我。

一日得闲浏览微博，见一熟悉的名字赫然网上。跟我孤寂的小窗相比，他的门前车水马龙，热闹非常。临近细观，但见精湛的思想、精致的心灵鸡汤，遍布他的属地，络绎不绝的粉丝们或唱和或鼓掌，敬仰之情令人感动。

此情此景此人，把我拽回到一段尘封已久的往事。

十多年前在外地的一次研讨会上，我遇见了这个人。

他长得不好看，五官构成还有点儿喜剧效果，属于不会让女人一见钟情的那种。但很快我发现了他的与众不同：他的演讲见解独到，观点精辟，措辞令人忍俊不禁，讲话没有啊和呀之类的毛病。这让一开会就打哈欠上厕所的吾辈，伸着脖子听完还觉意犹未尽。会下讲段子的时候，他的幽默能把寻常故事演绎得笑点迭出，"闷骚男"的魅力，令在场的女士对他瞩目相看。加上此人的温文尔雅和周到得体，这个貌不出众的男人在我心中泛起了涟漪。记得会期的后两天，我总想看见他，尽管没有机会交流。

回到单位上班，隐隐的失落和期待中，我感觉他会给我打电话。

少女时代，我对有思想的男人格外景仰，当然这景仰不那么纯洁，夹杂着以心相许的企图。当年在县里开知青会的时候，我曾经认识一位身材高大的知青哥。因倡议"扎根农村一辈子"而名噪一时的知青哥，通读过毛选四卷和马列全集，我特别爱听他讲革命道理。虽然第六感觉告诉我，这些大道理都在云里雾里，跟我的生活没什么关系，但豪言壮语勾勒出的崇高理想和宏伟蓝图，尤其是知青哥那坚毅的眼神和富有磁性的声音，犹如指路的明灯，给黑暗中的我带来一丝光亮。心潮澎湃的我，觉得只要有了革命理想，扎根农村一辈子也心甘。不久知青哥调到县里当领导。他说"扎根"是决心，在哪儿工作，还得服从革命需要。

尽管几面之缘，知青哥带给我的影响却是深远的。

在我后来的人生中，只有"有思想"的男人才能令我心动。随着生活阅历的增长，我发现在思想的海洋里，还有深浅不等的层次，每个层次里还有方向不同的理念，不同的理念中又有千差万别的悟性……直觉告诉我，会上遇见的这个人，可能是跟我在同一思想层面，有着相同理念和相似悟性的人，这太难得了！

他打电话请我吃饭，我们之间果然有默契。

以为我们会畅谈人生感叹社会，从而产生共鸣，开始一段情缘……

诧异的是，他的口才和思想全然不见，沉默寡言中竟显出几分木讷。为避免尴尬，我只好使劲儿找话说，这餐饭吃得挺别扭。

再次约会，他面无表情地谈他的专业，然后做饭给我吃，不记得在什么地方……好像还是没什么可说的。这才知道他真的性格内向。

再后来……我们不欢而散。

短暂的邂逅让我颇感失落。此前的许多年，我的潜意识里一直在寻觅梦中的知音。终于以为遇见了，以为会发生点儿什么，却不料刚要开始却已结束——让我伤心的是，死得糊涂。

十多年过去了，这段往事早已被埋进心底。

如今偶遇，当年的情景不再清晰，他的几句话却莫名其妙地留在我的记忆中：

"炒茄子关键是煸……"似乎是炒菜时的点评。

"你的敏感度比别人高，有些事别人感觉是1度，你是5度……"他认为我神经过敏。

"今后你有任何需要我帮忙的事，我都会尽力。"临别时给我的许诺。

当尘埃落定，今天看昨天的事就清楚了。当初的分手或者说没在一起，原因不外乎两种："知音"是我一厢情愿，我俩并无高山流水之缘。他只是把我当作女人动了点儿"邪念"，又很快"改邪归正"。二是虽与我心有灵犀，他却非性情中人，考虑到放任情感后果不堪，便及早中止。

虽说缘分已逝，既然在这儿遇上了，还是想知道，他到底是什么样的人。于是我隔三岔五溜进他的微博，窥探他在说些什么。

一日，在他微博上看到一段感慨："有些话藏在心里好久没机会说，等有机会说的时候却说不出口了。有些人一直没机会爱，等有机会了已经不爱了……"

蓦地想到当年的尴尬约会和糊涂分手，不正是源于这叶公好龙的性格吗！他如此感慨，估计已错过许多类似的缘分了。我情不自禁地在评论栏上写道："这正是阁下的性格。"

他敏锐地反馈："你是谁？为什么这么了解我的性格？"

"我领教过。"我激动起来。

"你到底是谁？"他穷追不舍。

……

没能按捺住内心的冲动，让他猜出了我是谁。

接下来的几天，他在微博上晒出这样的话：

"几米说，当你喜欢我的时候，我不喜欢你。当你爱上我的时候，我喜欢上你。当你离开我的时候，我却爱上你。是你走得太快，还是我跟不上你的脚步……"

"遇见平凡说，缘分就像一本书。翻得不经意会错过童话，读得太认真又会流干眼泪。"

这叹息所为何人？

权当是对那段邂逅的诠释吧。

我百感交集，不知是遗憾还是欣慰……

一日见他在微博上驻足，不知哪根儿神经导电，我上前搭话："没想到你还有深情的一面……"

"你是我难以忘怀的人，只是如今时过境迁，物是人非……"他说。

我泪流满面。

高山流水的缘分，或许确曾有过，只是我们相逢一笑，便匆匆别过。

"不要难过，过去了的往事会在回忆中被诗化……"不知道他在安慰我，还是安慰他自己。我曾经以为，知音、伴侣和婚姻是一回事。后来生活告诉我，它们不是一回事。

知音是懂你的人，伴侣是跟你相濡以沫的人，而婚姻不过是在法律上把你跟什么人绑在一起。知音难觅，伴侣难寻，婚姻最好办——领个证，弄个仪式就算搞定，要是再生个孩子，套上车的牛马，便足以让这副车驾能走多远算多远。

如果谁能让知音、伴侣和婚姻三合为一，他便是婚姻中的极品幸运儿了。对于大多数人，这样的结合不过是童话。

我和前夫，不过是当初被某种境况固定在一起，之后为了给孩子搭建一个象征性的屋顶，貌合神离地维系了许多年。

曾经邂逅的这个人，或许是我的心灵呼唤已久的知音，或许什么都不是。失之交臂让我们无从知晓我们能否读懂彼此。

都说凡事看缘分。缘分是什么？以往我一直没想明白。人这辈子，也许会邂逅一段情，也许会走进一段婚姻，也许要跟合不来的人厮守一生，难道遇见就算缘？

跟大熊在一起的日子里，我渐渐悟出了缘分的深意：四目相对，不必开言已知心中所想。执子之手，天寒地冻浑身暖意融融。相濡以沫，简简单单亦觉其乐无穷。默默相守，平平淡淡只愿白头偕老。

　　这就是缘分，我们正在拥有的幸福。

　　跟有缘的人在一起真好：

　　早晨起床，他会对我说："我爱你，我的生活不能没有你……"一年三百六十五天，从无遗漏。

　　即使怄气了，出门前他也会绷着脸来一句："请记住，我爱你！"

　　每每此时，我便怨气全消，转而担心他开车会不会分心走神，立马一个短信追过去："I love you too……"我做饭的时候，他帮着洗菜。他看电视，我递上水果。我批改作业，他端来热茶。他饭后小憩，我为他盖上毯子……一切都像编好程似的那么默契。

　　大概是觉得我们之间还缺点儿什么，一日，他带回两个憨萌可爱的毛绒兔子和毛绒熊，说这是我们的孩子。熊是儿子，兔是闺女，从此我们有了共同的儿女。

　　我去超市给孩子们买来衣服。美国商店里几个月大婴儿的衣服，跟成人服装的款式差不多，小熊小兔穿上新衣服顿时生动起来，连性格特征都那么鲜明。小熊叫毛毛，小兔叫二兔子（大兔子是早早）。

　　俩孩子给我们的生活平添意趣：大熊下班疲倦地瘫坐在沙发上看电视，毛毛和二兔子便跳过去，跟熊爸爸撒娇，大熊抱着两个小东西眼里充满了慈爱。我不开心的时候，熊爸爸会派孩子们过来安慰"兔妈妈"……

大熊说他觉得毛毛和二兔子活了。我说当然,我们给了他们生命。

想到十字架上的耶稣、观音庙里的菩萨,虽说是木雕泥胎,你若顶礼膜拜,他们便是神灵。毛毛和二兔子虽是玩偶,注入了情感,他们就会传递温馨。

我不再孤独寂寞,不再焦虑无助,无论发生什么事,只要那双深情的蓝眼睛望着我,我的心便沉静下来。

偶遇当年擦肩而过的那个人,也只能叹息我们之间就那么点儿缘。

再少的缘分也会留下念想,我会常来这儿看他。没有交谈,不会打扰,悄悄看他说什么,默默感受他的思想,算是一种神交吧。

第25章
前　夫

　　朋友老林来电话，说我的前夫晋文两个月前查出胰腺癌，刚做完手术，情况不好。

　　我的头嗡地一下，第一反应是他的时日不多了。

　　上网检索，越看心绷得越紧：胰腺癌是一种恶性程度很高的消化道肿瘤，诊断和治疗都很困难，手术风险大，治愈率低，5年生存率1%，是愈后最差的肿瘤之一。

　　老林说，晋文的未婚妻娴雅在照顾他。怕影响早早的学业，晋文不让把生病的消息告诉女儿。老林觉得这会儿该让孩子知道她爹的病情了，希望我找个机会告诉她。

　　正值早早期末考试，确认她考完最后一门，我把噩耗告诉了她。

　　早早似乎惊呆了，电话里半天没有声音，过了一会儿，她声音颤颤地问："那怎么办呀？"

　　被宠大的独生子女心理年龄偏小，遇到这么大的事儿自然不知所措。

我告诉她这个暑假回北京，好好陪陪爸爸。

我的心像压上了一座山，沉重得透不过气来。

二十年婚姻，鲜有美好记忆，离婚后为女儿的抚养费，跟前夫闹得不可开交，每每想到他，我便一肚子怨气。如今他遭了大难，我不明白自己为什么这么难过。不知这样的感觉，蕴含着多少东西，只知道要是有办法救他的命，我会不遗余力地去做。

早早飞回北京探望父亲。

不久她来电话说，爸爸手术后恢复得不错，而且变得特别慈爱，见了她问长问短，还说想见妈妈。

学校放暑假了，我想回北京看望晋文。大熊说去吧，好好安慰他。

几年不见，晋文像变了一个人。

他体形消瘦，面容憔悴，大伏天穿着夹克戴着帽子，家里门窗紧闭，没开空调。

"你还好吧？"强忍辛酸，我不知说什么好。

"还行……你……好吗？"他眼里噙着泪，嘴唇哆嗦着。

娴雅在一旁张罗着，给我拿饮料拿水果。她给我的感觉就像她的名字，贤惠而秀雅。听说还是个医生，照顾晋文应该很周到。

娴雅说："现在已经好多了，刚做完手术那会儿，他不能说话，吃饭靠鼻饲，精神崩溃……"

比起当年的凶悍，他的衰弱更令我心碎。

我告诉他，女儿在美国上学一切都好，望他安心养病，早点儿跟娴雅结婚。

"我后悔……后悔……"他哽咽着说不下去了。

不知他悔什么，后悔离婚，还是抚养费的事儿？听说大病之后，人特别明白，或许什么事他想清楚了，后悔当初的做法。

可人生又有多少机会，可以挽回那些让自己追悔的往事呢？……

回家路上，想着晋文的人生，我悲从中来。

三岁时父母离异，他被扔给山里的奶奶。童年的日子里，与他相伴的只有贫困的生活和相依为命的奶奶。闭锁深山，缺衣少食，缺少父教母爱，养成了他孤僻敏感的性格。进城后，儿时的价值观同都市生活的巨大反差，让他变得极为矛盾：性情孤僻却渴望广交朋友；谨慎保守却向往开拓进取；生活节俭却羡慕荣华富贵……面对一顿饕餮大餐，他会想起跟奶奶吃窝头野菜的情景，因而觉得这是暴殄天物而痛苦自责——童年的记忆像枷锁，禁锢着他的都市生活，他快乐不起来。

我设想，假如当初他娶的，是跟他观念相似习惯相近的女人，或许他的生活里会少一些冲突，多一些快乐。可惜没有假如，在二十年乏味的婚姻中，他的痛苦不会比我的少。如今我们终于离了婚，各自找到了合适的另一半，他的时间却不多了……命运对他为什么这么不公！

早早每天去陪爸爸，爷儿俩的关系好多年没这么亲近了。

女儿两岁的时候，一上幼儿园就哭得像要背过气去，在幼儿园也不跟小朋友玩，一个人缩在小椅子上发呆。为了让女儿少"受罪"，她爹经常上夜班，以便白天有空看孩子。

那时晋文最感兴趣的就是晚饭后拉着女儿去"放羊"——院儿里一个大空场上，孩子们跑来跑去玩得欢，看孩子的家长在一边聊天，称"放羊"……晋文的舐犊情深给我们的家庭带来了不少温馨，那是我们婚姻的最佳时期。

后来，或许因为晋文经常出国，又很少跟孩子交流，而且只要跟我冷战，他就拉着脸谁也不理，好像女儿跟我是同伙，父女俩渐渐生疏了。再后来，留学的事儿当爹的食言，之后又经常拖欠女儿的抚养费……早早觉得老爸不爱她。离婚后早早跟我生活，爷儿俩一年也见不上几次面，他俩的关系更加疏远。

如今眼见老爸身患绝症，早早心底那份同血缘交融的亲情和责任感一并被唤醒。她陪老爸去医院，给他买营养品，为他去庙里求神拜佛……尽管跟割肾救母、背老爸上学之类的孝子孝女没法比，可冰冻三尺非一日之寒，亲情能恢复到这个程度，就算不错了。

手术和化疗之后，晋文的病情比较稳定了。面对现实他逐渐镇定下来，在未婚妻的精心照料下，他练气功，遛弯儿，试偏方，吃保健品，说要"跟命运抗争"。

我没再去看他，怕万一娴雅吃醋再节外生枝，那不是害他吗。隔三岔五买些滋补品让早早带给他，我能做的也就这些了。

回到美国，我的思绪一直无法平静。

自打听说晋文身患癌症，既往婚姻中那些令我心痛的片段，老在脑子里闪现……

夜晚，他老家窑洞的炕头上。不知为啥事儿拌嘴，他抡着苕疙瘩狠狠地砸在炕沿上，警告我，要是不闭嘴我的脑袋就会跟炕沿一个待遇。我吓得闭了嘴，眼泪却涌出来。我是来他家举办婚礼的——这个山野村夫，没来由地给我这么一记杀威棒。那一夜我的哮喘病犯了，应该是心寒加上山沟石头缝里的冷气所致。我围着被子坐在炕头，艰难地张着嘴喘气……

北京家中，我坐在床边教两岁的女儿唱歌，脑后突然挨了重重的一击，我倒在床上，半晌没捯过气来……原来是女儿的爷爷来北京小住期间，指责我不该让他儿子帮着洗碗，遭到我的反唇相讥。他跟老爹承诺要教训我，此举是在兑现诺言……

在我怀孕的时候……

多少年来，每每想起这些，我便恨得牙根痒痒。

如今他身染重病，这些陈年劣迹已不再令我生恨。我把这一切归结于他童年的阴影。他说小时候跟奶奶在深山度日，对于父亲的探访总是又盼又怕。盼的是老爹带来好吃的，祖孙俩可一饱口福；怕的是，每次见爹总少不了挨打。老爷子是家长制和大男子主义的典范，秉承以暴制弱的原则，先后打跑了三任妻子。父亲的行为对晋文影响颇深，他常说"不服就打"。这样的遗传，加剧了我们婚姻的破裂。

第二年，一放暑假，我就催女儿回国探望她爹。

早早从北京打来电话，说老爸的病情两个月前开始恶化，意识一阵明白，一阵糊涂，性情也变了……她希望我马上回国，有事也好帮她拿个主意。

我立即飞回北京。晋文要是真走，我也好送他一程。

回到北京时，他已住进重症监护室，意识全无。医生说也就这两天了。

获准探视的时候，见他皮包骨头的身体插满了管子，双目微睁，对我的呼唤全无反应。我心如刀扎，没待多会儿，便冲出了病房。

为什么去年没多看他几趟！那次见面竟成永诀，如今他再也不会对我挥拳，不会为琐事跟我大动肝火……我感到说不出的悲凉。

晋文死了。

北京八宝山殡仪馆。

他静卧在鲜花绿叶中，尘世间的苦痛烦愁，已离他远去……

主持人念着冗长的悼词，内容空泛而乏味。哀乐声中，他的同事朋友老同学，鱼贯进入灵堂悼念。

我悲伤而麻木地走近，向他道别，他枯槁的面容满是疲惫，可以想见，在跟命运抗争的路上，这个人走得多么辛苦……

我神情恍惚地步出灵堂，他的人生幻化为模糊的剪影，在眼前浮现：

重重叠叠的大山里，破旧的茅草屋内，面有菜色的小男孩儿依偎着他衰老的奶奶。没有妈妈的爱抚、爸爸的教诲，只有老奶奶带给他的温暖。小男孩儿每天要翻两道山去上学。放学的路上，他总是站在山梁上，望着山外的路发会儿呆，他的梦是从那条山路走出去。

15岁的少年背着沉重的行囊，翻山越岭地奔走在山庄窝铺间。作为大山里的民办教师兼赤脚医生，他用辛劳换来祖孙俩一年的口粮。没有条件做午饭，他把小米放进竹皮暖瓶，泡上20分钟就是一顿能充饥的粥。他相信这样的"职位"，能为他铺就一条走出大山的路。

县中学的高考补习班，他夜以继日地苦读，指望着靠自己的拼搏改变命运。他上了大学，当了中学教师，去北京读研究生，在国家级媒体有了令人羡慕的职位。他实现了儿时的梦想，告别了深山。

然而他不快乐,现代生活的日新月异,都市潮流的瞬息万变,这一切令他眩目不安:与时俱进他恐惧风险,错失良机他耿耿于怀……他的人生在不甘与不敢之间纠结着,原本孤僻的性格更加抑郁……悲剧性格导致了悲剧命运,他以50多岁的人生走到了终点……

忽然感到内疚,要是我早点儿看明白这些,也许会多一些理解多一点儿温柔,也许会早点儿离婚,让彼此解脱,也许一个适合他的女人,会让他多感受一些家庭的温暖……

晋文的父亲早早的爷爷——90岁的老人从老家给孙女打来电话:"你爸爸生前跟我说过,他在北京的房子想留给你。我的退休金够用了,你爸留下的房产和存款全归你……"

我为早早感到欣慰,她爹离开这个世界前,最惦记的还是女儿。我也为老人的慈爱而感动——儿子不在了,孙女就是那份寄托。

我陪女儿为晋文挑选墓地,那是他永久的家,我们选得格外仔细。查看了广告上见到的大部分京郊墓地,最后选定了三面环山、一边临水的凤凰岭陵园。他来自大山,回归青山应该是他的愿望。

正在办理购墓手续,早早的爷爷打来电话,那端的声音急切而无奈:"你二叔发动家里的亲戚,天天跟我吵闹,不让我把你爸名下由我继承的那半儿给你。他们逼着我跟你共同继承,以后再从我这儿分走这份遗产……"

我的心一揪。

自打得知晋文生病,我就有一种隐隐的担忧,它果真应验了,看来有一场大的麻烦等着早早。

第26章
申 研

2011 年，早早从密歇根大学毕业了。

她想接着读研究生。

当初上大学的时候，我有言在先："老妈砸锅卖铁也只能供你读完大学，要想读研，先找工作，挣点儿学费再说。"可现在情况有所不同：一是早早能从她爹那儿继承一笔遗产，学费不再发愁。二是美国经济不好，很难找到合适的工作，读研可能是最好的选择。

为了申研，早早通过了 GRE 考试，并获得 1416 的高分，下面打算先实习，积累一些专业经历，再申请学校。她说这样的考虑，是源于好朋友张莉的教训。

张莉是早早在美国的大学同学，本科的各科成绩一律满分，毕业典礼上被校方多次表扬嘉奖，申研的 GRE 她考了 1540 分（1600 为满分），加上知名教授的推荐信，本以为被名校录取是板上钉钉的事。不料她申请了十所名校，却收到十封拒信。

原因是，专业实践那栏几乎空缺。美国名校看重能力和经验，成绩优异但没有实践，人家认为你只有学习能力没有工作能力。而张莉误以为学习第一，忽略了实践。有鉴于此，早早打算先实习再申请，以图志在必得。

说到张莉，我好奇地问早早："你那些中国同学毕业后都有什么打算。"她说："至少一半回国，与爱国无关，家庭背景使然。"

我听说，在美国上学的中国留学生，按家庭背景大体可分三类：官员、商人和小康。

官二代和商二代可以统称富二代，大多数富二代学生的嗜好是比消费：买豪车买名包一掷千金算是平常之举，有的还在学校附近买了房子。这些人当中的次品甚至逃课，吸大麻，换异性比换衣服还勤……究其原因，首先是富二代的家庭有钱供他们折腾；其次是他们没有前程和饭碗的压力，父母当官的凭人脉不愁为孩子找到工作，家里开公司的回去接班即可。而且相当一部分富二代家庭属于问题家庭，一些孩子心理扭曲，破罐破摔，及时行乐，来美国纯粹为镀金。脱离了父母的监控，怎么痛快怎么来。玩够了混个文凭便打道回国。如今美国经济不好，给钱就能上的野鸡大学不少，所以混个文凭不是难事。

来自小康家庭的孩子大不相同，他们中的多数人，珍惜父母用血汗钱支撑的留学机会，发奋苦读，指望考上名校打拼一番事业。这些学生视考分如命，课余时间基本泡在图书馆。大学里的高分总是被这样的中国学生囊括，张莉便是典型之一。

还有一种学生属于自我规划型，与家庭背景无关。他们头脑清楚，意识超前，善于规划未来，也知道现在该做什么。这些学生不跟分数较劲，注重社会活动：实习、社交、做慈善、学技能……努力为将来进入社会做准备。早早便是这类学生之一，我的熏陶功不可没。

早早希望去北京实习，因为她的男朋友在北京。考虑到在美国实习确实不便：去一个城市待几个月，还得租房子买家具自己做饭，在北京有家要方便许多。

朋友同事托了一圈，联系了几个文化类的实习单位让她挑：中央电视台文艺中心、飞天影视公司、中国文化基金会。

早早慕名去了央视文艺中心，可没几天便潇洒地甩开央视，自己找了家文化公司，每月两千的带薪实习让她兴奋不已。

她说央视听着好，可对她来说学到的不多，实习的意义也就是开张在央视干过的证明，还不知拿到美国有用没有。

早早的成熟令我意外，没想到她变得这么有主见了。

儿时的她特别胆小，对陌生的环境总是充满恐惧。刚上幼儿园的时候哭了大半年，好不容易混熟了，升班换了环境接着哭……从幼儿园到小学、初中，每次辞旧迎新她都伤心欲绝。与其说恋旧不如说恐新，她渴望交流、需要友情，却不敢主动跟人交谈，"恐惧症"使她在学校的生活郁郁寡欢。这也成了我的心病，不知怎么才能让她自信起来。

高一转学到寄宿的国际学校。早早性情大变：这儿的新环境不但没让她恐惧，反而让她越来越自信。寄宿学校的学生来自全国各地，同学们的学习和生活都在一起，早早很快跟大家打成一片。国际学校实行的是真正的素质教育：五花八门的各类比赛、社团活动和兴趣小组，让孩子们最大限度地展示自己。不知从什么时候起，早早不但能在激烈的辩论中战胜对手，而且当起了学生剧社的演员兼编导，在大庭广众之下演起了戏。周末回家，听着她眉飞色舞地讲学校的事儿，我庆幸自己把女儿送到这儿。

上大学后，她的变化就更大了。美国的大学如同超市，课程、讲座、实习、社团活动，就像货架上琳琅满目的商品，想干什么，根据兴趣需要自己挑。没人督着你上课，没人组织你实习，什么都不干也没人管，成绩不好毕不了业，是你自己的事。

不知从何时起，她学会了自我规划：她不像学霸们那么死磕分数，而是把大量的时间用于社会实践：去灾区做志愿者，去中学做教师助理，去餐馆端盘子，帮小老板卖东西，还跟同学合伙开了个摄影室为学生拍艺术照，每学期还能挣个四五百美元。去年暑假，她在北京跟几个女孩儿短期承包了一个即将倒闭的咖啡厅，通过在咖啡厅办舞会、联谊会、专业讲座招徕生意。一星期下来，收获了经商体验的同时，女孩儿们人均净赚三百多块钱。

伴随着她的成长，令我黯然神伤的是：她不再像从前那样跟我无话不谈。在学校，我打给她的电话，总被她以忙为由匆匆挂断。她若主动打来电话，不是缺钱就是求助。好不容易盼到她放假回家，以为可以畅谈一番，可还没张嘴，她就钻进卧室跟电脑粘上了。若敲门进去，她的表情肯定是"有事快说，没事勿扰。"从小到大，我习惯了听她叽叽喳喳，习惯了为她操心，为她解决问题。她的成熟和独立，分明在我们母女间设立了一道栅栏，提醒我保持距离。

我知道，无论多么不情愿，她都不再是那个离不开我的小女孩儿。将来她有了自己的家庭和事业，我们的距离会更远，我必须习惯这一切。

好在我有大熊，他才是我永久的陪伴。

转眼到年底了，申请下一年暑期研究生的时间到了。

早早想申请艺术类专业。她说今年申研的竞争特别激烈，为保险起见，申请七八所排名中等偏上至中等偏下的大学比较靠谱。

"不行！"我说，"申两所排名八九十位的学校垫底儿，其他的把你最想去的大学依次列上。"

"老妈你现实点儿，你女儿没那么棒。"她信心不足。

大熊支持早早，他俩都认为我过于乐观。

"读研的机会就这么一次，"我说，"想去哪个学校就去试！不然你会遗憾终身。"

在我的坚持下，芝加哥、哥伦比亚和南加州等排名前三十，且有艺术专业的学校被列入申请。

虽说申请不惧名校，但要想成功，还得好好动动脑子。我上网研究申请美国研究生的信息，以便帮早早出主意。发现申请材料中的自我陈述，也叫 PS 十分关键，写好了事半功倍。我决定拿出大报记者的水平帮女儿撰写，这方面她信任老妈。

PS 用中文拟就，大意是从小受到父母影响家庭熏陶，酷爱艺术并立志以此为业，多年来一直不懈努力，进行过诸多艺术实践（举例说明）。中心意思是本人准备充分，大有培养前途，若贵校录取本人，绝对不亏云云。

为了支撑这份 PS，我在简历中强调早早文化艺术方面的实习经历，又托人帮她联系了一家画廊。她每周一三五在文化公司，二四六去画廊，开始了紧张的艺术实践。

早早把 PS 和申请表格用英文搞定，大熊审阅后传往各个大学。

申请寄出仅一个星期，颇有名气的爱默森学院和排名 70 多位的印第安纳大学就寄来了录取通知书，还承诺给奖学金！

大熊说这下他心里踏实了，早早说松了口气。原来他俩都对上名校没什么信心，只是不好驳我的面子罢了。

我满怀信心地盼着更加振奋人心的消息。

一个多月后，南加州大学、纽约大学、波士顿大学几所相当不错的学校发来录取通知，芝加哥等大学寄来的是拒信。唯有哥伦比亚——早早最想去的大学杳无音信。

难道是通知书寄丢了？

就在我们准备写信询问的时候，哥伦比亚招生办传来一封 Email，说早早的申请材料没有提供托福成绩，因为材料不全，所以至今没把她的材料送交招生委员会，问她是否愿意补考托福？

怎么这么荒唐？材料不足应当在审核申请后，马上通知学生补齐，可现在录取都要结束了才告知。而且别的大学都规定，只要学生在美国本科毕业，申研便可免托福。唯独这个学校要求，必须在英语国家学习或工作满五年才能免托福。真是矫情得可以。

我问早早是不是特想上哥伦比亚。她说当然想，不过这学校太牛，就是英语满五年也没多大戏。南加州也不错就去那儿吧，别折腾了。

"你要是真想去，就不要轻言放弃，"我说，"不就差一年的英语经历吗？想想有什么办法能把这点补上。"

"我上高中的时候，学校有去澳大利亚交流一年的项目，可惜我只去了一个学期，不然刚好够五年。"早早遗憾地说。

她的话提醒了我，记得当时去国外交流。每学期 10 万人民币，因为太贵只让她去了一个学期。要是告诉哥伦比亚，早早在高中去澳大利亚交流过一年呢？

当务之急是找到那份双语版的高中毕业证和成绩单。早早在北京的家里翻箱倒柜找，我在美国的家里认真翻。最后只找到一份盖了章的英文成绩单，毕业证不见踪影。

试试看吧！大熊把这份成绩单和国际学校的网址，连情况说明一并传给学校。

我想，成绩单证明早早曾经在这个学校就读；通过学校的网页，可以查到这个学校确有跟澳大利亚的交流项目。至于当年早早去澳大利亚一年还是半年，我相信，在学校的网页上查不到，哥伦比亚也不至于为这点事儿往中国打电话查询吧？就是去查，学校也未必保留如此详细的学生档案。退一万步，就算最后不录取也没什么损失，不是还有南加州可以上吗。

虽说作假，我却不感觉愧疚。所谓在英语国家工作学习满五年的规定，无非是想确保学生有足够的英语水平完成学业。早早来美国前的托福考试、几个月前的 GRE 高分、四年的大学成绩，已充分证实了她的英语能力，这个迂腐的规定却要把她拒之门外！不采取点儿手段，岂不让一个优秀的学生与自己梦想的大学失之交臂！

三天后，哥伦比亚大学传来 Email，是招生委员会主任亲自写的，内容是欢迎你来本校就读，录取通知书已经寄出，有任何问题可直接给我本人写信。

赢了！

其实更大的成就是，通过这次申请给早早上了一课：不要轻易放弃你想要的东西。即使有百分之一的希望，也要付出百分之百的努力去争取。

谁知这牛校还没娇情够，又来通知说，他们要委托某国际调查公司，核实早早的成绩和工作经历是否属实，100 多美元的调查费由学生出。

真是开眼了。我给北京的朋友打电话，拜托他们多多美言。

两个月的漫长等待之后，哥伦比亚大学终于通知入学，并告知将提供每学期 8000 美元的奖学金，但如果学期考试成绩低于 3.2（4.0 满分），下一学期就不给钱了。

最终，早早进了心仪的大学，学习她向往的专业。

第27章
遗 产

　　早早即将就读的大学，是美国最贵的大学之一，两年的学费和食宿费超过12万美元，即使能拿到每学期8000美元的奖学金，也还有近10万美元需自付。这笔钱只能先从银行贷款，待早早继承了她爹的遗产再还。

　　晋文身后留下一套房产和20多万存款。因为他没有再婚，老娘先他而去，只有早早一个孩子，这份遗产的法定继承人，便是早早和她爷爷。老爷子明确表示放弃继承，儿子的遗产全归孙女。所以这笔遗产理论上由早早一人继承。

　　原本简单的继承关系，掺进了亲情人情和居心叵测的企图，就成了剪不断、理还乱的一团麻——晋文去世两年了，由于早早的二叔从中作梗，遗产继承至今遥遥无期。

　　爷爷说："你二叔发动了晋家所有的亲戚，轮番上阵软磨硬逼，不让我放弃这笔遗产。说是儿孙们家境不好，都在盼着分钱呢，你不能都给孙女，也得为我们大家着想。"

老爷子性情刚正,不肯把儿子留给孙女的遗产让众人瓜分。可毕竟年逾九十,虽有退休金,生活上却离不了子女们的照料。面对来势汹汹的威逼,他不肯屈就也不敢硬碰,遗产继承的事便搁置下来。

与二叔的阻挠同步,二叔的女儿玲花占据了晋文在京的房子——晋文病重的时候,她曾住在这里帮助娴雅照顾大伯。晋文去世,娴雅离开,玲花却没走。她换了门锁,招进老家在京打工的姐妹们——把大伯的家变成了集体宿舍。早早几次要去房中寻找父亲的遗物,都被拒之门外。

苍蝇不叮无缝的蛋。二叔们打遗产的主意,自然有他们的借口。

晋文查出癌症后,未婚妻娴雅没有嫌弃他,而是百般体贴陪他熬过了那些艰难的日子:手术、化疗、康复锻炼……

在北京打工的二叔是晋文的同胞兄弟,平日里跟晋文素有来往。兄长患病后,二叔常去医院探望,还从老家找来女儿玲花帮着照料。

早早在美国上学,得知她爹患病时,已在他手术后的康复期。当时晋文状态尚好,他要早早回美国完成学业,说有娴雅的照顾他会好起来,于是早早返美上学。

第二年暑假,早早刚刚回国,晋文便病情恶化,住进重症监护室,不久离开人世。

二叔对老爷子说:"你儿子患病两年,是我们在吃苦受累地照顾他。那时候你和你孙女在哪儿?一个躲在美国,一个远在老家。如今分遗产了,却没我们什么事。那我们不是白干了吗?这公平吗?"

施恩图报乃人之常情。早早懂得，对照顾父亲的人要予以回报。

两年来，陪在晋文身边悉心照顾他的人，主要是娴雅，早在得知父亲患上不治之症，早早就对娴雅说："你若陪我爸走到最后，我愿把自己名下的遗产赠送给你。"娴雅说："照顾你爸不为钱，我不会接受你的遗产，但会一直这样陪伴他。"晋文葬礼后，娴雅对众人宣布："照顾晋文只为情分，他的遗产与我无关，我跟他的事情到此为止。"之后她收拾东西，搬离了晋文的居所。

当年料理完父亲的后事，早早立即给二叔打电话："我爸的遗产除了房子，还有20多万存款。买完墓地余下的20万，我想用来酬谢帮助过我爸的亲戚们。您看行吗？"

"这点儿钱就把大家打发了？"二叔不冷不热地说。

"那您看，多少合适？我想法去借。"早早诚恳地问。

"我们照顾你爸又不是为钱，"二叔阴阳怪气地说，"遗产是你跟你爷爷的事，我不是继承人，你跟我说不着。"

"可我爷爷说，您不让他把我爸的房子给我，"早早直截了当，"玲花至今还占着那套房子，这不都是您的主意吗？"

"胡说！这跟我有什么关系？"他干脆耍赖，"你爷爷继承不继承，是他自己的事，玲花在哪儿住，我管得了吗？"

"我知道你们照顾过我爸，应该酬谢。我愿意尽我所能报答你们，可您不说个数，我怎么去筹钱呀？"早早开诚布公，"要不您告诉我，这事怎么办才好？我尽量满足您的要求。"

"自己看着办吧！"他迟疑了一下，"不行就走法律。"

可怜早早涉世未深，却遇上这么难对付的老油条：一边强调"不能白干",一边说"不是为钱";20万嫌少又不说要多少;再三刁难,却又说此事与他无关……

他到底想要什么?

一个远亲告诉早早,二叔对亲戚们说:"我哥生病期间,我们端汤喂药,倒屎倒尿地伺候着,作为亲生女儿早早躲在美国不闻不问从不露面。现在分遗产了,她却想独吞……"

他为什么要煞费苦心地诬蔑自己的侄女?

思索良久,我猜二叔可能有一个法律上的误解:认为遗产继承应当按照社会主义多劳多得的分配原则进行,谁为被继承人做得多,谁就多分。娴雅做得最多,可她讲明不要遗产。早早大部分时间在美国,老爷子在老家。他女儿住在兄长家帮助照料,自然是他家最有资格了,所以他胸有成竹地说"走法律"。

由此看来,从得知兄长患病帮助照顾之日起,他就是奔着遗产去的——晋文患病时,兄弟俩的母亲还活着,如果晋文先于母亲去世,他的遗产在法律上将由他的父亲、母亲和早早三人均等继承。二叔作为儿子,可以分别从他父亲母亲那里继承两份遗产,所以他跑前跑后张罗得欢——多出力多分钱呗。

人算不如天算,老娘早于晋文十天离世——他那份继承权没了指望。老爹又坚决要把儿子的遗产给孙女——这份继承权也打了水漂。二叔崩溃了!忙活了两年"白干了",于是气急败坏地闹将起来。

晋文故去两年了,遗产继承至今遥遥无期。

如此下去,不仅早早的学费没有着落,更可怕的是,若哪天老爷子突然辞世,早早面对的,将是与晋家那帮如狼似虎的叔伯姑姐们对簿公堂……

早早还是个没有社会经验的孩子，眼下又面临读研的经济和学习压力，我必须帮她拿主意了。

　　跟早早分析了目前的境况，我希望她尽快了断此事。她的想法是，放弃爷爷的那半遗产，只继承法律赋予自己的这一半。一来可以彻底了断，二来读研费用也有了着落。

　　本以为这是最好的解决办法，谁知老爷子不干："你爸的遗愿是把他的财产留给你，这不能变。可我现在不能给你，我惹不起他们。"他说："你二叔其实并不是真想要你爸的遗产，他只是心理不平衡。你好好跟他谈谈，求他看在你死去的爹份上，别跟你争房子，就说将来你出息了一定好好报答他。人心都是肉长的，你话说到了，他不会老跟你过不去。只要你二叔不闹了，我马上帮你办继承。"

　　我隐隐感觉到，老人坚持把遗产给孙女，除了想完成儿子的遗愿外，还有个原因：他若真继承了这笔遗产，他的余生将永无宁日——那帮贪婪的子女们，会天天逼他写遗嘱，分配这笔钱，之后再为了谁多谁少，吵闹不休……

　　老爷子不敢得罪这帮围着他闹的儿女，也不愿违背逝者的遗愿，于是把球踢给了孙女。

　　我和早早都明白，去求那个二叔，除了惹一肚子气不会有任何结果。看来要想了断，只有诉诸法律了，可刚刚痛失爱子就被孙女告上法庭，这对爷爷也太残酷了！早早不忍，也背不起这样的骂名。

　　我对早早说："还是找你二叔谈吧，这事儿是做给爷爷看的，让事实告诉他，他这个儿子认钱不认亲。另外，既然找他谈，就要争取有结果。我去跟你大姨舅舅他们凑点儿钱，给他们30

万元酬金，看看行不行。"

早早给二叔写了一封恳切的长信，首先感谢他在老爹患病期间给予的帮助，接着检讨了自己所做的不足之处，然后回顾温馨的儿时记忆——在二叔家跟他女儿嬉戏玩闹的快乐情景，并表达了延续这份亲情的希望……最后提出拿30万，酬谢二叔们曾经为自己老爸的付出。

信写得入情入理，若非铁石心肠或财迷到了异想天开的程度，一般人都会就此借坡下驴。可惜二叔不是一般人，信发出去便石沉大海。不予理睬也是一种回答，显然他势在必得地瞄准了兄长的这套房子，不达目的决不罢休。

爷爷说："恳求长辈怎么能写信？你得带上礼物登门拜访才显得有诚意。"

无奈，早早硬着头皮登门。

谈话中，二叔强势地掌控着话语权：从你爹得病我们照顾他如何辛苦，到你躲在美国多么轻松；从你小时候跟我女儿吵架，到你妈不该跟你爸离婚；从按劳分配的制度合理，到少干多拿不公平……他絮叨了整整一个下午，不给侄女一点儿说话的机会。

当早早忍无可忍直奔主题的时候，二叔又戴上他乐此不疲的面具："遗产继承是你和你爷爷的事，跟我没关系，我不掺和你们的事。"

早早尽量婉转地列举了二叔阻挠继承的所作所为，最后单刀直入："你到底想要什么？这么耗下去，对谁也没好处！"

大概让侄女逼到没有缝隙可钻了，二叔终于交底了："给娴雅10万元作为酬谢。亲戚们是自家人不用给钱，这房子又没人跟你争，办继承手续干吗？你可以住，亲戚们也可以住，谁需要谁住呗！”

还是在打房子的主意！

他为什么要把晋文的房产变成公用的？这葫芦里卖的是什么药？

爷爷要求早早继续找二叔："跟他慢慢磨，人家有怨气需要时间化解。水滴石穿，总有一天他会心软的。"

早早不想再看见那个一肚子坏水的二叔，跟我抱怨："我拿回法律给我的财产，凭什么要低三下四地求他？他跟我爸的遗产有一毛钱的关系吗？"

我理解老人。他强调"怨气"，想必是那个二叔老在他那儿控诉早早。杀人抢钱的都要以"社会不公"为借口，图谋同胞兄弟的财产更要有说法。可怜老人家，痛失爱子已让他心碎，遗产纷争更令他雪上加霜。他宁愿相信二儿子是"有怨气"而不是谋财产，所以指望孙女的恳求能让他回心转意。

我动员早早接着给二叔写信，每封一式两份，给二叔和爷爷同时寄出。"你不是在给二叔写信，而是在写给爷爷看。你跟二叔剑拔弩张地这么僵着，爷爷心里难受，他一个风烛残年的人，你顺着他的意思办，至少他心里好受点儿。而且你做得仁至义尽了，你二叔还是不依不饶，你爷爷也就明白了。那时候你再说什么，就好办多了。"

早早被我说服，先后发出三封信，不出所料地石沉大海。

下个月底，早早就要回美国读研了，遗产的事情依然没有丝毫进展。

她跟爷爷摊牌了："按照您的意思，我找二叔谈了这么多次。他要是还念亲情，能无动于衷吗？谁都看得明白：从当初帮着照顾我爸的时候起，他就盯上了那份遗产。我说多少好话，人家拿不到自己想要的，也不会罢手。"

她说："这事不能这么耗下去了，我有三个建议供爷爷选择：一是我跟您共同继承房子，但您要写个遗嘱，您百年之后房子的产权归我一人所有。继承之后，二叔和玲花他们可以住，但将来您不在了，我拿到房子的全部产权后，要收回自己的房子。二是我只继承法律给我的那半遗产，您的那一半爱给谁给谁。如果这两个建议您都不同意，还要这么拖下去，我只好通过法律诉讼，拿走我自己的那半继承权了。"

爷爷立即表示，赞同第一种办法，跟早早共同继承，同时写份遗嘱，待他百年之后，房产归孙女。

二叔给早早打电话说："跟爷爷共同继承是最好的办法。你爷爷年迈，我代他办理继承手续吧，他就不用往北京跑了。"他还一反常态地套起了近乎："我跟你爸是亲兄弟，咱们都是一家人，有空多到二叔这儿串串门儿，让你二婶给你做好吃的……"

原来闹腾半天，他是为了这几年在北京有免费的房子住。情有可原吧，明说不就简单了。

似乎皆大欢喜：二叔和玲花们在北京有了不花钱的住房，几年下来能省不少房租，算是得到了实惠。早早虽说学费还得贷款，但将来能继承父亲的房产，也算了却了一件大事。老爷子看到家人和解，肯定是莫大的安慰。

事情总算有了转机。

就在早早忙着准备继承所需的材料时，爷爷来电话气急败坏地说："今天告诉你二叔，我要写遗嘱的事，他大闹起来，说不帮我办继承了。"爷爷说："还是按我们说好的，我跟你办理共同继承和立遗嘱的公证，这次我不迁就他们了。"

二叔还是冲着房产来的！

老爷子是讲原则的。当初他相信二儿子只是有怨气，并非谋夺财产，所以指望调解亲情。现在，他不得不相信眼前的事实了。

早早咨询公证手续的时候，发现一个难办的问题：没地方去开奶奶的死亡证明。

早早的爷爷奶奶 40 年前离婚，奶奶带着二叔另嫁他人，晋家除了二叔，没人知道她的信息——户籍地、死亡地和安葬处。晋文的履历表上，只有母亲的姓名年龄，没有地址和单位，不知道该去哪里开她的死亡证明。

早早硬着头皮去问二叔。

听说拿不到他老娘的死亡证明，祖孙俩的继承便没法办理，二叔神气起来。他说："你奶奶离开老家几十年了，没死在医院，没火化也没葬在公墓，所以没处去开死亡证明。"

"她户籍地在哪儿？"早早问。

"这……她还没注销户口……不能开死亡证明。"他支吾了几声，挂断了电话。

我冥思苦想，有什么办法能找到老太太的信息。

记得晋文提起过，早早的奶奶跟爷爷是一个县的，要是真没注销户口，根据她的姓名年龄，从当地派出所应该能查到她的户籍信息。早早可以去老爸单位开张亲属关系证明——履历表上能显示早早和奶奶的关系，然后持亲属证明去查户籍……

"你二叔让我放弃继承权。"爷爷打电话告诉早早。

　　没听错，是二叔要求老爷子放弃遗产。

　　他立地成佛了？

　　不对，为什么一听说老娘的死亡证明可以制约继承，便要求老爹放弃继承权？

　　琢磨了好一会儿，我明白了，他在酝酿一个恶毒的计划。

　　根据晋文的未再婚证明、早早的独生子女证，以及奶奶的死亡证明，遗产的法定继承人自然是爷爷和早早。但如果拿不出奶奶先于晋文死亡的证明，那么法定继承人就可以假定为爷爷、奶奶和早早三个人。在这种情况下，让那个不听摆布的爷爷放弃继承权，继承人不就只剩下奶奶和早早了吗？

　　早早的奶奶先于儿子十天去世，因而不具有儿子遗产的继承权，若是把她的死亡时间改成晚于儿子几天，她不就有了这份继承权！

　　既然只有二叔知道去哪儿开老太太的死亡证明，他当然拿得出篡改了死亡日期的证明——这就是他的如意算盘。虽说眼下老爷子健在，其他知情人对此事也记忆犹新，他现在不好明目张胆地造假，但以后老人不在世了，大家也淡忘了这件事，他一定会拿出一份母亲死亡日期在兄长之后的证明。以二叔的人品，他绝对干得出来。

　　尽管如此，既然爷爷答应去做放弃继承权的公证了，也只好先办此事，然后走一步看一步了。

　　早早下周要去老家，先帮爷爷办放弃继承权公证，再去当地派出所查奶奶的户籍，若能找到户籍地，再去那儿开奶奶的死亡证明。我叮嘱她，查户籍的事，成功与否都不要对任何人讲，包括爷爷。

想到早早一个人去办这么棘手的事，我在美国心急如焚，坐立不安。

按理说有亲属证明，在派出所可以查到奶奶的户籍信息，到户籍地也能开出死亡证明。但我知道，没有熟人，在中国顺理成章的事有时也照样难办。早早没有社会经验，又在人生地不熟的地方，万一事儿没办成走漏风声，二叔狗急跳墙提前行动，危及早早的人身安全……

彻夜无眠，我忽然想起一个人。

20多年前，在晋文老家生病住院的时候，同病房的一个老人身患癌症，他的儿女想带父亲去北京大医院治疗，怎奈在北京两眼一抹黑，看他们可怜，我答应帮忙。不久他们来北京找我，我帮着联系医院找大夫，还赞助了几千块钱，一家人感激涕零……记得老人的儿子好像在县法院工作，还记得他叫李志强。若是能找到这个人，请他助早早一臂之力，胜算就大多了。

我从美国拨打当地县城的114，查县法院电话，不知打了多少遍，不是信号不通就是没人接……终于县法院那端有人说话了："法院没这个人！"

"哦……他调走啦？"绝望之余，我问了句废话。

"他是检察院的。"

废话带来了有价值的信息，我又打114查找检察院的电话……

近百次的努力之后，终于跟李志强通上了话。

他爽快地答应帮忙——他女儿就在县公安局户籍科工作。

早早赴老家帮爷爷办理了放弃继承权公证，又在李志强的协助下，找到她奶奶户籍所在的村委会，开具了死亡证明。

我火速飞往北京，帮早早办理继承公证和房产过户。

民政局、公证处、银行、房管局……跑了十多个部门开具了十多份证明之后，早早拿到了写有她名字的房屋产权证，取出了银行存款。

凭着当记者多年的直觉，我觉得这事还没办踏实。

早早的奶奶离开家乡几十年，虽说两年前的丧事是回村办的，但村里人只记得这个人去世了，没人会记得确切的死亡日期。虽说遗产继承已经完毕，但万一二叔再去开一张篡改了死亡日期的证明，然后去法院主张继承权，那不是又一场麻烦吗？

必须把事情凿死。

我买了一部录音电话，策划了一个让二叔亲口说出他老娘死亡日期的办法。

按照我的安排，早早给二叔打电话诉苦，说虽然爷爷放弃了遗产，但没有奶奶的死亡证明，还是办不了继承手续，求二叔帮忙……叙谈中，早早有意提起奶奶的忌日和爸爸的忌日离得很近，该怎么安排祭奠。

不知是有点儿歉疚还是得意忘形，二叔亲切地跟早早拉起了家常："老太太要强，不愿白发人送黑发人，所以抢在儿子前面先走了……他俩的忌日就差 10 天，刚祭奠完你奶奶，又得祭奠你爸……"

老太太先于儿子死亡的事实，二叔描述了好几遍，电话清晰无误地录下了他的声音。

早早写邮件告诉二叔，遗产继承全部完成，并告知电话录音的事——让他明白事情已没有了捣鬼的缝隙。

"我与你从此两不相干！"二叔恼羞成怒。

早早给娴雅写了封情真意切的感谢信，连同 10 万元一并寄给了她。

钱被退了回来，娴雅说："我照顾你爸不为钱。"

占据房子的玲花，拿到 6 万元酬谢款后搬出。

至此，早早拥有了她父亲的全部遗产。

第28章
创 伤

　　大熊跟我有个约定，等他退休后，我们去中国生活。

　　他痴迷中国文化，喜欢北京的风土人情。他说去北京定居，是余生最大的愿望。

　　如今早早读研和遗产继承的事情已经搞定，大熊说："女儿不用我们操心了，我明年可以提前退休，我们去中国吧。"我欣然赞同。

　　"不过有件事儿，走前得办。"他说想去法院起诉，把离婚时判给前妻的抚养费要回一些。

　　当年大熊离婚的时候，法院不但把房子存款统统判给前妻，还把他每月3200美元的军队退役金也判给她作抚养费。留给他的，除了一辆旧卡车一条老狗，还有前妻透支的3万多美元信用卡债务。

　　他说当年法院这么判的依据是，前妻没有收入来源，而他有工作能挣钱。现在他要退休了，提前退休只能领社会保险金的 75%——每月 1500 美元,而前妻依然享受每月 3200 美元的抚养费。收入悬殊,钱还都是大熊挣的,这显然不公。律师告诉他,通过起诉可以要回一部分抚养金,胜算把握比较大。

早就听说,离婚对于很多美国男人意味着倾家荡产,看来不假,大熊正是众多倒霉蛋儿中的一个。

当年 21 岁的大熊,像无数美国青少年一样,喜欢在周末的夜晚泡酒吧,在那儿他同性感奔放的前妻相识……青春年少加酒精的作用,女孩儿怀孕,他们闪婚了。

婚后发现,彼此的性格品行、习惯爱好有天壤之别。

大熊的父母都是美国名校的高才生,两个弟弟毕业于哈佛和斯坦福大学。虽说他那会儿还没上大学,可从小形成的价值取向和生活品位都是来自书香门第。而前妻和她的父母都没受过多少教育,加上她是娇纵霸道的独生女,生活中两人南辕北辙,水火不容。前妻贪图享乐爱花钱,不爱做家务更不爱工作。加上大熊在海军服役,隔两三个月就得随舰出海,一去就是几个月。她为此经常大吵大闹——让她独守空房,一个人照顾孩子。每次吵得不可开交时,他的离开可使矛盾暂时缓解,再次返家,新一轮大战再次开始……支离破碎的婚姻,就这么维系下来。

为了给孩子一个完整的家,大熊选择了退役。可当他安定下来,打算好好经营家庭的时候,却发现前妻已经有了外遇,他愤然离家……

在离婚的法庭上,前妻的律师说,因为大熊是军人,妻子每隔几年就得跟着他迁移,耽误了事业,所以他要对她终身负责。前妻是个电话接线员,一结婚就辞了工作,哪儿有什么事业可耽误?但法官采纳了律师的说法,让大熊养活她一辈子。

我大惑不解：在崇尚独立平等的美国，为什么很多女人一结了婚就依附男人？法律居然还纵容这样的行为？我也佩服敢于娶家庭主妇的美国男人，一旦离婚不仅净身出户，还得罚款一辈子！

　　可以想象，这个不幸的男人当年是怎么熬过来的。

　　"离婚后我已经一无所有，还得替她还债。"大熊说，他搬离了原来的城市，在底特律找到现在的工作。白天在公司干活，晚上借酒浇愁，喝醉了就睡在地板上——为了还债他连张床都没舍得买……这样的生活使他体重骤增，血压持续升高，乃至心脏病突发险些丧命。"在医院的两个月，我把人生想透了：生命短暂，不能就这么消沉下去。过去已经错了，现在不能再错，必须从头开始新的生活……"

　　出院以后，他戒了酒，去体育馆健身减肥。一年工夫减掉了40多公斤赘肉，身体和精神逐渐好转。他上网寻找伴侣，后来遇见了我。"你是第一个让我毫不犹豫，想要结婚的女人。"他说。

　　大熊委托了一位资深律师为他代理。诉讼主张是：本人因健康原因提前退休，因退休后收入锐减，请求法院改判当初"3200美元退役金为前妻抚养费"的决定，将退役金的三分之一判归本人。

　　律师寄来一大包表格，内容包括上百个提问，从以往的婚姻状况、离婚理由到如今的再婚情况、经济收入。

　　大熊下班伏案答复这些烦琐而乏味的问题，大概是勾起太多的伤心往事，他开始烦躁不安，血压不稳。

　　我为他忧虑，却又无可奈何，也只能为他沏杯茶、削盘水果，派毛毛和二兔子跳过去，温存片刻。

他苦笑着拍拍两个小东西，向我投来感激的一瞥，然后接着蹙眉沉思。

望着他鬓发斑白的侧影，我想象着，当年那个英俊潇洒的美国士兵，如何在周末的酒吧里，铸就了让他追悔一生的错误……美国男人本来就简单，年轻的美国男人更简单，他为自己的简单付出了一生的代价。

这个安静而彬彬有礼的男人，时常令我有一种心疼的感觉。虽然他很少表露内心的伤悲和负面情绪，可我知道他细腻而深沉的情感世界里，埋藏着一些深刻的痛苦，不仅为婚姻……

记得一次聊起军人的话题，我说军人是他们自己国家的英雄，不管他们做什么，都是为了本国的利益，所以本国人民应该感激他们。

"美国人民可不这么想，好些人觉得军人就是刽子手，"他的脸色忽然变得很难看，"越战那会儿，我们的舰艇在越南港湾停靠了一年。我是船上的工程师没有上岸，我的战友们每次登陆回来都少了好多……有的在丛林里被竹签扎死，有的得了疟疾病死，有的被越南人杀死，活着回来的也有不少缺胳膊断腿……在潮湿闷热的越南丛林里作战，生不如死，每个人唯一的梦想，就是活着回家……"他抽泣着说不下去了，我递上纸巾。

"可我们踏上朝思暮想的祖国时，你知道等着我们的是什么？"他嘴唇颤抖，神情痛苦，"啤酒瓶、鸡蛋、西红柿劈头盖脸地朝我们飞过来……美国老百姓对我们喊 baby killer（婴儿杀手）!Butcher（屠夫）！"

"去越南打仗又不是我们决定的！在那个地狱般的战场受苦受罪，那么多人死在那儿，我们还不知该找谁去控诉！他们为什么不去质问总统，倒把罪名加在我们头上……"说着说着，他突然号啕大哭。

眼见一个大男人，哭得像个受委屈的小男孩儿，我不知如何是好。

战争和婚姻带给他的创伤太深了，他默默地把这些埋在心里。想起他平时看我的眼神，里面蕴含的不仅是情感，更有珍惜和欣慰。今生今世，我必须好好关心这个男人，用我的爱去抚平他的伤……

终于填完了那堆表格，他轻松了些，说做这些事，等于把结了疤的伤口撕开，又痛了一次。

我理解他的痛，那是不堪回首的往事，在针扎锥刺般地折磨他。

我安慰道："昨天已无法改变，今天我们有彼此相伴，不久我们还要去中国开始新的明天。"

接连几天，我有意跟他讨论，到北京后我们干些什么，在哪儿买房子，怎么去做慈善……被我带进未来，他情绪好多了。

不久律师寄来第二封邮件，内容是律师已经、正在和将要为当事人做什么。美国律师的工作量明码标价，说白了就是告诉你：花你的钱，为你干事了。

律师说法院开庭大约要等 6 个月到一年。

做好了等待一年的心理准备，大熊的情绪逐渐平静下来。

马特的一个电话打破了这个平静。

"我老娘收到你的起诉气坏了，她说你没有权利要回法律判给她的钱，她说要跟你血战到底，决不让你拿走一分钱……"马特在电话中描述着那个女人的强硬。

多么无耻的女人！让别人养活了自己40多年，现在人家退休不挣钱了，要求少付出一点儿，难道不合情理吗？这就叫习惯成自然。强盗当久了，会把抢来的当成自己挣的，当被抢的想减少点儿损失的时候，她便呼天抢地，抗议别人侵占她的东西。

大熊好不容易平稳了的血压，再次升高，夜里不是一趟接一趟上厕所，就是在床上翻烙饼。我感觉到他的愤怒和悲伤，却束手无策。

夜里1点多，我吃过安眠药刚有点儿困意，忽见黑暗中，他坐在床上。

"你没事吧？"我紧张了。

"心悸，呼吸也有点儿困难。"他说。

想到他的血压和心脏，我噌地跳起找来测压仪一量，高压192！

我吓坏了，要打电话叫救护车。

他说先吃片降压药，看看再说，我说现在必须去医院。

他说那好，不用叫救护车，我可以开车。

所幸一路平安，20分钟后我们到达医院。

美国人看病，一般先预约诊所的家庭医生，医生认为你有必要进一步检查或住院，才为你预约医院。大熊是看急诊，所以直接去医院。

跟中国医院的急诊大不一样：进门递上医疗卡，护士便让大熊坐进轮椅。护工推着轮椅穿过两道门，把他送进一个候诊大厅，然后推来一个多功能升降床，变戏法似的用拉帘围成一个单间，临时诊室就在那儿了。

更衣后躺上病床，三四个护士围过来：量血压的，量脉搏的，测心电图的麻利有序。第一拨刚撤，第二拨又围上来……分不清医生护士，也不知他们在忙活啥，只见个个神情专注，言语轻柔，我顿时有了安全感。

输着液，大熊感觉好些了。可仪器显示，他的血压还是居高不下：高压从刚进来的 200 降到 187 就不往下走了。我焦急地盯着血压仪，盼那数字降到 150 以下……天快亮的时候，血压降到了高压 160，低压 90，还是比他平时的血压高。

我焦虑不安，一夜没合眼也忘了困倦，只盼医生快给个说法。

终于，一位中年医生被医护们簇拥着走来，问了大熊几句就跟身边的人谈起来，听不明白他说什么，看得出这是个大腕医生。

大熊告诉我，医生让他住院观察，可能还得做进一步检查。估计是心脏造影、核磁共振什么的。

大熊被推进一间宽敞的双人病房，这里先进的多功能升降床和附带的仪器，以及和蔼可亲的护士提示我：这是美国的医院。

住院的患者，每人穿着一件质地很薄的浅色碎花长袍，因为是从后面系扣的，很像长款的小孩围嘴儿，蛮有点儿喜剧效果。我猜，这款式是为了方便治疗和护理。

虽然大熊没什么不舒服了，可既然进来了，不把跟心脏有关的检查挨着个做完，医生是不会放你出去的。也好，查查心安。只是保险公司有点儿倒霉，这些检查做下来怎么也得两三万美元，在美国做个胃镜还 3000 多美元呢。

接下来两天，我陪着穿长围嘴儿的老公，进进出出做完了各项检查。结论是，多条心血管阻塞，医生建议做支架手术。

医生说这是个小手术，上网一查，果真如此。那就做吧，做完可以安生好些日子，也省得到中国再提心吊胆。

手术安排在第四天上午。大熊睡了一觉，全搞定了，医生说再观察一天，没什么问题就可以回家了。

在医院待着难免无聊。我上午下午陪他聊天散步，午饭和晚饭回家做好送到医院，我不在的时候，他看书看电视打发时间。

跟大熊比，同病房的麦克就惨多了。他面色青绿，双目紧闭，身上插着一堆管子，翻身吃饭大小便都靠护工。奇怪的是，这么重的病，却不见有人探望。

一天中午正跟大熊喃喃私语，听见麦克吃力地跟护士说："我想见我妻子。"

估计见病友有人陪伴，触景生情，他呻吟着要见妻子。原来他们两口子同时在这儿住院。

下午，一个女人摇着轮椅来看麦克，他无法起身，妻子把脸凑过去，他俩耳鬓厮磨相拥无语……

住院的这些日子里，大熊似乎忘了打官司的烦恼。

挽着我在走廊里散步的时候，吃着我送来的饭菜的时候，他脸上每每流露出由衷的幸福。

"有妻子真好！"看看隔壁床上的麦克，他这么说。

看得出，我的陪伴让他欣慰而得意，他恨不得向全世界炫耀：我是有老婆的男人！

在中国，谁要是住院，家人探望陪伴是天经地义的事，在美国却像是一种奢侈，特别是对大熊这种婚姻不幸、单身多年的男人。麦克虽有妻子，夫妇俩也只有同病相怜的份儿。不知他们是否有孩子，就算有，估计也就圣诞节发张贺卡的情分。让孩子到医院陪伴生病的父母，在美国几乎是过分的要求。

出院以后，他变得淡定了。

他平静地填表，回答律师的问题，反馈前妻的诉状，像往常那样跟我开玩笑——或许是有惊无险的住院经历让他想明白了，生命脆弱而短促，没有必要为已经过去的往事损害健康，他肯定不想变成麦克的样子。

处理完所有的起诉程序，律师说此事暂告一个段落，就等开庭了。

第29章
离 美

日子一天天过去，我们照常上班，心却已经不在美国了。打定主意要回国，脑子里盘算的，全是回北京以后的事儿。我开始琢磨怎么装修，大熊开始考虑去哪儿学中文，一有空我们就上网查信息，对未来的心驰神往，使他暂忘了打官司的烦恼……

一日，律师打电话向大熊建议："你最好现在就丢了工作，这样胜诉的把握更大。不能辞职，必须是失业。你这样的年纪失业，很难找到工作，要回一些抚养费理所当然。"

怎么才能不辞职，却丢了工作？大熊的公司没有裁人计划，他也没有被炒掉的理由。

"除非我违反公司制度。"他说。

"那就违反吧。"我怂恿道。

"我们公司有个规定，员工若把公司钥匙带回家，隔天送回的予以开除——我干脆把钥匙带回家，让他们开除我不就行了？"他说，"我有失业保险，半年内每个月能领 2000 美元的失业保险金。"

这主意不错。把钥匙带回家，这个错误不伤害任何人。这年头，那么多人找不到工作，腾出一个职位，也等于帮了别人。

一天下班后，他带回了公司钥匙。

不一会儿，他的手机铃声大作。他说这是公司值班人员发现他没交钥匙，提醒他马上送回。制度规定，把钥匙带离公司两小时内送回的，罚你五天不许上班——当然没薪水，隔夜送回的则一律除名。这制度倒是挺有意思，谁要是想休几天假，带钥匙出去吃个午饭，再回公司就如愿以偿了，省得请假还得看老板脸色。

被电话铃搅得心烦意乱，大熊干脆关了手机。

整整一晚上，他心惴惴不安，毕竟没干过这样的事，总是有点不自在。

第二天，他照常去公司，一个小时后就回来了。

"我失业了！"他表情复杂地说。

起诉的理由充分了，他把被解雇的书面材料寄给了律师。

一个多月过去了，没收到社保部门寄来保险金和任何通知。

写信咨询，答复竟然是："因为你故意违反制度让公司开除，不符合领取失业保险的条件，所以不能给你保险金。"

我俩都傻眼了。

我很快反应过来："你是不是跟谁说过？不然你的想法别人怎么会知道？"

"是的。"他沮丧地回忆道，几个同事喝点儿啤酒发牢骚，大家抱怨奥巴马跟中国借钱太多，儿子辈，孙子辈，曾孙辈儿的美国人也还不完。他说："你们在这儿慢慢还吧，我要跟老婆去中国当债主啦……"可能说得兴起，把"失业计划"给端出来了。或许有人嫉妒他，或许他平时得罪过谁，总之他被告发了，失业保险金泡汤了。

我立即想到，万一法院向公司调查他是不是失业，再有人捣乱，说不定跟前妻的官司也得输。

我不想埋怨，他已经很难过了。

"现在你明白了，当初我为什么不让任何人知道我要来美国？只要我出国的消息传出去，就难免有人嫉妒使坏，那我提前退休的申请就可能批不了……"

为帮他记住这个教训，我找来"隔墙有耳""人心叵测""防人之心不可无"几个成语的英文句子给他看，告诉他这是放之四海而皆准的真理，有人类的地方全一样。

他说美国也有类似的俚语："stab in the back 背后插刀。"

"是呀，要防备有人 stab in the back。"我说。

既然他不工作了，我们决定先回北京，待法院通知开庭，他再回美国出庭。

移民局规定，持绿卡的外国人，每年离开美国的时间不能超过 6 个月，当然有生病之类的借口，在外面住个十个八个月的也不至于注销绿卡，可要超过一年，就必须向移民局申请离美证了。

拿到离美证，我可以在中国住两年，然后回美国待几个月再申请离美证。美国公民就自由多了，在外面待一辈子也还是美国人。尽管早就具备申请美国国籍的条件，但我从没动过这个念头。我没法想象自己失去中国国籍，中国有太多太深的东西，与我血脉相连，失去国籍就像跟父母断绝关系。我不会那么做，所以麻烦就麻烦点儿吧。

离美证顺利获批。

打电话跟朋友们一一告别。李岚说要请我吃饭，让我傍晚去她的按摩店。

几年不见，她的按摩生意已扩展到两个店面、一个摊位。按摩店生意很好，她说今天提前下班，请我吃夜宵，老景作陪。

饭桌上，她语调欢快地谈起这几年的生活……

我打心眼里钦佩这个坚强的女人。

她没我运气好，被中介忽悠到美国之后，跟美国老公性格不合，被迫分居。在语言不通、举目无亲的境况下，她去中国按摩店打工，一年后就有了自己的店。几年下来，不仅养活了自己和儿子，还为儿子攒够了大学费用，如今她儿子已经是密歇根大学大二学生了。

她说生意挺顺的，现在也摸出门道了，趁自己还不太老，再开两家店。

有句话说，上帝为你关上一扇门，就必然为你打开另一扇门。

李岚没找到美满的婚姻，却成就了自己的事业——在异国他乡成为奋斗有成的女老板。我呢，婚姻美满衣食不愁，也就没了那份挣钱的心劲儿。

望着神采飞扬的李岚，我想象着当初她和儿子被美国老公逐出家门的情形，感慨万分。

扪心自问，要是我遭遇她的境况会怎么样？我知道以自己的性格和对女儿的责任心，我也会拼，而且不比她差。对一个母亲来说，为孩子而努力是最大的动力。可我有大熊用不着拼，所以没赚到那么多钱。这就是所谓造化弄人，时势造英雄的理儿吧。

听说我要回国定居，老景一脸的向往。他说，来美国5年多了，还没回过国呢，好几次想回去看父母看儿子，一想两个人的机票、给亲戚朋友的礼物……怎么说也得好几千美元，而且按摩店的工作也丢了，既花钱又耽误挣钱，算了吧。"儿子来美国玩了一趟，买机票、买东西、出去玩儿，花了我们两口子两个月的工资。要是每年这么折腾一趟，我俩也就白干了。"他说，咬咬牙再攒两年钱，就回北京跟儿子团聚去了。

李岚说她和儿子来美国快6年了，老念叨回国，可就是没能成行，原因跟老景的差不多。老妈想女儿想外孙，在电话里直哭。她说最近正帮母亲申请签证，想把她接来住一段时间。

"你真有福气，有个好老公养活你，不用像我们这么吃苦受累。现在孩子也毕业了，你们可以回国享清福了。"她叹道，"这都是命！我就是受苦的命。"

老景接着感叹："你说我们这是何苦呢？儿子也工作了，钱也挣不少了。我说差不多就行了，挣钱不就是为了过好日子吗？可我老婆挣钱挣上瘾了，舍不得吃舍不得穿，每天不要命地干，什么时候是个头儿呀！"

当一个人太专注于某事的时候，可能世界都不存在了。他老婆光顾着挣钱了，把挣钱的目的都忘了。

我感激大熊，有他撑着我们的家，我不光有人疼，有人爱，而且少受了多少奔波劳碌之苦。来美国6年，我和早早年年回国，而许多像李岚和老景这样的游子，却年年思乡不能归，这也是很多海外同胞的痛。

禁不住美珍一再邀请，我们去她家吃饭。

每次进她的家都有坐立不安的感觉，她女儿不时发出的狂笑和怪声儿，还有满屋子难闻的味儿，都令我毛骨悚然——不知她的日子一天天是怎么熬的？

"我辞去工作，当房东了，这样有时间在家照顾女儿。"美珍哭一般的微笑，道出了她内心的苦。她说这几年一共买了三套房子，每套都不贵，自己拾掇一下就可以出租，挣房租比上班挣得多，还有时间照顾女儿……

密歇根的房子确实便宜，美珍去年买了一套三层小楼，带车库和前后院儿，也就花了10万美元，另外两套平房，一套4万，一套6万，加上她原来的住房一共四套。自己住小楼，那三套出租。

这里的房价虽便宜，房租却不便宜，所以买房子出租很合算。据说是因为这个州的经济不好，人口外流多，房子不好卖。

初中都没上过的美珍，有着广东人与生俱来的商业细胞，她准确地把握了这一商机，这几年租房生意做得风生水起。要不是疯疯癫癫的女儿让她心碎，娘儿俩的小日子还是蛮滋润的。

"我想回国，国内偏方多，给我女儿治病兴许有点儿希望，可我回不起呀！"美珍叹道，她在广东的房子早就卖了，舍不得花钱住旅馆，每次回去就在农村的亲戚家凑合。她说，农村人以为在美国的人都有钱。今天这个来借钱，明天那个来哭穷。不给钱人家骂你，给的话没个完，辛辛苦苦攒了点儿钱，还不够给女儿治病呢。就这样，回去一次，得罪一次人，还是在美国熬着吧。

"你不会把这边的房子卖了，在广东买个两居室吗？"我给她出主意。

"我女儿在中国看病没医保，我在中国没收入，娘儿俩怎么生活呀？"她说。

"要么在那边买个一居室，回中国的时候住，回美国的时候把它租出去就行了。"

"算了，在广东买一居室的钱，在密歇根能买两套房子，两套房子每月租金三千美元。广东的一居室租出去，每月也就不到两百美元，太亏了。"她的经济头脑总是那么灵。

记得教会的一个中国朋友说过，想过退休后回国定居，却发现自己回不起国了——在国内没医保，没养老金，买不起房子……无奈只能在异国他乡了此残生了。

提起未来，我的心情很复杂：我和大熊的孩子都在美国，我们真能在中国长久定居吗？

这些年，我经常想这个问题。尽管人老了想叶落归根，但如果女儿将来在美国定居，我们到七八十岁的时候，还真没法在北京生活。在中国，老了病了身边没有子女，连安全都没保证：生病去医院，医院挤得像农贸市场，挂号交费拿药都得排长队，还得看医生护士的脸色。紧急情况打120，家里得有人帮着抬担架，跟着去医院。虽说也有条件不错的养老院，价格高不说，还得有本地的直系亲属签字才能进去……

在美国就完全不同了，有急病打911全搞定，住院既不用家属陪也不用找护工，医院全包。住进老年公寓，各种服务和设施一应俱全。老了在美国生活，也许会孤独但肯定安全。都说西方人独立，老了不靠子女，独立是需要条件的——在中国子女必须做的事情，在人家那儿由社会和政府代劳了。

我跟大熊说："现在回北京是为了更好地享受生活，趁我们精力和身体还行，做点儿自己想做的事。中国文化丰富、人情深厚、物价不高，我们可以做慈善，写东西，欣赏艺术，享受美食，广交朋友，周游世界……到了七八十岁行动不便的时候，再考虑去哪儿养老。"

　　他说："英雄所见略同，我也在考虑同样的事，下面的十年，我的计划是逛遍中国的每一个省，游遍世界的每一个洲。每年赞助4个失学的孩子，去北京的民工子弟学校免费教英语……"

　　他厌倦了在美国的生活，不满奥巴马政府，父亲的去世和逐渐变老的感觉，更让他平添伤感。

　　他希望中国全新的环境能让他振奋，"中国在向上走，而美国在往下滑，"他说："一个上升的社会或许让我看到希望。我想好自己该做什么了，中国有那么多穷人需要帮助，帮他们解决困难，我会感到自己的价值，这是我最想做的事儿。"

　　关于中国向上、美国往下的说法，我从别的美国人那儿也听到过。不知道他们为什么会有这样的看法，但我理解大熊的失望和期盼。北京的生活，虽然不会如他想的那么如意，但至少他在那儿，可以做自己感兴趣的事。

　　"到八九十岁行动不便的时候，"他说，"我们没力气到处跑了，在离早早不远的地方，申请一家老年公寓，就可以颐养天年了。"

　　憧憬余生的前景，我们感到特别踏实。

第 30 章
安 居

2013 年初，我们回到了北京。

这里是大熊魂牵梦绕的地方。

自从我们第一次在北京相会，他就把这座城市当成了自己的家。多少次，我们在这儿享美味，看演出，逛博物馆，跟朋友聚会，去英语角聊天……度过了无尽的快乐时光。那时他假期有限，只能待两三周，每次离开都可怜巴巴地说："我不想回美国。"

如今没了限制，想住多久住多久。他说："中国的历史文化像海一样深广，我现在如同鱼儿入海，可以自由自在地享受这些了。"

在北京安居的情形，曾无数次出现在我俩的聊天话题中。或许我们的想象不尽相同，但希望大同小异：没有烦恼压力和疾病，平静而幸福地享受生活。

幸福生活需要舒适的载体。自从有了回国的念头，住房就成了我经常考虑的事情。

我打算把现在的两居室装修一新，还打算在环境优美的郊区买套三居室——装修要北欧风格的。我喜欢典雅清新的色彩，他喜欢现代简洁的线条，我的色彩和他的线条相得益彰。

平时我们住在郊区的大房子，那儿空气好景色美，活得健康。想要见朋友看演出享用美食的时候，就在城里住一段儿……

每每想到安居，便想到房子，是因为与我大半生坎坷经历相伴的，有太多刻骨铭心的记忆与住房相连：

刚到北京的时候，我和晋文住在一间 10 平米的集体宿舍，因为一日三餐在食堂吃饭，倒也没觉得不便。有了女儿，分到远离单位的合住房，煎熬便开始了：

两平米的厨房两家合用，洗菜池紧贴着煤气灶。我家做饭的时候，他家洗碗，洗碗水总是跳进我家炒菜锅。只好等人家刷洗完我们再做饭，孩子大人经常饿得前胸贴后背。后来干脆不做饭了，下班后接孩子在单位食堂吃完饭再回家。

就是这巴掌大的厨房，还兼有洗漱间的功能——一平米的厕所里只有马桶。每天一早一晚，两家轮流进厨房洗漱，那种排队的感觉让人抓狂。因为房子不隔音，回家晚了就不敢再洗，要是吵到邻居，他家的悍妇就会蹦出来吼一嗓子。

最尴尬的是早晨，两家六口人，都得用厨房用厕所，稍有不慎便衔接不畅：不是早早爹刚进厕所，邻居就砸门，就是女儿急着如厕，里面的人死活不出来。无奈我备了塑料盆，周转不开的时候救急。

尽管忍气吞声，惹气的事儿还是在所难免……都说家是避风港，可我们一进家门就神经紧绷。那时候日思夜盼的，就是何时能有自己的独立住房，哪怕是鸽子笼大小的。

第一次在北京分到独立住房，是在20多年前。虽说只是30平米的一居室，但再也不用跟别人怄气了，我由衷地感到什么叫解放。我和晋文劲头十足地装点新家：墙刷白，门窗刷绿，卧室的水泥地上铺一层木纹地板革。一套便宜的组合家具，一张二手的双人床，让我们心满意足。收拾停当的小家，着实让一家人幸福了一阵子：三岁的早早从幼儿园回来，兴奋地光着脚在地板革上跳来跳去。晋文露出难得的笑容，嘴里"不错，不错"地念叨着。我买来菜谱食材，在不足两米的小厨房里练厨艺……那些日子是我第一段婚姻中最温馨的时光。

12年前，我们分到一套两居室新房。生平第一次住新房，我遍翻装修图册，想要打造一个特别的家。那时晋文驻外，装修和搬家是我一个人的事。三伏天冒着38摄氏度的酷暑，我奔波在建材城和家具店之间，几次眼前发黑晕倒在地。给前老公打电话汇报时，听说我把用了十多年的旧组合柜扔了，他骂我败家子，我们在电话里大吵一通。

当简洁而时尚的新家呈现的时候，早早把她的朋友们请到家里，又唱又笑地闹腾了一天，这是她第一次有自己的卧室。

可惜在这个精心布置的家里，并没有多少美好的记忆，晋文回国后，我们争吵不断。在新房住了三年，我离婚带早早搬出。

离婚半年，我得到现在这套两居室公租房。摆脱了压抑的婚姻，就像出了笼的鸟儿，有心把我和女儿的空间装扮得舒适宜人，怎奈没银子，我得为女儿攒学费。找来装修队简单收拾一下，买几件便宜家具和打折电视，加上老娘和君送来的冰箱洗衣机，我和女儿的小家就这么建起来了。

这次和大熊回到北京，打理房子的感觉格外不同。我知道，这里承载的，将是我和爱人共享的幸福。而且这回既有心情又有银子，可以随心所欲地追求完美了。

我们在离家不远的地方租了套两居室，作为临时的栖身之所。找装修队、买材料、监工诸类事宜，都要跟中国人磨嘴皮子，老公帮不上忙，我只能全权负责。

大熊闲着没事，我让他先去学中文。中文学校在大北窑，他每天早晨背着书包，挤一个半小时地铁去上学。

中文班有十二三个学生，俄罗斯的、韩国的、墨西哥的、澳大利亚的，还有哪儿的，我没听明白。最小的学生19岁，最老的是大熊。

有老婆当家教，他的中文学得比别人好。课堂上造句对话的时候，老师总让他示范。

他喜欢发挥性使用学过的词句，翻看他的作业本，我发现他的句子造得很萌：

"你的爱人最近很饿吗？她最近不太饿。"

"我叫老熊，我的妻子叫老兔子。老熊是男人，老兔子是女人。"

"我有很多朋友。我们的朋友都爱北京。北京很大很美。北京有很多人。"

......

虽然我自命为优秀中文老师，但他不愿跟我学中文。说是在老婆面前显示无知感觉不好，于是我给他做课外辅导。在老师和老婆的双重教导下，他学得相当起劲。

除了辅导中文、张罗三餐，我还得三天两头回家，查看装修进展，跟施工队掰扯质量价格，催他们赶工期。大熊老想回家看看，我说："憋着点，到时候给你个惊喜。"

两个月后装修完毕：淡蓝色的墙、咖啡色木地板、明亮的塑钢窗、白色的木门、淡青色橱柜、精致的灯具……焕然一新的家十分养眼。

大熊兴奋得满屋子乱窜，说比他想象的好很多。

"家具以白色为主，配点木纹色，窗帘、桌布、床单、色彩可以亮一些……"我描述着自己的审美思路。

周末，我俩去宜家选齐了家具，又在苏宁电器添置了液晶电视、饮水机和打印机什么的。

装扮齐备的家，体现了主人的气质，典雅而现代、成熟而简单、时尚而朴素，这是两个不再年轻却向往新生活的人特有的风格。

"兔子老婆真伟大！"他操着中文拍马屁，然后动情地拥抱我，"我们的新生活就从这儿开始。"

坐在松软的沙发上靠着大熊的肩，我由衷地放松。

这些年来，离婚、筹钱、焦虑、移民、奋斗……如今女儿在美国圆了名校梦，遗产继承帮她搞定，跟老公安居北京，又有了这个舒适的家，就等着幸福生活啦。

他一如既往地挤地铁、学中文，乐此不疲。

我忙完装修，又开始琢磨新的问题。

老公的健康一直是我的心病。这两年他放松了锻炼，开始发福，隆起的腹部让我的担忧与日俱增：多余的腹部脂肪容易阻塞心脑血管，对冠心病和高血压是不小的威胁。特别是他的小腿经常浮肿，美国医生说是降压药过敏并无大碍。

在美国的时候，为他的健康，我没少跟他斗争。他爱吃甜点，我藏起来他就悄悄买偷着吃。催他健身，他说在体育馆锻炼太枯燥，到了北京，我们去公园打太极跳广场舞多有意思。我明白他是在美国没了心劲儿，把希望和未来都寄托在中国。

如今我们回来了，忙完了居所，该忙他的健康了。

离家不远有个国医堂，一些资深的中医大夫在那儿挣外快。我建议大熊，让中医给他做个全面检查，哪有毛病调理哪，他欣然接受。

我知道他对中医半信半疑，他把号脉之类的中医诊断，同占卜算命气功混为一谈，统统归类为中国传统文化。

为他挂了个200块钱的专家号。姓刘的老中医表情凝重地为他把了会儿脉，然后让他张嘴看舌苔，又捏了捏他肿胀的小腿。盯着大夫的举动，大熊的表情像个好奇的孩子。

我猜他以为大夫正在为他占卜，特想知道算出的结果是什么。

刘大夫不苟言笑，一言不发低头开方，在我的追问下，吐露几个字："心、肺、肾都虚。"

"有什么办法吗？"我急于知道怎么改善。

"吃一段儿中药能调过来。"他说。

出得门来，大熊迫不及待地问我大夫说了些什么。

"他说你主要器官的功能都弱了，就像车子快没油了，需要加油。"我尽量形象地把大夫的意思传递给他。

"怎么加油？"他好奇地问。

"吃中药，大夫说这些草药可以滋补你的器官，使它们恢复强壮，"我发挥道，"你的心肾强壮了，腿就消肿了。"

"Wow!"他叹服地说，"我一定坚持吃药，看看会有什么变化。"

他遵守诺言，虔诚地喝着被他称为"咖啡"的苦药汤，还悄悄放点儿糖，当然没加奶。

吃药是被动保健，更重要的是锻炼身体。我拽着他，在离家不远的石景山体育馆办了健身卡，还特意为他请了私人教练。教练是个体院毕业的女孩儿，训练一丝不苟，为了跟这个美国老头儿沟通，还专门练了英语，大熊跟教练配合得很好。

就这样，他每天早晚认真喝"咖啡"，上午挤地铁去学校，下午跟我上家教课，隔三岔五还去体育馆锻炼。

四周下来，他的睡眠好多了，尿频和腿肿明显改善，体重掉了7公斤。最鼓舞人心的是，他的中文突飞猛进，不但爱看北京台的《选择》《谁再说》，而且成了主持人王芳、王为念的粉丝，有时候居然能听懂我用中文打电话。

接下来该去暄摸郊区的房子了。

在美国，我们俩烦闷的时候，就上搜房网看房子。东方太阳城是我们的最爱，这个潮白河畔的社区以其依林傍河的环境、良好的设计理念让我俩一见钟情。每次发现喜欢的房子，我们就坐在电脑前欣赏谈论，陶醉其中。后来听说太阳城离机场太近，夜晚飞机轰鸣影响入睡，我们的目光又转向朋友推荐的绿城百合。

找了个星期天前往绿城。

当出租车驶进那片花木环绕的建筑群时，我俩惊喜万分：一幢幢欧式小楼坐落在草坪林木清泉间，造型别致的假山亭台点缀其中……虽然楼群的密度没有太阳城大，但这儿的景致和空气更宜人，院子旁边还有个大医院。没想到北京西郊还藏着这么一处世外桃源——离我们城里的家只有半小时车程。

我俩异口同声："就在这儿买房！"

在网上看好一套147平米的三居精装房，兴冲冲打车赶过去，中介却说房主来不了，带我们去看另一套123平米的三居室。

房子宽敞明亮，比想象的大许多。窗外是挂满果实的山楂树和柿子树，还有错落的草坪、溪水、假山、亭台，开价190万。中介说因为公摊面积小，使用面积比那套147平的小不了多少。

一进门大熊就激动地嚷："我太喜欢这儿啦！"

他逐屋探查拍照，兴奋地告诉我："每个房间都有窗户！"

还真是，三个卧室、两个卫生间、一个厨房，每间都带窗户，加上客厅和餐厅、一大一小两个阳台，怪不得那么敞亮，我也动心了。

"我们付全款，您看价格能不能降一点儿。"我装出在行的样子，跟六七十岁的房主讨价还价。

"那就185万吧，包括地下车位。这房子格局这么好，绝对值了。"老者很实在地让了价。

我心下窃喜。因为不擅长砍价，我硬着头皮瞎侃的时候总觉得心虚，像是在偷别人的钱。对我来说，砍价只是道程序，就是砍下 2000 块钱，我也会有成就感。

老人打电话，让他在城里的儿子过来签合同。

我心里嘀咕：虽说这房子有诸般好处，可买房是件大事，总得货比三家，哪能刚看一套就掏钱。

"您儿子不在，合同就改天签吧。我们今天就是过来看看，也没带定金。"我想拖一下，再看看别处。

"没事，他开车很方便，不签合同过来谈谈也好。房子的事他说了算。"老人不由分说给儿子拨通了电话。

儿子是个大学教授，去年刚从美国回国，跟大熊一见面便滔滔不绝地用英语侃上了。

我在一旁干着急，生怕他们聊得高兴，今天就把合同签了。

果然，神侃告一段落后，教授问我："你老公很喜欢我的房子，想今天就把合同签了，你看怎么样？"

中介早把合同备好，闻言立马递上。

我无计可施，做最后的挣扎："今天没带定金，要不下礼拜再签吧。"

"没事。我开车送你们回家，顺便到你家拿上定金。"他一点儿机会都不给。

"你确定我们今天就签合同吗？"我把大熊叫到一旁悄悄问道。

"当然！这房子院子都跟我梦里的一样，这一定是上帝送给我们的！我们必须接受它。"他说。

我无语了。签吧，人说买房子也得看缘分。看来他跟这房子有缘，不然北京的房子，怎么出现在一个美国人的梦里呢！

几周后，我们拥有了这套坐落在西郊园林的三居室。

回国半年，一切都朝着我们设想的方向进展：城里的家整旧如新，城外的家美丽宜人，中药加健身让大熊红光满面，他的汉语已能买菜问路……

踏上新生活的路，我们走得顺畅而扎实。

第 31 章
访 故

　　大熊提议去 S 省看望我的父母，顺便去我当年下乡的村庄探访。

　　在美国的时候，我常跟他讲起在农村的故事，为此他多次要求参观故事发生地。"在那儿，我会更深地理解你。"他说。

　　带大熊去那个闭塞的村庄，我多少有点儿忐忑：当年，若是村里来个高鼻子蓝眼睛的外国人，人们肯定会一拥而上，尾随围观，不知如今村里人的好奇心是否依旧……

　　"人们会像看大熊猫似的围观你。"我希望把他吓退。

　　"我不在乎，那么多人看我，是我的荣幸。"他还挺得意。

　　"他们看人的眼光直勾勾的，你会很不舒服。"我警告。

　　"我也盯着他们。"他还来劲儿了。

　　"你就一双眼睛，人家几十双，你盯得过来吗？"我哭笑不得。

　　见他毫无退意，我只好通知在 S 省的家人和故友，不日将带美国熊回乡省亲。

很快便收到多条欢迎短信，我知道其中更多的是好奇，他们想知道我娶回一个什么样的美国老公。

接连几日，大熊苦练汉语，打算届时好好秀友谊。

父母和弟弟住在S省的F县城。

老爹年近九十，身体硬朗。老娘八十有余，身体欠佳但并无大碍。因年迈，二老两年前从北京回到S省，跟儿子一家共同生活，如今是四代同堂。

跟大熊结婚第二年，我曾带他在北京拜见父母。鉴于美国女婿的优异表现，老丈人对他刮目相看，当年率全家高调宴请了他。那以后，我们每次回国都同父母团聚，大熊对此乐不可支。

如今在老爹眼里，这个美国人不再是帝国主义，而是女儿和外孙女的依靠。老娘亲切地招呼大熊吃这个喝那个，一副丈母娘疼女婿的情怀。

大熊珍惜自己用行动换来的大好形势，一脸恳切地要求老爹讲当年打鬼子的故事。提起当年就兴奋的老爹，顿时来了精神，滔滔不绝地念叨起光荣历史……

苦了我这当翻译的，好些英文词儿不知怎么说，只好长话短译。反正老公的目的是哄老丈人高兴，老爷子乐的是有人听他忆当年，没人在意我怎么翻译。

"妈，你好。"哄乐了老爹，大熊又用练过的中国话讨好老妈："你身体好吗？我在美国很想念你。"

这些客套话本来挺假的，让这个美国人结结巴巴地说出来，倒显得挺感人。

"好，我挺好的，"老妈脸上笑开了花，"你的中国话说得真好。"

大熊的表现让我意外，觉得他平时书呆子气十足，没想到还有这么乖巧的一面……

一家人亲切和睦的气氛，暖意融融。

第二天上午，弟弟涛开车带我们去李家庄——我当年插队的村子。

屈指一算，离开李家庄35年了。就要见到当年在田里挥汗抡锄的伙伴了，我不免心潮起伏似浪翻。30多年弹指一挥间，如今的他们，应该当上爷爷奶奶了，走在街上肯定认不出来。

车子驶进李家庄地界，我兴奋地给大熊指指点点：这片地我们经常在那儿除草，那边的水渠是我们修建的，干活儿累了会在那块坡地上躺倒，不留神睡着了让队长一通臭骂……车进村子我却懵了，记忆中错落的村舍荡然无存，代之而起的，是一排排整齐划一的小楼。

莫名的惆怅涌上心头，面目全非的村子，带走了记忆中熟悉的一切，就像当年的青春一去不复返，只希望能还见到几位故友。

涛带我们走进一幢小楼的院门，蹲在院子里修自行车的老人，惊讶地望着几个不速之客——还有个外国人。

这不是当年的村支书老许吗？

从那张布满皱纹的古铜色面孔上，我一下子找到了那个带着大伙战天斗地学大寨的风云人物的影子。

当年的老许四十不到，虽说小学都没毕业，可脑袋瓜儿超好使，把个李家庄治理得丰衣足食，全县闻名。

至今我还记得，夏收的麦场上，他指挥若定的神采……那时村里的大姑娘小媳妇都崇拜他，就连女知青都以跟他说句话为荣。用今天的话说，我们都是他的粉丝。

老许认不出我了，涛一提我的名字他想起来了："记得，你是那帮知青里最爱提意见的。听说你去北京当了记者，怎么还带来个外国人？"

老许的目光犀利依旧，只是多了几分忧郁，背也驼了。听说他唯一的儿子车祸遇难，在北京的女儿接老两口去享福，老许待不惯，又回来守着自己这一亩三分地。

我们叙旧的时候，大熊看看这个，看看那个，然后望着我一脸探询——我们说的话他一个字儿没听懂。

在老许家喝了杯茶，吃了几个树上落下的枣儿，便告辞了。

去往当年的妇联主任槐花家的路上，我跟大熊讲述老许的故事。缺乏对中国社会的了解，他听得云里雾里，但有一点他听清了，而且大惊小怪："你还崇拜过这个老男人？难以置信！"

槐花在我的记忆中就鲜活多了，那时候我们是好朋友。

记得当年，冬天地里农活儿少，下午四五点就收工。干活儿少饭也少，冬天就两顿。晚上一过八点，大伙儿就熬不住了，有人去砸大师傅的门，要求领点儿玉米面用饭盒煮粥。更多的人则跑到老乡家串门儿，图谋蹭点儿吃的。

我和几个女知青去得最多的，就是槐花家。她总是往灶洞里放一些红薯土豆，烤熟了给我们吃。寒风刺骨的夜晚，坐在她家的热炕头上，吃着香甜的烤红薯，还真有种幸福感。尽管每人分到的不足以充饥，却也让我们感激涕零了。

在一栋三层小楼前。我见到发福的槐花，活脱脱一个当年的槐花娘。记忆中红扑扑的苹果脸、扑闪的大眼睛不见了，耷拉着胖肉的黄脸上，一双混浊的眼睛，被层层叠叠的鱼尾纹挤得有点儿迷茫。

"你这是从哪来呀？"她认出了我，"怎么还有个外国人？"

听说我嫁到美国，她张大嘴巴愣了片刻，然后回屋为我们沏茶。

趁槐花忙活的工夫，我告诉大熊，当年吃不饱的时候，这个女人经常给我们充饥的东西。

他听着眼眶湿了："很抱歉，那会儿我没能帮你。"

我说那时不觉得有多苦，因为大家都这样。也不绝望，总觉得有一天大学会恢复招生，我会考上大学，离开村子。

"栓子呢？"见屋里就槐花一人，我问。

栓子是她当年定亲的对象，一个圆脸、大眼睛、沉默寡言的小伙子，跟槐花站在一起就像双胞胎。许多年前，槐花的老娘带着五六岁的小槐花，从河北逃荒到了李家庄，村里人看着可怜，就撺掇鳏居的栓子爹收留了娘俩，栓子爹娶了槐花娘，又给两个孩子定了娃娃亲，既省彩礼又省嫁妆。我离开村子的时候，他俩还没完婚。

"他带着儿子和村里后生，去省城给人家盖楼去了，"槐花说，"栓子在省城承包了工程，儿子和村里的后生都跟着去了，她和儿媳妇在家看孙子，两个女儿都嫁出去了……"

怪不得她家的小楼比别人的高，原来是家里有个包工头。真是造化弄人，老实木讷的栓子也当上包工头了。

"二英在村里吗？"忽然想起妇女队长二英，那个很能干的女孩儿，不知为什么跟槐花不合，两人老是互相攻击。

"死了，"槐花叹道，没有幸灾乐祸的意思，"嫁给一个矿上的，男人挺能挣的，本来日子过得挺好。可她命不好，生孩子时候难产死了，儿子倒是保住了，现在都结婚生子了……"

二英温和寡言，当年我锄草割麦子落在后头的时候，她总是蔫不出溜地帮我干一会儿，又蔫不出溜地走开，那情景清晰得就像在昨天。

我的记忆回到了30多年前，村里那些一起干活儿的女子们（对女孩儿的称呼），鲜活的影像一个个闪现在我的面前：

淑英：人高马大，干活儿是把好手，说话慢声慢气，脸上总是挂着笑容。我离开村子那会儿，她在准备嫁妆不怎么出工了，听说要嫁给邻村一个开拖拉机的小伙子。

腊梅：一个弱不禁风的女子，也就十六七岁，谈不上漂亮，但生性风流，说话娇滴滴，总是传出绯闻。有阵子听说怀孕了，好多天没出工，再出来干活的时候，自动加入了媳妇们的行列（姑娘和媳妇干活时分开的）。再后来，听说要出嫁了，男方是个40多岁的外地人，从监狱里刑满释放的。

玉茹：长得很粗糙，十几岁的女孩儿看起来像30多的婆娘。记得她人很老实，老娘视力不好，老爹有点儿智障，家境在村里属于最穷的那种。后来听说她跟村里一个同样老实同样穷的后生相好，未婚先孕然后挺着肚子嫁给了那个男人。

……

我一一打听，槐花一一念叨。

心中涌起莫名的伤感。

那时候，村里的女孩儿们唯一的出路，就是嫁人生孩子，然后给儿子盖房、娶媳妇，给闺女找婆家、备嫁妆，之后带孙子……一代接一代，没新鲜的。

这次来有个念想，就是去看看当年的房东。

当年我住的院子里有两户人家，一家的女主人年轻些，称"婶儿"，另一家的年长些，叫"大娘"。我们四个女知青挤住在婶儿家一个有大炕的里间，外间放农具和水缸。

不记得房子是谁家的，只记得自打我们住进来，婶儿和大娘就日日嘘寒问暖。婶儿快言快语、性格爽朗，大娘慈眉善目、细声细气，平日两家做点饺子炸糕什么的，总有我们一份。在那食不果腹的年代，这些好吃的无异于珍馐美味。我们谁有烦心事，也爱找婶儿和大娘诉苦……当年的她们，大概四五十岁，活到现在得有七八十了吧。

听说我要看老房东，槐花摆摆手说："都不在了。"

我明白她说的"不在了"是不在世了。尽管在情理中，也还是挺难过的。

当年离开后，多次想过回村探望情同父母的老房东和众乡亲，却不知为何一拖就是30多年？如今记忆中的村子荡然无存，记忆中的人大多不在……

谢绝了槐花的挽留，我们告辞回家。一路之上，当年的点点滴滴过电影般在我脑子里闪现，每个人每件事，都像发生在昨天，我一件件讲给大熊。

他兴趣盎然地听完，沉思良久抛出一堆问题：

"村子里的女孩儿们为什么不到城市去工作？"

"冬天你们挨饿，为什么村子里的农民有多余的食物给你们？"

"去城市打工的男人，跟他们留在村里的妻子分居，是不是很多家庭会破裂？"

……

涉及太多的社会背景，我煞费苦心地解释，不知他听懂多少。

"谢谢你给我上了一次宝贵的中国课，我对中国社会的了解，从来没有像今天这么深刻，我也更理解你了。"他由衷地说。

我答应大熊，把当年的老朋友介绍给他。

我把想得起来的人列了个名单，涛帮我把诸位召集在一起。

这天傍晚，迎新宾馆餐厅雅间，十四五个故友围着一张大圆桌聚餐。

大熊没见过这么多人一起团团坐、吃饭饭，很是惊讶。美国人聚会都是盛上喜欢的菜，端着找地儿吃去。他跟我说过，中美文化的差异在于，"中国人喜欢 group（群体）活动，美国人崇尚 individual（个人）行动"，聚餐习惯似乎印证了他的说法。

名单上的人差不多都来了。望着一张张熟悉又陌生的面孔，我感慨万端……

在座的大多二三十年不见，有初中同学，有插队的农友，还有不知什么场合认识的故人。大多数面孔我还能记起他（她）当年的样子。有两三位，却怎么也想不起是谁了。当年的帅哥美女如今有的身体发福，有的形容消瘦，有的弯腰驼背……共同的变化是，每张脸上都写满了沧桑。

"欢迎我们的海归朋友和她的美国老公……"一位热心的故友致祝酒词。

酒过三巡，人们开始离座互相敬酒。

一拨接一拨的朋友，向远道而来的我们敬酒。不知中国酒文化的厉害，大熊傻乎乎地端起杯子就干。见他能喝，敬酒的人来了精神，什么"感情深一口闷"啦，"酒逢知己千杯少"啦，还让我给翻译。

见他一杯接一杯往嘴里倒酒，我一把抢过他的酒杯，冲着各位连说："不行，不行！不能这么喝。他血压高，心脏也不好。出了事儿就麻烦了！"

对我的干涉，大熊很是不满，倔劲儿上来执意要喝。

机灵的涛把兑了水的酒杯放在洋姐夫面前，大熊意犹未尽地嘀咕："这酒太好喝嘛！"

有人提议我交代跟大熊相恋的经过，说让他们家里的大龄剩女也去效仿。

我借着酒劲儿忽悠说，简单得很，我不懂英文，靠字典轻而易举就把这个美国人给骗中国来了。

大伙鼓掌起哄，大熊知道是说他，羞涩地站起身，操着生硬的中国话说："我普通话说得不好。我喜欢中国，喜欢你们，你们都是我的好朋友。我以后要学更多的中国话，我要经常来看你们。谢谢。"

他怪腔怪调的中国话博得了众人喝彩……

跟故友们逐个叙旧情，忆当年，侃侃细语开怀大笑中，我们把曾经的青春重温了一遍。

散席之后，大家合影留念。或许有生之年，这是我们最后的"全家福"了，下次再来的时候，照片上不知又少几人！

回北京的火车上，我继续给大熊讲30多年前的那些故事，讲每一个我能记起的人。

他说："你和你的朋友几十年没有联系，他们不但记得你，而且如此盛情！中国人对友谊的忠诚，实在太让我感动了！春节我还想来，这儿更像是我在中国的家。"

我明白最打动他的是什么了。

在一篇报道上看到，哈佛大学有一项关于"幸福感"的调查，历时75年，追踪700多人，得出的结论是，保持健康快乐的关键因素，不是名利和权势，而是"良好的人际关系"。

在人际关系冷漠的美国，渐行渐老的我们，会越来越难找到"良好的人际关系"，这是大熊向往中国的重要原因——在喜欢扎堆儿抱团的中国人这儿，他处处能感受到"良好的人际关系"，从而拥有幸福感。

带老公访故地，我更深地理解了他。

第 32 章
儿 子

　　回乡归来，大熊的兴奋之情久久不能平静，他说小城镇的中国人比大城市的更可爱。他催我联系资助大凉山贫困儿童的事儿，说要找机会去当地看望这些孩子。

　　我知道他对中国农村产生了兴趣，想去体验乡村文化。

　　上网查询，"中国助学网""春苗助学网""感恩中国"……各式各样的助学网站数不胜数，看来往出给钱的渠道不难找。

　　咨询之后，我们选定了两名学生，一名四川大凉山的小学生，一名贵州黔西的大学生，两个孩子都是成绩优秀，家庭贫困。递交了申请表之后，很快收到批复。第一学期的钱打过去，大熊说等他的中文课告一段落，我们就去四川和贵州实地访问他们……

　　马特忽然打来电话，说老爸去中国半年有余，十分惦念，打算最近率老婆孩子到北京探亲。

　　我着实吓了一跳。

且不说回国以来，我们装修、买房、探亲、捐款，财力体力消耗不小，刚想缓口气，这又要来一大家子；就冲马特这个人，招待他我就一百个不情愿。

两年前，我邀请美国婆婆暑期来北京做客，她欣然答应。

就在我们商量怎么接待婆婆的时候，马特忽然杀出来，说那个夏天想到北京旅游。见儿子要求，大熊一口答应。

麻烦是，老太太 87 岁高龄，腿脚不便，得专人照顾陪伴，能去的地方也有限；马特一个壮小伙儿，是哪儿都要去的那种。大熊语言不通，早早人在美国，我一个人分身乏术，怎么伺候这截然不同的两拨人？想来想去，我俩一致认为，只能先来一个。

"让你妈妈先来吧，她这岁数，行动会越来越不方便，再说我们先答应她的，"我坚定地倾向婆婆，"你儿子有的是机会，让他明年再来吧。"

"可我都答应他了。这是马特第一次跟我提要求，怎么好回绝呢？"他面露难色。

"可我先答应你妈妈的，"我说，"怎么跟她解释呀？"

他说："我妈岁数那么大，坐十几个小时飞机够呛，腿脚不便，还得坐轮椅……"

"那当初你干吗答应她来？"待要较真儿，一想这是人家的妈和儿子。再想想，要是换作我，孩子和老娘二选一，我肯定也愿意首选孩子。

我说："依你吧，不过得跟你妈解释清楚，别让她以为我说话不算数。"

我提前回国做准备，他假期有限，在儿子来京之前赶到就行。

不知哪根神经不对了，大熊非要从底特律飞到洛杉矶，在机场等到马特，两人同乘一趟班机来北京，而底特律到洛杉矶的距离就像从北京到新疆那么远。

"你干吗要舍近求远，从洛杉矶去北京呢？"我不解。

"这趟旅行对我们父子意义重大，我想陪他一起去中国。"他说。

"你儿子快40的人了，自己还去不了中国？"我很不高兴，大熊血压高心脏不好，从底特律去北京近20个小时的行程，已令我提心吊胆，绕到洛杉矶再飞北京，差不多要花40个小时，路上出事怎么办？

"我关心我儿子，碍着你什么了？"他突然变脸，对我嚷嚷起来。

"当然跟我有关系了！你的血压心脏都不正常，要是疲劳过度有个好歹，我怎么办？"我也动气了，"这不是管闲事，我在为自己考虑！"

他不再言语，脸色也缓和下来。

"那你能不能早点儿走，到洛杉矶在你妈那儿歇一天？"知道劝不动，我退而求其次，"从那儿再飞北京就不那么累了。"

"再说吧。"他含糊其词。

他依然绕道洛杉矶，在机场等儿子同乘班机去北京，大大咧咧的儿子却睡过点，误了飞机，最终父子俩还是各自飞到北京。

在我的精心安排下，长城、故宫、颐和园、潘家园、老北京胡同、天坛晨练、功夫传奇、京剧表演、民乐演奏、北京烤鸭……马特玩儿得尽兴，吃得开心，我们俩累得筋疲力尽，银子花了两三万。

在首都机场，马特一脸真诚地对我说："感谢你为我做的一切！今后你和朋友家人若到拉斯维加斯旅游，一定给我打电话，我会好好接待你们。"

当时感觉这话像是真的，因为他说下次要带老婆孩子来北京，这意味着今后我们会常来常往。如果这能让远离故国的老公高兴，麻烦花钱都值了。

一年前君来美国，大熊开车带我们美国西部游，途中他说："到了拉斯维加斯咱们就找马特，他说过要好好陪我们。"

当他告诉儿子，我们要去拉斯维加斯跟他会面的时候，只收到一句冰冷的短信："我没空，抱歉。"连解释都没有。

知道大熊很难过，我安慰他说："没关系，咱们自己玩儿更放松。"

其实我倒有几分窃喜，马特的冷淡表明，他不打算带老婆孩子来中国了。这样我们省心省钱岂不更好？

回国前收拾东西，我翻出一些精美的中国小工艺品。看到大熊在为儿子准备圣诞礼物，我把这些东西精心包好要他给儿子寄去。他说："马特一定感激你。"

包裹连同贺卡寄走后没有回音，圣诞节也没有收到他的任何祝福。

见我不悦，大熊发短信询问。

"收到了，怎么啦？"马特回应，没有谢字。

还真没见过这么没礼貌的美国人！忽然想到，他身上可能多半是老娘的基因……看来找错老婆不仅毁了两个人的幸福，还会殃及下一代。

我以为，马特跟我的交情早已终止。如今他却一脸无辜地提出带家人来北京，气不打一处来的同时，我好生纳闷儿——

他是无知得不懂起码的为人之道，还是认为老爸能搞定一切，他便可随心所欲。

看出我的心思，大熊迟疑地说："我们……以前好像答应过他。"

"他还答应过在拉斯维加斯接待我们呢！"我说。

"那……算了，我告诉他别来了。"他叹了口气。

感觉老公很伤心，他伤心我就心痛。不答应他，等于折磨我自己。

"还是让他们来吧，我尽力安排好就是。"我勉为其难地同意了。

"谢谢，谢谢兔子老婆！"他一脸谄媚地讨好我，"就知道我的兔子心眼儿最好了。"

他高高兴兴回复儿子去了，接下来全是我的麻烦了。

一家三口来了，住哪儿？家门口没有涉外宾馆，也找不到像样的短租房。全家人一日三餐，出门旅游，全得靠我，每天光吃饭我就得跑好几趟，万一小孩儿水土不服再生点儿病，得折腾死我。

国贸崇文门那边能找到好点儿的三居民宿，我们一大家子都住进去比较方便，可半个月的房租就得近两万，加上吃喝玩游，没有四五万银两下不来。

深夜的辗转反侧中，我想出一个办法：马特一家三口和大熊住在家里，我在家门口找个小旅馆。每天一早，我回家给他们弄早餐，安排这天的活动，晚饭后我再回旅馆。

可小旅馆条件差，若休息不好，我第二天准难受，家里还有一帮不能自理的美国人等我照料。不知道这样的情形，两个星期我能不能撑下来？

找不到更好的办法，只求老天保佑，别让我累病了。否则一家人连饭都吃不上。

住的办法有了，出行怎么办？

儿子来了，老爸自然得陪，既是来旅游，肯定就不在家待着。四个美国人都不能自理，去哪儿都离不开我。这表明他们在北京的半个月，出门统统是五人行。问题是一辆出租车塞不进五个人，打两辆车也不合适，大熊那点儿中文若是指错道走丢了，我还得报警找他们。乘地铁公交车？北京城这么大，乘公交玩一天，我们俩恐怕都支撑不下来，何况还有孩子。

无奈我向方圆求救，她答应帮我找几个英语好的学生陪游。有学生帮忙我压力小多了，当然不能白用人家，一天至少得给100块钱。我脑子里很快形成一个出行方案：去长城颐和园这样的远地方，找学生陪，打车四个人正好。去近地儿，大家往返乘公交。

大熊说："真难为兔子老婆了。"

接下来上网查询，去哪儿玩儿，去哪儿吃，去哪儿逛，看什么节目，然后排好日程表。初步预算三万五，我觉得不超四万就算赚了。

大熊乐颠颠地把接待方案通报给儿子一家。马特要求跟老爸开通视频，爷儿俩三天两头在电脑前开碰头会。内容从北京烤鸭、宫保鸡丁，到他老婆需要什么、女儿喜欢什么，从美国橄榄球赛支持哪个队，到指责奥巴马的政策……隔三岔五还让小女孩儿在视频上秀可爱，哄得老熊爷爷心花怒放，恨不得把她从屏幕里抱出来。

快递送来一封国际邮件，是马特寄来的感谢卡，内容是感谢我不辞辛苦接待他们。

我大为诧异，这不是挺会来事儿的吗！人情世故，礼貌谦辞儿他全知道，之前表现为啥那么差？

明白了，知道该怎么做，不等于愿意做。就像知道化妆漂亮，也不一定老化妆。礼貌教养不是马特这类人的自身素质，而是他的化妆品，想要示好的时候才拿来用。这会儿煽情为的是，他老婆孩子来了，我卖力气干。

马特的苦心对我其实没什么用，我做的一切只为老公。

倒是大熊乐得合不拢嘴，这几天出来进去哼着歌儿，走路都显轻快。

估计儿子长这么大，也没跟他如此亲近过——在美国六年，没见马特探望过他一次。可在北京，两年工夫来两次，还带老婆孩子。

可见老爸没啥看头，免费旅游才其乐融融。

我写了一封邀请信传真给马特，他说下周就去申请签证。

正当旅游计划按部就班的时候，律师来电说，法院通知北京时间下周一晚上10点，开庭审理大熊诉前妻抚养费案。根据大熊之前的请求，作为原告他可以通过视频出席法庭审理，不必回美国出庭。

一提官司，大熊就像霜打的茄子，情绪立马低落，几天来的兴奋荡然无存。

第33章
败 诉

周一中午从学校回来，大熊显得心神不安。

他一定是为今晚的出庭烦躁，估计上午的中文课也没上好。

律师称，这场官司大熊必胜。依据是，维持离婚双方的经济状况大体相等，应当是法庭宣判的原则。现在男方失去工作，两人经济悬殊，从被告3000多美元的筐里，拿出几百放进原告1500美元的篮里，让二者大体相等，这是天经地义的道理，何况这些钱都是原告挣的。

大熊说他相信律师，我却隐隐地感觉，事情没那么简单。虽然不懂美国法律，可我知道，对方律师一定会帮她找到不给钱的说辞，否则一切显而易见，这官司还打什么。

被告的攻击点，应该是原告这边的漏洞。既然被告和法庭都知道大熊已在中国，对方很可能会说：原告已去中国生活，中国商品便宜，消费水平低，1500美元等于9000人民币，这些钱在中国可以过得很舒适，所以尽管双方拿到的钱不等，但生活水平仍可持平。

事实上，情况并非如此。其一，因为没有确定将来是否在中国定居，我得保住绿卡。美国移民局规定，绿卡持有者必须每年在美国居住数月，为此我们得经常回美国。回到美国得租房，加上往返机票和生活消费，以每年在美国住四个月计算，这笔开支至少 15000 美元。其二，大熊的美国医保在中国只能覆盖 75%，另外的 25% 需自费，而且所有的医疗费在中国必须先付现金，再把发票寄回美国，报销周期很长。大熊的高血压和冠心病需要长期服药，若遇突发情况住院治疗，费用都得自己先付……

我曾建议大熊，把上述情况写进诉状，告知法庭，否则，如果法官误以为在中国生活不需要多少钱，这个案子怎么判就不好说了。他说律师认为，法官只关注原被告双方每月拿到的钱是否相等，怎么消费与本案无关。

因为律师对我的说法不以为然，大熊对我的提醒也不以为然，而直觉告诉我，若不强调往返两国的差旅费和在中国的医疗费，可能会满盘皆输。

若官司输了，几百美元事小，旧恨新仇，又得让老公郁闷很久……

我耐心说服大熊采纳我的意见，把这些情况写进诉状，并在法庭上予以强调。他说老婆言之有理，一定照办。

"我跟你说的那些情况，今晚一定要强调。"我再次提醒他。

"知道。"他说。

晚饭后，大熊测试好通话视频，坐在沙发上发呆。

我理解他此时的感受，当不堪回首的往事沉渣泛起，就像是扔进垃圾堆的食物被捡回到饭桌，忍着恶心，你还得往下咽。

快 10 点的时候，他进了书房关上门。被他的情绪感染，我在厅里惴惴不安。

一会儿听见他在里面说话……庭审开始了。

一个小时后他开门出来，表情疲惫而愤懑。

觉得情况不妙，我探询地望着他。

"择日判决，"他说，"马特告诉他娘，我们已在中国永久定居，中国物价特别低，上次他来北京的时候，体验过我们在北京过得多么舒适……刚才她的律师对我大喊大叫，说我过着奢侈的生活，还想从这个疾病缠身的女人那里夺走钱，说我丧尽天良，想要杀了这个女人……"

"我跟你说的那些情况，你强调了吗？"我急切地问。

"没有，"他说，"没机会说这些。"

我说，这案子输了。"

他不这么看，说相信法律是公正的。只是这会儿生儿子的气——上次他来，我们像接待国王似的款待他，他却把这当成我们日常的消费水平，到他老娘那儿去大肆渲染。

担心他的血压升高，我赶忙宽慰："你儿子不会故意害你，可能是跟他妈聊天的时候，无意中说起在北京旅游。说的无意，听的有心，就这么让律师当了证据。"

马特到底什么动机，我不知道。有一点却是明摆着的：马特跟他娘的利益一致。老娘单身，没钱了有病了，他不能不管。老娘不在了，她的房子和车都是儿子的。老爸有老婆就不同了，有多少钱将来也是老婆的，与他无关。这样的利益关系，一般人都会想到，何况马特这么自私的人。

大熊不愿相信这样的事实，他以为他喜欢的人都向着他，以前在公司被朋友出卖，如今又被儿子出卖。

我特想提醒他，以后做事先把利益关系理清，免得老让人算计。又一想算了，这不是火上浇油吗。

大熊在屋里烦躁地转了几圈，说现在就打电话质问马特。

我说："今晚你什么都不许做，吃点儿降压药，静下心来睡觉，有什么事明天再说。"

气头儿上不能让他打电话，万一争执起来，他血压上去，心脏犯病，麻烦就大了。

第二天中午从学校回来，大熊给我看儿子发来的短信："Dad，我都知道了，没想到法院会这么判，这太不公平了！"

他进屋跟马特通电话。

20分钟后，他出来气色平和了许多，"马特说他上次去看老娘，聊天的时候随便说了点儿在北京的事儿。他说那个律师太混蛋了，真想宰了他……"

他儿子也只能这么说。

从这天起，爷儿俩的视频研讨会停了。

儿子不再联系老爸，老爸也不找儿子。

我问老公："还要不要准备接待他们？"

他说："再说吧，现在没情绪。"

两个星期过去了，一直没听到美国法院的音讯，怕他闹情绪，我也没问。

一天，我想起来，念叨了一句："这么简单的案子怎么还没判下来？"

"判了。"他在一旁低沉地说。

"啊？"我吃了一惊，"什么结果？你怎么没告诉我呀？"

"Nothing!"他说，"败了，白花了8000美元律师费，折腾了一年。"

"判决书怎么说的？"我觉得不可思议，"总得有个理由吧？"

"不知道，"他有气无力地说，"没看。"

"让我看看，"我说，"花了这么多精力、这么多时间还有钱，败了也得知道为什么吧。"

他不情愿地在电脑上打开判决书的页面，推门出去了。

我把判决书拷贝到WORD里，以便借助字典连贯地读下来。

"……原告与被告的经济状况如下：原告现有存款6462美元，每月获得退休保险金1540美元。被告现有房产两套、汽车三辆、存款5729美元，折合美元39万；每月获得原告抚养金3290美元。"

"原告因退休后收入减少，要求法庭将支付被告的部分抚养金改判原告。根据双方目前经济状况，理应准许原告要求，但因原告已定居中国，中国消费水平低，在北京每月房租需750美元，另外750美元支付日常生活绰绰有余，所以法庭认定原告的1500美元退休金，可以维持在中国的生活开支；而被告拥有的房产和车辆需要支付诸多税款。其本人患有疾病，需要支付医保不能涵盖的医疗费用。综合考虑上述情况，法庭认为目前双方经济状况大体相等，故对原告改判要求不予支持。"

我无语……

我们在北京的房租和消费，法官是怎么算出来的？

财产多的一方要付财产税，自己又不挣钱，所以别人得替她缴税；没财产的用不着缴税，所以得为比自己富有的人缴财产税。

这杀贫济富的办法，好像既不属于资本主义，也不属于社会主义。

前妻一个人生活，要两套房干吗？不住的那套出租或卖掉不是钱吗？不工作且行动不便的人，为什么要开三辆车？卖掉两辆，岂不既省了保险费又能换钱？月入 3290 美元，拥有 39 万家产的人，跟月入 1500 美元，无房无产的人比，叫作经济状况大体持平？

反复研读判决书后，我感觉法官的逻辑虽然混蛋，但判法还是有依据的，这就是双方的实际消费需求。不论房子多车多缴税多，这样的理由有多荒唐，可歪理也是理，人家摆在那儿了。

大熊这边呢，那两项重要的大额消费——差旅费和医疗费，判决书只字未提！

不解的是，这份又臭又长的判决书，不胜其烦地把双方提到的每一点都列出来了，为什么男方这么重要的理由，却不予显示？

难道是大熊的起诉书和法庭陈述，压根儿就没提？

果真如此的话，还真没什么好抱怨的了。你不说，法官怎么知道你有这些必需的消费，那么人家认为经济状况大体相等，也就说得过去了。

"败诉的原因是，法官认为我们已在中国定居，在中国生活不需要那么多钱，是吧？"我问刚进门的人熊。

"好像是这样。"他讪讪地说。

"我跟你反复强调的那两项消费，写进起诉书了吗？"

"没有。"

"你没让律师写进去吗？"

"她说没必要，我们消费多少钱，与法律无关。现在我比她少，就应当判给我一部分。"

"你是当事人，起诉书怎么写，应当你说了算。记得我提及那两项消费的时候，你说言之有理。为什么不要求律师写进去呢？"

"我太相信律师了，没信你的话。我觉得人家熟悉法律，你又不懂美国法律。"

"懂法律，怎么官司还输这么惨？"我生气地嚷起来，"我找出那么有道理的依据，你却不告诉法庭。人家说我们在中国生活只需要那么点儿钱，你就认啦？事实是这样的吗？"

"都是我的错！"他脸涨得通红，"现在我比任何人都要难过。"

他进卧室关了门，留下我独自在客厅生气。

心里郁闷，我给早早打电话宣泄。

"不就每月几百美元吗？有什么大不了的，"听了我的控诉，早早心疼美国爹了，"人家已经够难受了，还得听你抱怨，万一他血压高心脏犯病，你后悔都来不及。快去安慰他，就说早早说了，她的钱就是咱家的钱——这些年你们为我做了那么多，现在该我回报了。这件事到此为止，以后别再跟他提了。"

她把我说醒了，是呀，他已经够烦了，我还火上浇油。

"跟你谈谈，"我推门进去，"早早让我告诉你，她的钱就是我们的钱，啥时候需要只管用。她还说明年她就毕业挣钱了，我们家的情况会越来越好，千万别为钱的事儿着急……"

他的眼睛湿润了，抬头看着我，那眼神，就像受了委屈的小男孩儿，特别让人心疼。

"走吧，散步去。"挽着他的胳膊，我们走在长安街上。

"我生你的气，不是为这点儿钱，"我推心置腹地说，"我说什么，你要是不同意，就告诉我为什么，我们一起讨论一起分析，找出最好的解决办法。你说我的意见很重要，可你既没让律师写进诉状，也不在法庭上提，结果恰恰就输在没听我的，我能不生气吗！"

"案子输赢，律师都拿 8000 美元，你的利益跟她一点儿关系都没有，人家凭什么为你想那么周到？我跟你感情相连，利益一致，你也知道我的能力——继承遗产那么复杂的事，我都帮早早搞定了。可是你偏偏只信律师，不信我。"

"对不起，兔子，"他说，"以后家里的事，不管中国的美国的，我们都商量着办。明年回美国的时候，我会根据你说的那两条再起诉，我到医生那儿开一份疾病证明，再把我的医保规定和你的绿卡复印件一并附上，只要考虑周全，下次我们一定会赢。"

知道他咽不下这口气，担心他作病，我劝道："你前妻也好不到哪儿去，她孤身一人还有病，从别人那儿抢点儿钱就能快乐起来吗？你有我，有早早，有家庭温暖，比她的处境不知好多少。要是想出气，明年再起诉。光为钱的话，都不值得再折腾了。至于马特，更没必要跟他生气了，他只是随便说说，不至于成心帮他妈算计你。"

"我是世界上最幸运的男人。"他噙着眼泪说。

大熊依然闷闷不乐，血压经常在 160 以上，还老忘了吃降压药。

我心急如焚，这样下去要出事。

在我的严重警告下，他在桌前的墙上贴了张警示单："傻瓜，记得吃降压药！"

我建议他，一早一晚记录自己的血压情况。我说："最近这段时间，你的身体有任何不适，必须第一时间告诉我。"

周六上午，我带他去国医堂，告诉大夫大熊的血压最近老是居高不下。

大夫说脉象显示他最近比较抑郁，必须调整情绪，又问："他有什么不舒服的感觉吗？比如头晕什么的？"

"没有，没有任何不舒服。"大熊很肯定。

"那就不要紧，"大夫说，"现在换季，血压高点儿也正常。什么时候感觉不舒服，就赶紧上医院。"大夫开了几服舒肝解郁的中草药。

知道他并无大碍，我放心了。出了诊所，我把大夫的说法跟他复述，我说那件事过去了，就别再想了，多想想高兴的事。想想我们的新房子怎么装修，要不周末咱俩看家具去。对了，你不是想去西安吗？你的中文课一结束，咱们就去西安好不好？

他笑了，说："有你在我身边，我一定会快乐起来。"

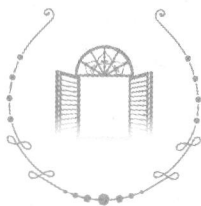

第五部　变　故

人有悲欢离合，月有阴晴圆缺，此事古难全。

女儿进了名校继承了遗产，我和老公定居北京憧憬幸福的未来。眼看多年的努力修成正果，一场突如其来的噩运袭来，结束了这段美满的中外姻缘……

第34章
诀 别

大熊一如既往地上学、健身、看电视，生活又恢复了往日的平静。

他的血压却居高不下：每晚都在 160 以上，最高达到 178。

我很着急，要带他去医院检查。他说这个周末中文班就结束了，下周再去医院彻底检查吧。

想想也不差这两天，我叮嘱他勤测血压，超过 180，马上去医院。

周二上午，大熊提前从学校回来，说上课的时候头疼。听声音像是感冒了，吃了片感冒药，他倒头便睡，醒来已是下午 6 点。

"轻快多了！"他说，"我都饿了。"

"出去吃饭吧，顺便去趟超市。"我说。

从超市回来，他去卫生间洗澡。

"请把那件蓝色 T 恤衫递给我。"他在里面喊。

找到他的 T 恤衫，我送进卫生间。

他穿上 T 恤衫，突然向我倾斜过来，慢慢靠在我身上。

"哎，干吗呀？"以为他在开玩笑，"我的腰撑不住啦！"我努力支撑着他的体重，突然间意识到这不是玩笑！

"Bear！Bear！"他慢慢倒下，眼睛半合，任我怎么呼唤也没有反应。

心脏病突发？我想到应该为他按压心脏，做人工呼吸……可卫生间太小，没法让他平躺……惶恐间我不知如何是好……还是打 120 吧，可我的腿被他的头和肩膀死死压住，没法挪步。时间一分一秒过去，我心急如焚，狠了狠心把他的头放在地上，拿条浴巾垫在下面，然后从他身上跨过，搬开他的脚，费力地打开卫生间的门冲了出去。

上气不接下气地打完120，忽然想到速效救心丸，家里没有，我赶忙去砸对门老太太的门。

"有倒是有，不记得放哪儿了。"听说大熊晕倒，老太太吩咐老头儿找药的工夫，随我进屋想帮我做点儿什么。

正要进卫生间看大熊，120 的电话打过来，说车到门口，让我去迎。

司机去停车，我帮大夫拎着沉重的急救设备，连跑带颠地赶回家。"快！在里面……"指着卫生间，我瘫倒在地。

忽听大夫说"人都没了"，我眼前一黑，什么也不知道了……

听见老太太喊我名字，我睁开眼，医生问："还救吗？"

"快救呀！"我愤怒地大喊，这还用问吗。

"那你得打 110。"大夫说。

"我打！"我抓起电话拨通了 110，不知道救病人为什么要打110，可我没工夫跟他啰唆。

大熊已被挪到了客厅的地板上，医生在为他按压心脏，他的手臂上插着输液针管……

"还有救！"意识又回到了我的脑子里。

警察到了，帮着把大熊抬进急救车。

坐在他身边，握着他的手，我觉得天亮前他肯定能醒来。我要告诉他刚才吓人的一幕，要带他去彻底检查，还要警告他再也不能忘记吃药。

坐在急救中心的抢救室外，听着里面的电颤声，我的心紧张得快要蹦出来——盼着医生出来，又怕听见他没救了……我脑子嗡嗡作响，眼前阵阵发黑。

迷离间，看见邻居老太太和君坐在身边，她们什么时候来的？

"还救吗？"一个女大夫出来问，"救过来也是脑死亡了。"

"救啊！"我嚷道，"植物人也要，我要他活着！"

不知过了多久，医生说："已经救了一个半小时了，没一点儿反应，不可能再救过来了。再这么折腾下去，人就没法看了。"

"没希望啦？"我喃喃自语。

其实，听见大夫说"人都没了"，我整个人就空了。

进了抢救室，见大熊双目微睁，嘴半张，像在说着什么……

我知道，他舍不得我，舍不得刚刚开始的新生活，他在说："我不想走。"

恍惚间，听见警察说"尸体"，似万箭穿心，疼得我几乎窒息。

刚才还在跟我说说笑笑的他，此刻已成了"尸体"。

我们阴阳两隔了。

君把我带到她家，说你在我这儿待几天吧。

她熬了小米粥，要我强制自己喝下。

我昏昏沉沉地躺着，没睡着也没醒着，不知白天黑夜。

警察好像来过，不记得他们问了什么，也不记得自己说了什么，一切都像在梦中，希望醒来就能看见他……

不知躺了多久，君劝我出去走走。

出了门，我头昏脑重，脚下发飘。望着人来人往的大街，想起几天前我俩挽着手在这儿散步，我泪如泉涌……进超市买点儿吃的，他就在我身边，一转眼却不见了……去餐馆买俩菜带回去，下意识地点了他爱吃的宫保鸡丁和鱼香肉丝，忽然明白他不会再吃了……刚刚逝去的点点滴滴，尖刀利刃般一下一下剜着我的心，刀刀见血。

上趟街回来，我心中已是血肉模糊……想到我可怜的熊，此刻正躺在冰冷的太平间，我悲痛欲绝。

那个夜晚，警察把大熊运到了市公安局的检测中心，说查明死因。

这天派出所通知，尸检结论为"猝死"——要确定心梗还是脑梗，还得解剖。心梗脑梗无所谓，不能让他再受刀割之苦，我说不查了。

"你得节哀呀，好多事情等着你处理呢！"君提醒我，他走了四天了。

那个晚上以来，我一直待在噩梦中，一阵清醒，一阵迷糊……

这会儿醒来，恍若隔世，想到再也看不见我的熊，难以描述的悲痛和绝望噬咬着我的心。可我没有权利倒下，我还得打起精神，为他料理后事。

想到他风烛残年的老妈妈，我心如刀绞。回国前跟老太太道别的时候，我俩跟她承诺：每个圣诞都来看她。晚风中白发苍苍的老人拄着拐棍，颤巍巍向我们挥手的情景，剪影般印在我的心头……如今我能给她带回的，却只有儿子的骨灰！

怕老人承受不了这样的残酷，我没敢贸然给她打电话。我把噩耗告诉早早，要她联系大熊的弟弟查理——大熊走的时候，早早在期中考试，我还没告诉她，这会儿是时候让她知道了。

电话那端的早早沉默了几秒钟，号啕大哭，哭得撕心裂肺——亲爹去世她没掉眼泪……她的哭声给了我一丝安慰：多少次，美国 Dad 下班回家顾不得喝口水，就为女儿逐字逐句地改作业；多少趟，Dad 往返三个多小时的车程，为女儿搬家具运东西，从无怨言；多少个生日节日，Dad 送上他的礼物和祝福，让女儿感受到父爱的温暖……六年来，大熊为中国女儿所做的一切，早已化为深深的父女情，铭刻在早早的心中。

早早给查理打去电话，请他在适当的时候转告老人。

我给马特发去短信却不见回音，只好让早早给他语音留言。

确信婆婆和马特都已知晓，我给老人写 Email 详述了事情经过，又给马特写信，希望他来中国参加老爸的葬礼。大熊爱他的儿子，父子一场，肯定想见儿子最后一面，况且马特是大熊的美国家庭成员中，唯一能来中国为他送葬的亲人——89 岁的老人来不了，查理要陪伴老人也不能来。

婆婆给我回了一封哀伤而理性的信，除了伤感和安慰的话，还特别感谢我在大熊生命的最后几年，带给他许多快乐。

这是怎样一个高尚而坚强的老人！自己悲痛欲绝的时候，还在为别人着想。

马特回信说看看能不能办紧急签证，之后便没了音讯。我知道他在推托，大熊出席庭审前，他就拿到签证了，他是舍不得那点儿时间和机票钱。可怜大熊身为慈父，却无良子。好在灵前还有女儿，也算是不幸中的大幸了。

涛弟从S省赶来北京送别姐夫。

早早向学校请了三周假，周末到北京。

转眼到了大熊的头七。据说这一天，逝者的灵魂会回家跟亲人告别。

涛买来纸钱——冥纸和仿制的美元人民币。我在客厅摆上大熊生前爱吃的点心和水果，找出他各个年龄段的照片、他生前读过的中国日报和北京周报，依次摆放在电视柜上。

君在客厅和大熊故去的卫生间里点燃几盏蜡烛。这些长明灯要亮到葬礼结束，为的是他在步入天堂的路上不会迷路。

我把一个金属盆放在茶几上，我们在盆里点燃了纸钱。

火焰燃起来的时候，我往盆里放着纸钱，喃喃地跟大熊的灵魂对话。

以往我不信鬼神灵魂之说，但此刻我坚定地相信，他的灵魂回来了，此刻就跟我们在一起，我们说的他听见了，我们做的他看见了，我们送去的钱币和食物书报他也收到了。带着对我们的深情与思念，他恋恋不舍地走向另一个世界。

一个半小时后，我们准备离开的时候，灵异的事情发生了：安装不到一年的防盗门，怎么也锁不上，三个人轮流试了半天，最后钥匙竟折断在里面。

打电话找开锁公司，换锁耽搁了两个小时。此时三人不约而同地想到：是大熊在挽留我们，他舍不得我们离开。

涛帮我筹备葬礼，通知好友、置办花圈、联系殡仪馆等诸般事宜，他办得井井有条。

大熊生性自然，不爱穿西服之类的正装。我找出他生前喜爱的灰色条纹衬衣、米色西裤、墨绿色羊绒衫、牛津休闲皮鞋、高档风衣——此时已是晚秋，这身衣服高雅休闲，又正合时令。

葬礼在八宝山殡仪馆举行，大熊在北京结识的20多位中国好友赶来为他送行。

大熊进入灵堂前，我和早早去跟他告别。

他面容安详，像是睡得很沉。

我告诉他："那个世界里没有高血压心脏病，你爱吃甜食随便吃……你想去西安和丽江，我替你去，到了那儿我叫你的名字，你应一声就什么都看见了……知道你惦记大凉山失学儿童，我替你去看他们，我会告诉他们你是谁……老公，照顾好自己，在那边等着我，有一天我会去找你，来世我们还在一起，你还是我的熊，我还是你的兔子老师……"

最后，我让包里的二兔子跳出来，用毛茸茸的兔爪抚摸熊爸爸的脸……吻别了老公，我走出告别室。

早早进去跟美国老爸道别，我知道她在叫他 Dad——生性腼腆的早早，在大熊生前，竟没有当面叫他一声"Dad"！尽管她早就把他当作父亲，写 Email 和发短信的时候，总是称 Dad……如今女儿怎么叫，他也听不见了，这将是早早心中永远的痛。

大熊的遗像悬挂在花圈簇拥的灵堂正中，照片中的他笑得那么灿烂，那是三年前，我们在他的家乡加州桔子郡海滩时，早早为他拍的。

静卧在鲜花绿植环绕的灵床上，他的面容显得那么安详。

死神在毫无准备的瞬间，夺走了他的生命，尽管残酷，但他走得没有痛苦——这是我唯一的安慰。

哀乐声中，早早宣读了大熊的生平介绍，那是我花了一个晚上为他写的，希望他满意。

送葬的队伍里，捧着遗像走在最前面的，是他的中国女儿。捧着花篮花圈和鲜花紧随其后的，是他的中国朋友。他爱中国，在中国离去，最后陪伴和送走他的是中国人……

此时我仿佛看见，一个五六岁的美国小男孩儿，正用小铲子在地上拼命挖，"我要去中国！"他说。老师告诉他，地球的那端是中国，一直挖下去就到了中国——这是他儿时的故事。

我相信，从当年穿过地球去中国的孩提梦，到互联网上跟中国女人结缘，直至在中国离开这个世界——是上帝为他安排了这份有始有终的中国缘。

大熊安眠在精美的檀香木骨灰盒里，我把他放进卧室的衣柜。下周末我要送他回美国，去见妈妈。

之前聊起生死，他对我说："要是有一天我得了不治之症，不要让我死在医院，把我接回家。我爱我们这个温暖的家，希望我最后的时刻，躺在家里舒适的大床上，望着窗外的绿叶平静地合上眼……"

他对早早说过："将来我们都不在了，要把我和你妈妈一起埋在北京。我们说好下辈子还做夫妻，北京是我们共同的故乡。"

如今他真的在我们温馨的小屋里走了。我会按照他的愿望，在北京找到一块儿美丽的坟茔，作为我们在那个世界的家。

现在，我要带他回美国，那里有他挚爱的妈妈。我会告诉老人儿子的心愿，有一天她不能陪伴儿子的时候，我再把他带回中国。

大熊走后的第十天是农历十月初一，中国的寒衣节。

这天，人们为故去的亲人焚烧冥纸和冥衣，让他们在那个世界里不至于挨冻。据说逝者的灵魂这天会在生前常走的路上游荡，所以大家在街上焚纸，以便他们经过的时候把冬衣带走。

寒衣节的夜晚，我带着早早和她的男朋友，背着一大包纸钱冥衣，来到我和大熊去超市和餐馆必经的路口。发现周边已有好几堆烧过的灰烬，不远处有人还在焚纸。我多么希望世间真的有灵魂，至少能让阴阳两隔的思念，不至于那么绝望。

我点燃冥纸，用树枝小心地翻弄。据说烧得透，幽灵才能收到家人送去的衣物。夜风吹起来的时候，燃烧的纸钱和灰烬旋转着飞起。我相信，这是大熊在接收我们送去的寒衣……

回到家已是午夜，正担心纸做的冥衣是否能御寒……忽然瞥见五斗柜上的两个鞋盒——那是我两周前为老公买的皮棉靴。在美国，去门口倒趟垃圾都开车，室外活动的时间很少，所以他一年四季只穿单裤。北京的冬天特别冷，在外面徒步的时候很多，再穿单裤就是找病了。我在网上为他选购了两条上好的羽绒裤，两双很酷的皮棉靴……此刻睹物思人，怎不叫我肝肠寸断。

送走了大熊，早早该回美国了。我一个人在北京的日子将不堪设想——刻骨铭心的思念会分分秒秒地折磨我，直至我崩溃……

为了女儿，我必须好好活下去。

我决定离开这伤心之地，先送大熊回美国，然后跟女儿住一段，再作打算。

第35章
回　美

一上飞机，我就开始发愁：明天怎么面对白发苍苍的婆婆？

十个月前我带走了她的儿子，十个月后还给她的，是儿子的骨灰……

婆婆有三个儿子。二儿子四十岁患肝癌英年早逝，相伴六十余载的老伴儿，三年前也撒手人寰，如今她挚爱的大儿子又突然辞世。可以想见，这对年近九十的老人意味着什么。

傍晚时分，我们来到婆婆在加州的家。

见了我们，她没有痛哭也没有流泪，而是一如往常地嘘寒问暖，为我们安排食宿。唯有从她哀伤的眼神，我能感受到她，在经受着怎样的伤痛。

我知道，她不想增加我们的悲伤，不想让我们为她担忧，所以硬撑着装没事。岂不知她的强打精神，更深地刺痛了我，或许索性抱头痛哭，此刻能让彼此好受一些。但我不能，我只能像她那样，假装轻松。

婆婆说，明天上午大家为大熊开追思会。马特将带他的老婆孩子前来参加，大熊的几个儿时伙伴和他表姐一家，也会从各地赶来，查理主持追思会。

匆匆吃过晚饭，我把骨灰盒交给婆婆，把葬礼的录像给了查理，嘱咐他在确保老妈没事情况下，再让她看。我想让婆婆知道，她的儿子走得体面而安详，或许这能给她一丝安慰。

追思会上，大家逐个讲起与大熊在一起的往事，讲述的人谈笑风生，不时抖出点幽默笑话，听的人发出会心的微笑，全无悲伤气氛。不知这是基督文化，还是美国人的习惯？总之他们没有哭丧着脸追悼亲人。

午饭后，我和早早开着婆婆的车，带大熊来到他童年居住过的桔子郡海滨。我想让他再看看故乡，也想重温一家三口在此度过的幸福时光。

三年前，大熊开车带我们来到这片海滩。他兴致勃勃地指指点点：这儿是他出生长大的房子，那里是他跟弟弟玩儿沙子的海滩。在那边的海上，外祖父教他学会了开游艇。在这条路上，老爸用手动挡的车教他驾驶……他讲了很多童年的故事，大都是关于那个聪明淘气的小男孩儿，怎么惹父母老师生气的笑话。我印象最深的，便是小男孩想挖通道去中国的故事……

如今海滩依旧，故事的主人公已逝，唯留听者在此伤悼。

从海边回来，我跟婆婆和查理讲起大熊关于安葬的遗愿。我说愿意把他暂留妈妈身边，有一天母子不能相依的时候，再还给我。我会按照他的遗愿，在北京为他找到一个宁静美丽的栖身之所。

婆婆说："他希望跟你在一起，况且我年事已高，不知何日也会离去，所以，由你保存他的骨灰最合适。"查理在一旁说："看着哥哥的骨灰，老妈会伤心不已。"

我说我当然愿意守着他，只是按中国人的习惯，要先征求妈妈的意见，因为他的生命是母亲给的。

她说："把儿子交给你，我最放心。"

承载着老人的信任和期望，我的心沉甸甸的。

临行时，我对大熊说："跟妈妈再见，我们现在去纽约，一家人还在一起。明年我们回北京，我会把你安葬在那里。"

离开加州，我们带着大熊来到纽约。

早早租住在纽约皇后区一个有厨卫的单间房——美国人叫studio，平时她乘地铁去位于曼哈顿的学校上课。

20多平米的房间一个人住挺好，加上我就挤了。早早找出她的气垫床打足了气，气床归我。女儿要上课考试，得睡舒服，我一个闲人睡哪儿都行。

收拾出一层壁橱，我轻轻把大熊放入。

早早毕业前的这大半年里，我们一家三口，将这样聚在一处。

有太多的事情压在早早身上：

请了三周假，她落下好些课要补，离期末考试只剩一个月了。

大熊的死亡信息，须尽快报告有关部门——还不知向谁报告，只听说报晚了后果严重——社会安全局还在按月往他的银行卡里打钱，不及时报告貌似吃空饷，美国的法律不是吃素的。

我和大熊共有的银行卡能否继续使用？我的退伍军人医保是否依然有效？作为遗孀我能否领取大熊的社会保险金？退伍军人的未亡人怎样申请补偿……太多的事情需要咨询。

见早早每日焦头烂额地泡在图书馆，抄笔记、查资料、补落下的课，我没法要求她做这些事儿，便借助字典艰难地上网查询。

找到几个电话，硬着头皮打过去，不料电话那端全是机器录音：如果咨询……请按A，如果咨询……请按B，如果咨询……请按C……问题是，我听不懂"如果"后面的意思，也就没法按ＡＢＣＤ……

眼看老公去世一个月了，死亡信息还没上报，我提心吊胆，担心警察找上门。

好不容易熬到早早考完第一门课，我见缝插针，要她先把大熊的死讯报告社安局。"要不警察把老妈抓走，就麻烦了。"

"干吗不早说？"她赶忙上网查电话。

怎奈社安局的电话太难打，每拨一个号码都让你听音乐，好不容易有人说话了，又给你转下一个号码，接着听音乐……听了近两个钟头的等待音乐后，近乎抓狂的早早，终于把死亡信息送到了该送的地方。

"其他的，等你都考完再问吧。"我说，现在至少不会有大麻烦了。

最近的灾难，已让我俩近乎崩溃，再也经不起任何不幸发生了。

每天，早早去学校上课，我在家做饭洗衣收拾屋，有时开车去超市，有时在周边散散步。

我们住的街区很漂亮，风格独特的建筑紧密相连，楼前是碧绿的草坪和五颜六色的花丛，小松鼠和野兔在花草间跳来跳去。

周边的一草一木，总让我想起大熊，我的心依然被揪得生疼。

第一次来这儿，是我俩送早早上学。

记得他把装满家具行李的车斗，挂在吉普车后面，开了一整天拉到这里。当时已是傍晚，因为下雨，早早约好帮助搬家的人一个也没来。大熊刚做完疝气手术不能提重物，我的腰椎滑脱正在治疗，若是早早一个人干，估计明天早上也搬不完。

他二话不说，搬起沙发椅就走，全不理会我的喝止。见此情景，我也豁出去了。就这样，两个伤残，一个弱女，一小时不到，我们竟搬完了。

最后一次来这儿，是给早早送车。回国前，我和大熊的两辆车，分别送给我的女儿和他的儿子。那天下雪，大熊用他的吉普车拖着我的车艰难前行，一早出发，天黑才到。第二天一早，他带女儿出去办过户，上保险，联系修车店，还把开车养车的注意事项写在纸上，跟早早交代……慈父之情溢于言表。

如今坐进我的爱车，伤感油然而生。

老公送我这辆车的情景，历历在目……那是个多么温馨的圣诞节，当时我觉得，自己是世界上最幸福的女人，并以为这幸福能够天长地久。那以后，我开着这辆车上班、购物、健身、访友……它见证着我美国生活的幸福历程。

一次开车回家，停车的时候心不在焉，把油门当成了刹车。见车不停反快，我对着油门狠踩一脚。车一下子蹿出去，撞毁了邻居的花坛，撞断了车棚的柱子，右车门也掉了下来。刚好在家的大熊冲出屋来，惊慌地抓住我问："你没事吧？"见我毫发无伤，他如释重负地吁口气，竟哼着歌儿为我收拾残局去了……当时我想起了前夫，我做饭盛菜的时候不小心洒了，他会沉下脸，"浪费""败家子"之类的指责，总是弄得我心情晦暗……

早早终于考完了，按照我查到的电话号码，她天天打电话咨询。

几天下来，社会安全局、退伍军人福利机构、退伍军人医院、美国银行、保险公司……该咨询的地方，逐个打了几遍电话，总算弄明白了：我享受的医保依然有效，和大熊共有的银行账号，把他的名字删去即可……

当紧的事儿办完，我开始考虑一件意义非凡的事情——动笔写书，写我和大熊的故事，以此祭奠我们逝去的姻缘。

这个想法酝酿已久，大熊在世的时候，我们就经常讨论。他说等我们的故事在中国出版了，要把它译成英文在美国面世。他说："你翻译，我修改，我们共同完成这本书的英文版。"他的文笔很好，更重要的是他懂我，能帮我把我们的故事变成美国人喜爱的书。

遗憾的是，诸事烦扰，想法搁置……如今，他的离去激励我奋笔疾书，一是告慰他的在天之灵，二是让我的哀思有所寄托。

在家似乎写不下去，几番搜寻，我决定把著书之所，放在不远的一家咖啡厅。

在咖啡厅学习是早早的习惯，周边找不到图书馆，我想试试她的办法。

之前总是纳闷，干吗放着安静的图书馆不去，女儿老爱去闹哄哄的咖啡厅学习？

体验之后我明白了：在这儿写东西效率高。来咖啡厅的有在校学生，有钻研业务的上班族，还有工作面试、朋友约会什么的……人们神情专注，来去匆匆，更像在紧张地工作。

或许是这样的气氛感染了我，每次来这儿，我都感觉很充实。一杯清茶，一块甜点，打开电脑，使命感便油然而生。于是思路顺畅，灵感迸发，遣词造句信手拈来。

　　大多数下午和晚上，我都会背着电脑去咖啡厅"上班"，有时开车有时徒步。

　　创作的激情，有规律的忙碌，让我的悲伤减轻不少。

第36章
心 祭

　　放寒假了，早早和男朋友早在夏天就开始筹划，这个假期去欧洲旅游。家里出了这样的事，怕老妈孤独，早早打算取消旅游计划。

　　我坚决不同意她放弃跟男友团聚的机会。两个孩子一商量，干脆邀请我与他们同行，说是请我去散心。

　　我谢绝了他俩的好意。

　　不想在孩子们中间当灯泡。他俩平时离多聚少，难得有个假期相聚，悲愁的老妈掺和进去，岂不煞风景。

　　想想女儿也真不容易，上学期刚忙完期中考试，来不及喘口气，就赶赴北京送别继父，接着去加州安慰老奶奶，回来又夜以继日地补课考试，还得帮我处理诸多杂事。上学期落下这么多课，她还是努力保住了成绩，也就是保住了下学期的奖学金。

　　我怎么忍心，让她在跟男朋友花前月下的时候，还背负着老妈的伤痛？

此外，我也不想让大熊一个人待在冰冷的橱柜里，我想陪他。

早早去欧洲了。

房间暂时成为我和大熊的二人世界。

自打他离去，我俩还没有机会单独相处。明年回北京，他将长眠在墓地。这样的相依，在我的有生之年将不可再得，我要格外珍惜这最后的时光。

每天中午，我炒两个他爱吃的菜或者包点饺子，他最爱吃我做的饺子。

把饭菜放在小桌上，摆好两人的碗筷，我边吃边跟他聊天。

"这饺子怎么样？喜欢吗……"

"知道你想吃苦瓜了，今天特意给你做的，多吃点……"

……

感觉还像以前那样一起吃饭，我做的饭多难吃，他都说好，可我能听出来：

"It is really good!"真的很好吃。

"It is fine."还行。

"It is ok."凑合吃吧。

下午，我开车去咖啡厅写作。

晚饭后，绕着街区散步半小时。

晚上，写作或上网，有时也看电视剧玩游戏，累了吃片安眠药睡觉。

白天我在咖啡厅讲述我们的故事，夜晚我在失眠中，回味逝去的点点滴滴——我的心从来没有像现在这样，与大熊日夜相伴……

有人说，多少人一辈子不曾体验过幸福的婚姻，你既拥有过就该知足了。岂不知得而复失的痛苦，更甚于不曾拥有——从未体验过爱的心，会在寻寻觅觅的惆怅中，变得麻木，麻木了便不会感觉太深的痛。有过真爱的人，早已把那份情感当作精神的支柱，生活的轴心，骤然失去便如高崖坠谷，那痛彻心肺的感觉，会刻骨铭心地折磨你很久很久……

　　然而我不后悔。尽管单身依旧，却并非回到原点。

　　与大熊在一起的日子，让我的人生因拥有过幸福而变得完整，让我的阅历因涉足异国而愈加丰富，让我的心因体验过爱而格外宽容……如今，女儿名校深造，铺就锦绣前程，我的余生跨越两国，有了更多选择……如今的情形与当年的困境相比，已有天壤之别。

　　最让我心痛的，其实是对大熊离去的那份难以释怀的遗憾和歉疚。

　　在我举步维艰的时候，他走进了我的生活里，把我和女儿带到美国，给我们完整的家，帮我们圆了梦，从此我的心灵有了依附，女儿的前程一片光明……

　　如今回到中国，我想给他一个幸福充实的晚年，以此回报他为我们所做的一切，他却溘然长逝——让我的心愿成为永远的遗憾，让女儿失去了孝敬 Dad 的机会……

　　每当这遗憾折磨我的时候，我都会感到深深的内疚。血压高和心脏病并非绝症，若是我们多一些小心，悲剧是可以避免的。我后悔，他血压不稳的那些天，没有强迫他去医院彻查。我后悔，没发现他停用了在美国长期服用的阿司匹林。我后悔，听信了美国医生"没必要"的说法，没为他准备速效救心丸。我后悔，没有每天查他的血压记录，竟不知他去世前晚的血压高达 187……既然知道他不在意健康，经常忘吃药，我就该如看管孩子一般，对他的饮食起居严加监管……太多的悔恨和遗憾，如今肠子悔青了，也无济于事，他再也回不来了。

或许命中注定，我和他只有这七年的缘分——上帝在我最无助的时候，派他为我解危救难。老天爷在他最孤独的时候，派我为他送去家庭温暖……若上天真是这样的安排，我们便不必遗憾了。

圣诞节到了。

往年的圣诞节，我们一家三口在一起过。感恩节这天，大熊会在客厅摆上一棵高大的圣诞树，树上的装饰是我俩在礼品店挑的。按照美国风俗，装饰圣诞树的活儿由家里最小的成员干。从学校赶回家过节的早早，总是乐此不疲地忙活，喜欢什么就往树上挂什么。以至于我家的圣诞树特有个性：除了彩灯小挂件，她把项链、耳环、发卡、照片什么的，也都挂在树上，说是沾沾喜气。

女儿打扮圣诞树的时候，我在旁边给她打下手，大熊坐在沙发上饶有兴致地看我们忙……这温馨的一幕，清晰地定格在我的记忆中，从未抹去。

圣诞树上的彩灯，从感恩节闪烁到圣诞节，我们的家笼罩在童话般的光芒中一派祥和，树下堆放的圣诞礼包则把这气氛推向极致——里面的内容已不重要，重要的是我们都清楚，里面装的是彼此的感恩和祝福。

今年的圣诞，大熊去了另一个世界，早早去了另一个国度。

但这依然是我和大熊一起度过的最后一个圣诞，明年的圣诞，他已在墓地长眠。

去礼品店买来一棵微型圣诞树，十根彩色蜡烛，还有一个硕大的花篮。

圣诞前夜，窗外大雪纷飞，窗内烛光闪闪。

撕一把花瓣撒在树上，五彩花瓣在烛光中折射出瑰丽的色彩。我摘下大朵的百合玫瑰菊花，撒在大熊的骨灰盒边。

圣诞礼物是婆婆在农场为我们订购的新鲜水果，还有我为大熊准备的甜点巧克力——他生前的最爱，却老被我阻止，如今不必再顾忌，他可以尽情享用。

两个人的圣诞，在他喜爱的《二泉映月》二胡曲中开始：

"Merry Christmas!"

"那儿的冬天冷不冷？送去的寒衣你可收到？"

"天天想你，回来看看吧，到我的梦里也好。"

"女儿去伦敦啦，我没去。有你在这儿，我哪也不去……"

"我开始写咱俩的故事啦，进展不错，写好了把它译成英文，我念给你听……"

……

这是一场没有应答的对话。

凄婉的二胡曲中，一个冰冷的声音陡然响起：

"人死如灯灭。你们永世不复相见！"

瞬间，我感到窒息般的绝望……

从他离去的那一刻，我心里就戳进了一把刀。两个多月来，只要我醒着，这把刀就无时无刻不在扎，有时候疼得我痛不欲生，忽然理解了为什么有人会自杀……无论多么悲伤，我从来没有痛哭。不知是否因为守着他的骨灰，冥冥中感觉我们还在一起，感觉那双孩子般的蓝眼睛，还在深情地望着我……

此刻我明白了：我一直在自导自演一个永远相伴的童话，来逃避他离我而去的现实！

我号啕大哭。

这哭声令人撕心裂肺，肝肠寸断，在《二泉映月》的伴奏声中，大有惊天地泣鬼神之势——若天地鬼神有情。

不知哭了多久，只觉得咽干气短、胸肋皆痛。

推门出去，见天地一片洁白。

积雪没膝，我踏雪而行，任漫天飞舞的雪片轻抚脸颊，想象着大熊的幽灵，游荡在这纯白的世界……

听说，圣诞老人午夜时分会从上帝那儿赶来，给各家的孩子送礼物。

愿他老人家返回天上的时候，捎去我对大熊的刻骨思念与肺腑之情。

美国东部连降大雪，纽约连日笼罩在冰天雪地中。

或许是大雪令人心灵净化，头脑清醒，或许是我接受了与大熊阴阳永隔的现实。我不再没来由地跟他"对话"，也不再幻想我们互诉衷肠的情景，任心中痛苦肆虐，悲伤啮咬，疼到麻木，也便没了知觉。

每天，我背着电脑在积雪中一步一滑，去咖啡厅写作。这是一条上坡路，冰雪路滑加上背包不轻，有一种艰难前行的跋涉感。这感觉让我倍感充实，我知道我背负的是两个人的心愿，知道我一定会把我们的故事写好，也知道在天堂的老公会感到欣慰。

第 37 章
自 立

大熊走了，他不再属于这个世界，而我还得活着——我终于接受了这样的现实。

接下来，我该怎样生活？

还没想好，不知道自己该去哪儿，也不知道早早会去哪儿，待她毕业再从长计议吧。

欣慰的是，我还有女儿，余生恐怕要与她相依为命了。

早早鼓动我找点儿事做，她在附近的文化中心为我报了个油画班，说是学油画既可以陶冶性情，也是一种精神寄托。

这主意不错，我从小就对画画儿感兴趣，只是那会儿没条件学。既然女儿有这份孝心，我就不推辞了。

早早帮我买来油彩颜料和画纸画布，我开始了为期三个月、每周两次的油画学习。

油画班离我的住所很近，晚饭后溜达过去即可。班里有九个学生，年龄从高中生到退休老头老太不等。

老师讲绘画理论涉及很多专业术语，我不大听得懂，只能根据他的动作和大家的反应揣摩着学。好在绘画是视觉艺术，听懂听不懂不重要。

从基本功开始，我跟着老师画花瓶、橙子和苹果，了解透视明暗的基础知识，学会了用油彩调色，学画儿的兴趣大增。

2月27日是大熊的生日。油画课归来，我跟早早念叨，做点儿什么纪念他的生日呢？

"为他画幅画儿呗！"早早建议，"他准喜欢。"

画什么呢？

"就画它吧！"早早指指坐在抽屉柜上的毛绒维尼熊说。

大熊的63岁生日，画只可爱的小熊纪念他的诞生，还真是个好主意！

我铺开画纸，调好颜料，看好小熊的神态体貌，便开始动笔。

一会儿工夫，憨萌可爱的小熊便跃然纸上。

"Wow！"早早惊呼，"才20多分钟就画好啦，还真像！老妈你咋还有这个天分？"

我也惊讶，为何能一气呵成，画好这只小熊，难道是大熊在帮我？

我在画纸上写道："祭奠在天堂的老公63周年诞辰。"

我把小熊画像贴在柜橱旁的墙上，希望柜橱里的大熊喜欢自己婴儿时期的画像。

我把画像拍照传给了婆婆和君，跟他们分享对大熊的怀念。

婆婆说："这分明是我儿子的baby像！你有很深的绘画基础。"

君说："你画的小熊，跟大熊不但形似，而且神似！"

我颇受鼓舞，决定以后再画一幅大熊的肖像。

油画基础班结束了。为了给大熊画像，我又报了一个为期三个月的肖像班。

肖像班的第一节课就吓我一跳：老师讲了几句开场白之后，一个30多岁穿睡衣的女人走上台，神态自若地露出全裸的酮体，摆出各种姿势让大家临摹。

肖像班怎么还画裸体？我觉得很尴尬，既然来了也只好硬着头皮画。怎奈我对人体比率、肌肉筋骨之类的东西没感觉，画出的人体，怎么看都像一堆待烹的肉。

很是抱歉，天寒地冻的，人家甘冒感冒的风险为艺术献身，我却把她画成了食物。

以为后面的课会画头像，谁知第二节课还是女人裸体。

问老师只画这个吗？他说下节课画男模。我吓了更大的一跳，便逃课了。

上网一查才知自己孤陋寡闻，画肖像就是画人，既包括头像也包括人体。

300多美元算是交了扫盲费，这辈子我都忘不了，学肖像就免不了画裸模。

5月上旬，考完最后一门课，早早该毕业了。

女儿在名校研究生毕业，是我多年的梦想。毕业典礼的这天，我却心情黯然，高兴不起来。

按照原来的计划，我和大熊此时已专程从北京赶来，参加早早的毕业典礼。

还记得出席女儿本科毕业典礼的时候，她埋怨我俩穿得太随意，说别人的爹妈都是西服领带高跟鞋，像出席晚宴，我俩的穿着就像逛农贸市场。大熊为此抱歉了很久，说参加女儿研究生毕业典礼的时候，我们要精心打扮，不让她丢面子。在北京逛商店的时候，看见哪件衣服漂亮，他就说毕业典礼穿这件……

如今我坐在家长席上，形单影只。台上的仪式热烈隆重，全场上下欢声不断，想到大熊看不见这一切，我心中阵阵酸楚，径自走出礼堂……

那一刻，我意识到，三口之家曾经的幸福，一去不复返了。

早早毕业后，想留在纽约打拼事业。

我去哪？这个问题已经想了很久。

不想回北京，我知道自己并未从丧夫之痛中走出来。在美国有女儿相伴，尚可平静度日。回去触景生情、睹物思人，我可能会崩溃。况且同龄的朋友同事都在上班，若不想孤单，便只能加入广场舞的队伍了，那会令我更加辛酸。

我想留在纽约，跟女儿生活。在这儿，我可以教中文，写书，照料她的起居。

我把酝酿已久的想法跟早早说了。

她似乎很意外，沉吟不语，一脸为难。

我的心往下沉……

"你能不能先回北京，过两年我事业稳定了你再来。"她果然不情愿。

"为什么呀？"我很诧异，"我在这儿教教中文，写写书，顺便帮你做饭买菜收拾屋子，这对你有什么妨碍吗？"

"我不需要你照顾，"她说，"以前我是学生，你在这儿跟我住几个月没什么。今后我要在纽约打拼，哪辈子找到工作，在哪儿租房都不一定呢。我一个人漂着也就罢了，还带个妈一块儿漂？感觉也太凄凉了。"

"怎么叫带着我漂呀？纽约房租贵，你反正得跟别人合住，跟我合住不是更像个家吗？"

"那能一样吗？跟别人合住我没压力，大家都这样。这是美国，这么大了还跟妈住，别人会笑话我不独立。而且你老管我，晚回来一会儿还要等着，这让我压力特别大。"她越说越强词夺理，"你在美国就没独立生活过，我以后在曼哈顿住，你去了肯定哪儿都找不着。曼哈顿地铁特别复杂，还经常换线，到时候你丢了，我还得找你！"

"我有那么笨吗？"我来气了，"我不懂英语，把你带到了美国。我不懂申研，帮你把学校搞定。你的遗产继承是多大的麻烦呀，不也是我帮你弄成的吗？那么多难办的事，我都能解决。巴掌大的曼哈顿，坐个地铁我还把自己丢了？就算一次两次，我找错地方了，一个月两个月，我还不认识路吗？不想让我跟你住，也别这么胡说吧！"

"那你打算跟我住多久？我就这么一直跟妈住吗？别人会怎么看我？"

"我不跟你住行了吧！咱俩各住各的，我有退休金，再教点儿中文能养活自己，你管好自己就行了。"我赌气说。

"话虽这么说，你在纽约，有事儿我能不管吗？"她冲我嚷嚷起来，"你要是支持我干事业，就先在北京忍两年。等我成家立业了，再把你接来。这会儿你在美国，对我就是一种心理负担。"

"你也太霸道了！"我真生气了，"是我把你带到美国的，你却不让我在这儿待着？告诉你，我还就在纽约，哪儿也不去了！"

"那我回国行了吧！"她居然将我，"你自己在这儿待着吧。"

"随便！"我一摔门出去了。

眼泪夺眶而出，这就是我含辛茹苦20多年的女儿！

这么些年，我无微不至地呵护她，砸锅卖铁地供她留学，好不容易盼到她在美国研究生毕业，她却告诉我，我在美国便是她的负担——这是我操劳多年的回报？

沿着街区漫无目的地走着，我心中充满绝望……

大熊走后，支撑我活下去的唯一信念就是：我还有女儿。如今天天伺候她，还把我当累赘。要是哪天我病了，不能动了，我还能指望谁？

"妈妈！"早早追上来，"你别生气了，我想明白了，你就跟我在纽约吧，咱俩以后就一块儿过……"

回到房里，娘儿俩推心置腹地聊起来：

"老妈，我不是嫌弃你，就是有点儿恐惧。在中国，从小我习惯了你撑着这个家。在美国，我习惯了Dad撑着我们的家。如今他不在了，你英语不行，也不懂美国社会，恐怕今后什么都得靠我了。我刚出校门，两眼一抹黑，在纽约打拼就像进了战场赌场。我先前的学长们在这儿四处奔波，拼得很苦。我一个人摸爬滚打没什么，一想到老妈还得靠着我，我就发慌。真怕到时候事事不顺，你情绪又不好，咱俩都受罪……既然你真的不想在北京，那就来吧。可能也没那么糟，咱俩相依为命，也挺好的。"她说得很诚恳。

"你是觉得自己跌跌撞撞的，还得扶一个残疾的，弄不好两个都摔倒了？"我理解了她的感受。

这孩子从小就缺少安全感，近年两位父亲先后离她而去，可谓是连遭横祸，所以一想到带着老妈，在纽约这个繁杂纷乱的城市打拼，她就感到恐惧。

"你说的很准，就是这感觉。我真的不是不想管你，我要是过好了，巴不得你来呢。"

"相信老妈的能力，我不会给你添麻烦。我会把自己的生活安排好。"我相信自己有这个能力。

"妈妈，我最担心的，其实是你的精神状态。从前你把精力都放在我身上，我上大学以后，你又把感情都寄托在Dad身上。现在他不在了，你又把精神支柱放到我身上。这对你自己很不安全，因为我不可能再像小时候那样，什么事儿都找妈妈。我以后会有自己的事业和家庭，精力和感情不可能都集中在你这儿。你要还像以前那样，天天围着我转，咱俩都难受。你老了病了，我肯定会照顾你、关心你，但你必须在精神上自立，不能老依赖别人……"

话虽尖刻，却句句在理。

我明白了，同女儿无法再回到从前——那时我们相互依赖，如今她不再依赖我，单方的依赖会把对方压垮……

大熊不再陪我，女儿也不能靠，我还有二三十年的时间可能存活于世。活着就会有感情，我的情感托往何处？我要想清楚。

回顾之前的感情经历，第一段婚姻形同虚设，离婚后的境况惨淡依旧，好不容易穿越半个地球找到了真爱，短短几年又烟消云散……难道命中注定我就得孤家寡人？

我不是认命的人，否则当年就到不了北京，当不了记者，后来也找不到大熊，来不了美国。如果认命，现在我应该在S省的F县看孙子或是看外孙——那不是我想要的生活，所以我折腾不止……

　　难道如今，我会接受孤老余生的命运？

　　我不会，我不接受有过就该知足的安慰。我的人生观是，活着就该拥有幸福，而幸福不会从天降……

　　彻夜未眠后，我告诉女儿，下面我会努力去做三件事情：一是在纽约找一份教中文的工作。二是学英语、交朋友、做公益，建立自己的社交圈子。三是为自己寻找余生的另一半。

　　早早惊喜地叫道："老妈加油！"你一定会成功的。

第38章
误　会

利用找工作前的这段空隙，早早跟几个女孩儿去旅游了。

一个周日的傍晚，我开车去咖啡厅写作。刚写了一个多小时就犯困，我只好收拾电脑回家。走到街角停车的地方，发现我的车不见了！

一个激灵，我倦意全无。转来转去找了好一会儿，不见车的踪影。

我的车停在路口的拐角处，因为找不到更好的车位，停得不大规范，可能有三分之一的车身伸出了地上的黄线。难道就为这个，车让交管部门拖走了吗？

不大可能呀，犯这么点儿规，最倒霉也就是被贴张罚单，在网上交25到50美元罚款。况且今天是周末，查车的应该不上班，大晚上拐角处也没灯，谁看得清车出没出黄线呢。

不会是被盗了吧？

我傻眼了，不知该找谁求助。心烦意乱地踱回咖啡厅，见门外有一群美国女孩儿在聊天儿，我走过去求助："诸位，我的车停在那儿不见了，谁能告诉我该怎么办？"

女孩儿们热心地跟我走到停车的地方，七嘴八舌分析一阵认为，我的车应该是被拖走了。

一个女孩儿给了我一个交管电话号码说，明天一早打电话问他们吧。她们要开车送我回家，我谢绝了，沮丧之余感到几分温暖。

女孩儿们刚离开，一个戴眼镜的中老年男人凑上来说："我建议你马上报警。"

我吓一跳，哪冒出这么个人来！

他怎么知道我丢车了？

看出我的疑虑，眼镜男解释说："我刚才就坐在门口喝咖啡，听你说车丢了，就跟过来看能不能帮上你。"他说："车不见了有两种可能：一是被盗，二是被拖走。报警的话不管是哪种，警察都会为你查清。"

"打911吗？"我感激地问。美国的雷锋还真不少。

"不用，打本地警察局就行，这是他们的电话。"他掏出小本，写下一串号码撕下来递给我。

"太感谢了！我回去马上报警。"我说。

"这是我的电话，有什么需要帮助的，给我打电话。我叫罗伯特，在这儿见过你好几次了，很乐意为你帮忙。"他递给我一张名片。

名片显示，他是个律师。

到家9点多了。我赶紧打电话报警，电话那头儿只问了姓名住址和在哪儿丢的就挂了。

连我丢的什么车都没问，显然在敷衍。看来找车是彻底没戏了！

深夜 1 点多，我吃了安眠药刚躺下，门被擂得山响。

"谁？"

"警察！"

我噌地跳起来，穿好衣服开了门。

一位高大得像座塔似的年轻警察踱进了房间。

寒暄过后，他详细询问我丢车的情况，连车头朝哪个方向，车的前后有什么都问到了，还让我给他画了个图。

"你觉得我的车是被盗，还是被拖走了？"被拖走交点儿罚金还能找回来，被盗可就希望渺茫了。

"应该是被盗了。"他说已经给皇后区交管部门打过电话，他们说今晚没有从我丢车的地方拖走过车。

"还有希望找回来吗？"我不抱希望地问。

"希望嘛，70% 吧。有时候小孩子把车门撬开练车去了，练完就随便扔路上了。"警察说。

这个一脸稚气的小警察，让我改变了对美国警察的看法。曾经以为他们个个凶神恶煞，动不动就开枪，没想到这么敬业，半夜三更还上门询问。

周一在咖啡厅写作的时候，为我指点迷津的律师又出现了。他问我报案了没有，警察怎么说？还说有消息一定告诉他。

感觉他的热心有点过，难道……有什么别的目的？

周二下午，警察来电话，说我的车找到了，要我到交管部门的违规车辆处理站去取。

谢天谢地！这辆车是老公给我的念想，要是真丢了，我得难过死。

问题是，怎么把车取回来？

从地图上看，那个处理站前不着村儿后不着店儿，公交车到不了那儿。

打车？我在纽约还没打过车，不知到哪儿去叫车。车在处理站多待一天，就得多缴60美元保管费，等到早早回来，1000美元没了。

我想起那个律师，这人有点儿怪，但不像坏人，何不试着问问他？帮我把车弄回来，请他吃顿饭就行了。

律师满口答应，他开车带我去了处理站。缴了147美元罚金后，我把车开回了家。

我在曼哈顿的一家日本餐馆请他吃饭。

席间他谈兴甚浓，问我来自何方？为什么天天在咖啡厅打字？是否有家人在美国？还自我介绍说，他58岁，做律师20多年，丧偶10年，经常见我在咖啡厅工作，印象很深，想了解我……

我有点儿意外，美国人一般不打听别人的私事，也不轻易透露自己的隐私，这位怎么啥都说？可以肯定，他对我的热心超出了学雷锋的范畴……可他怎么看出我是单身呢？

仔细端详，罗伯特个子高高、彬彬有礼，若真对我有意，其实倒是个不错的人选。我想，既然打算找个余生伴侣，何不考察一下这位找上门来的男人！

餐毕他坚持买单，他说男人就该为女人买单，特别是像我这么美丽聪慧的女人。

"美丽"这个词儿让我受宠若惊，这个岁数的女人，在中国是不会享受到这个形容词的。他的绅士风度，让我对他顿生好感。

罗伯特三天两头出现在咖啡厅，每次都过来跟我聊一会儿，还说要请我吃饭。

我告诉他，几周后我和女儿要回北京，再来纽约大概要两个月以后了。

他沉吟片刻说："我很想去中国旅游，一直没有机会。"

"你要是最近去北京，我在那儿倒是能帮你。"

"真的吗？那太好了！"他很兴奋，"能跟你在北京相聚，我太高兴了！"

"我给你写封邀请信，办签证需要这个，"我不确定，他去北京是为旅游，还是为追我，便说，"到了北京我帮你安排食宿日程，再找个能讲英语的大学生陪你旅游。"

"太感谢了！"他说，"不过我更希望跟你在一起。"

"当然，我会请你吃饭，看表演，一起分享很多有意思的事情。"我想，旅游倒是个彼此考察的机会。

罗伯特租了辆厢式货车帮我们搬家——从皇后区搬到离曼哈顿地铁一站地的罗斯福岛。

早早在罗斯福岛租了个一居室，她打算回北京跟男朋友商量两人今后的打算，再去 S 省看望姥姥舅舅他们，一个月后回纽约，我有很多事要在北京办，至少得在那儿待两个月。

罗伯特和他的车帮了大忙，我请他吃饭以示感谢，可他还是坚持买单。

我决定到北京好好招待他，至于我俩有没有缘分，那是另一回事了。

罗伯特来北京了。

我为他制订了一个两周的旅游计划，定好了我家附近的一家四星级酒店——反正当律师的有钱。

把罗伯特从机场接到酒店已是傍晚。

餐桌上，我跟他通报了这趟北京之行的旅游计划，问他有什么想法。

"很好，只要跟你在一起，去哪儿、做什么、都不重要。"他深情款款地望着我说。

"这是你第一次来中国，主要是好好旅游，我们有的是时间互相了解。"他流露的情意让我不安，对他我只是好感还谈不上喜欢，要是这会儿跟我表白点儿什么可就尴尬了。

"坐了十几个小时飞机，你一定很累了，赶快休息吧，明天一早我来找你，我们一起吃早饭，然后出去玩儿。"我说。

"你不住在这儿吗？"他惊讶地问。

"啊？"我愣住了，"不，我们现在只是朋友，你来北京旅游，作为朋友我会好好招待你，让你玩得高兴。"

"I thought we have fell in love.（我以为我们已经恋爱了。）"他显得大失所望，"我来中国是为了跟你在一起。"

他表情怪怪的，好像我把他骗到中国又不认账了。

我意识到，我们误会了。

"给我点儿时间好吗？"我恳切地说，"我们俩还没到那一步。你刚下飞机也需要倒时差，一个人住这儿能休息好。你在北京这段时间，我们一起出去玩儿，好好交流。要是互相喜欢，自然就在一起了，好吗？"

我想先把头几天支应过去，看看感觉再说，总不能现在就跟这个陌生的男人同居吧。

"你知道我喜欢你。你要是不喜欢我，也不会邀请我来。既然我们互相喜欢，为什么还要等？"他不肯借坡下驴。

他的咄咄逼人令我反感。

一时间气氛尴尬。

"你先休息吧，我明天一早就过来。"我离开了，管他高兴不高兴。

第二天，我带他逛了前门琉璃厂，中午在全聚德请他吃了烤鸭，晚上请他看了《功夫传奇》。

第三天我们去了长城，我给他拍了好多照片。

原以为通过轻松游览，两人可以深入交流，增进感情。不想这两天的情况不尽人意。

罗伯特一改当初的绅士风度，经常拉着个脸。不是说北京的空气太糟，要我去给他买口罩，就是说水管子里的水不干净，让我给他买漱口的消毒水，用矿泉水刷完牙，还得用消毒水漱口……

从长城回来吃过晚饭，我顺道在街边水果摊买了些苹果。削好皮递过去，他一脸不屑地摆手。

"我说过不吃街边小摊的食物，为什么还在摊上买水果？"他的口气俨然在质问我。

没听他提过什么街边小摊，可能是我的英语听力有限，而且即使听见"街边小摊"，我也会理解为不吃小摊烹饪的食物，而不会想到水果。

"抱歉！"我说，"如果你认为什么事对你很重要，最好写下来，我的英语差，不能保证百分之百听懂你的意思。再说，街边的苹果和超市的苹果都是从树上摘下来的，我不认为它们有什么不同。"

他耸耸肩，表示懒得跟我争。

想起大熊第一次到北京的情景："你为我想得太周到了，从来没有人待我这么好过，我在这儿就像个国王。"对我的关照，他的反应总是感激涕零。

而眼前这位，不管是因为我没跟他 fall in love（恋爱）故意找碴儿，还是秉性如此，有一点我看明白了：他和大熊的素质有天壤之别。

这人显然不是我要找的。问题是，接下来的一个多星期怎么打发？

罗伯特的态度表明，他对我不再感兴趣。我得提醒他，怎么做比较明智。

我婉转地向他表达了这样的意思：买卖不成仁义在，恋爱不成还是朋友。虽然我俩不合适，你来中国旅游有人接待，不也挺好吗？希望我们高高兴兴度过下面的时光，也不枉你大老远来一趟——你总不会是来怄气的吧？

本以为这点儿道理，是人就懂，不想他勃然大怒："住嘴！"
吓我一哆嗦。

"我们俩不合适？在美国你为什么不这么说？我这么远飞来了，才两天你就下这样的结论，你在跟我玩游戏吗？"他的愤怒溢于言表。

天哪，原来他还惦记着跟我"fall in love"！
我糊涂了，既然想追我，咋还这么任性？

"你觉得，你这两天的表现，会让我爱上你吗？"我忍不住讥讽道。

"你欺骗了我!"他突然放声大哭,用拳头捶着床嚷叫,"明知道我深深地爱着你,却把我一个人扔在宾馆。我不能容忍别人玩弄我的感情……"

没见过男人这副模样,我也快吓哭了。

看来我们俩都误会了。

我邀请他来北京,一是因为他帮了我,并告诉我他想来中国旅游;二是也想给彼此一个机会了解对方。可他却以为我让他来中国,就等于在跟他谈恋爱了。现在不跟他住,是我出尔反尔耍了他。

看着这个男人歇斯底里地闹腾,我在心里百分之百地否定了他。误会可以解释,不理解可以交流,感情不到也可以发展。这么低的情商,我是绝对不能接受的。

事情闹到这份儿上,除非我扑上去说:"我爱你,让我们fall in love 吧!"否则,靠友谊继续下面的旅游,不大可能了。

"那你看怎么办?"等他止住了哭声,我问。

"你确定我们俩没希望了?"他还不死心。

"不知道……"不想刺激他,我没敢把话说绝。

"明白了,"他说,"我明天回美国。"

他宁为玉碎不为瓦全的精神令我感动,但我知道,这是最好的选择,对他对我都是解脱。

"机票的损失我来付。"我不无内疚地嘀咕了一句。

第二天上午,我到宾馆时,他已经收拾好行李。

"中午 12 点半的飞机。"他面无表情地说。

"不能再待几天吗?"心里不好受,我试着挽留,"这么远来一趟，好多地方还没去，京剧和音乐会的票我都买好了，要不看完再走？"

"不必了，"他说，"请你帮我找个出租车，我想现在就去机场。"

他拒绝我送到机场，把我塞给他的机票钱扔到桌上，愤懑地走了。

27个小时后，我收到了他从美国发来的邮件。大意是：在飞机上想了一路，他意识到自己言行欠妥，把事情搞砸了。他认为，我还没从失去老公的悲痛中走出来，还没做好接受新感情的准备。对此他没有给予谅解，反而情绪失控，令事情雪上加霜，现在他很后悔……

他是真诚的，我感激这份真诚。

他说得不错，虽然我理智上打算寻找余生的伴侣，但感情上还没准备好，至少现在是这样。

这件事从一开始就错了，对他的中国之行，我俩理解不同，却没有及时沟通，以至于造成这样的误会……

误会可以解释和弥补，但他暴躁的性格，是我不能容忍的。

无意中伤害了一个人，我很难过。

我告诫自己，以后要慎之又慎。

第 39 章
安 葬

罗伯特回美国，我可以专心办自己的事了。

这次回北京最重要的任务，是为大熊选一块儿墓地，让他在那里长眠。

葬礼之后，他的骨灰与我朝夕相伴，感觉他还在我的身边。思念他的时候，可以跟他倾诉，这对我是莫大的安慰。如果我们可以一直这样相伴，或许我就不必再找什么伴侣了。

可人都说入土为安，大熊已不再属于这个世界，我还把他留在身边，这会让他的灵魂不得安宁。

看余华的小说《第七天》得知，没有墓地的灵魂，在那个世界只能四处飘荡。我意识到自己不该这么自私——为了有个念想，老让他这么飘着。我得尽快为他找到安居的墓地，让他在那边有个安稳的家。

大熊生前多次表达过未来葬在北京的愿望，我理解他的想法。

我的婆婆相信人死如灯灭，人死后灵魂和肉体统统回归自然。所以当她失去小儿子和相伴 60 余载的老伴时，便毅然将他们的骨灰撒入大海。大熊和老妈的想法不同，他相信人死后有灵魂和来世。老爹去世后，他曾想把他运回那个美丽的山林小镇安葬——这是父亲的遗愿，母亲却固执地把老伴儿的骨灰撒进大海——在美国配偶决定一切，为此大熊曾遗憾不已。

　　一次在华盛顿旅游，大熊指着林肯中心后面的阿灵顿公墓说，当年越战，他和战友们在残酷战争环境中，最大的心愿，就是长眠在这座国家公墓。

　　记忆中，阿灵顿公墓庄严肃穆，素雅清幽。公墓的墓碑用白色大理石雕刻，每座墓碑前都有一面小国旗。大熊说："只有美国的荣誉奖章获得者、为国殉职的现役军人、长期服役的退伍老兵、在联邦政府担任过高级职务的退伍老兵以及他们的遗孤，才有资格在此安葬。能在阿灵顿国家公墓得到长眠之所，是每一个美国军人的荣耀。"

　　他说："墓地是一个人在另一个世界里的家，墓地在哪儿，同谁在一起对他很重要。"

　　我想，当年的大熊没有美满的婚姻和温暖的家，与他患难与共的战友，就是他最亲近的伙伴。在异国他乡的战争环境里，他们随时面临死亡的威胁，作为美国军人，他肯定盼望早日回国，即使不能生还，也要魂归故里。与战友们长眠于具有崇高荣誉的国家公墓，也就成了他那时的梦想。

　　他告诉我，在离婚后漂泊的日子里，偶尔想到来世，他深感绝望——今生孤独一人，死后灵魂会永世飘零。

　　自从认定我是他今生的伴侣，他就希望，来世我们还在一起。

之后他结交了热情的中国朋友,爱上了中国文化,在他的心目中,我们来世的家就在北京。他说北京有最爱的女人,有热情友善的中国朋友,还有享之不尽的中国历史文化,来世定居于此,他会有一个完美的来生。

对我来说,来世是个模糊而遥远的概念。因为既没有宗教信仰,也不信鬼神之说,我以前从来没有想到过来世。自从大熊离开了我,绝望的思念中,我开始向往来世,把与他相会的希望寄托在那个世界……

当我想到有一天,我们可以在那里重逢,死亡似乎都不再是恐惧,而是一种温馨的神往。有了这样的期盼,买墓地对我,也就有了特殊的含义——更像是为我们的未来找一个家,那感觉跟以前我们在郊区看房有点儿相似。

白天我上网查询,四处察访。夜晚辗转反侧的时候,查看过的墓园,一个个在眼前闪现……

恍惚间,在一片风景如画的园林小区,我和大熊兴致勃勃地四下查看,这儿的环境真好,一座座欧式小楼,大片的草坪、树木、小溪、亭子错落有致……像在东方太阳城,又像是绿城百合……

"每个房间都有窗户,还有两个大阳台……"他兴奋地满屋转悠,连说这儿太好了,跟梦中的一模一样,就买这套!

"怎么这么贵呀!"我冲着销售员嚷道:"买个墓地要二百多万!"

……

跟着销售员走进一座楼,里面是淡蓝色的室内游泳池,再往前走是一个巨大的保龄球场,怎么空无一人?

大熊和销售员不见踪影，我想找他们，却找不到出口，转来转去，像是进了迷宫，不知怎么又到了医院，还是不见人影儿，只见所有的房门都开着，门口的牌子上写着外科、牙科、妇科、儿科、太平间……墓地里怎么还有医院？

我毛骨悚然，大叫起来……

见早早在一旁惊恐地望着我，方知是南柯一梦。

我怅然若失，真想回到梦里，跟大熊一起分享那种感觉——不记得是在看房子，还是选墓地，只记得我们一起挑挑拣拣，乐在其中……

选墓地的那些天，我几次梦到类似的情景……心里很是诧异，大熊走后我日夜思念，他却从未走进我的梦。近日选墓地，他频频入梦，难道是在告诉我，他想住在什么样的地方？

梦里出现的，全是环境优美的小区。他大概是想告诉我，他喜欢住在类似的地方。

冥思苦想后，我理解了其中的含义，他崇尚自然，生前不喜欢穿正装搞排场，走后也希望安眠在恬淡自然的草木山水间。

按照梦中的感觉，我从探访过的诸多墓园中，锁定了北京天寿陵园。

天寿陵园是一座景致怡人的大型花园式陵园，坐落在上风上水的昌平区。陵园背靠天寿山脉，前临一马平川，整座园子依山就势，视野辽阔，园内遍植花木草坪，仿建古庙神殿……漫步其中，全无墓地的悚然诡异之感，更像是走在风景秀丽的公园，一排排墓碑坐落在花草林木间，给人一种怡然安详、神圣纯洁的感觉——这不正是大熊想要的吗？

早早和君来到天寿陵园帮我敲定，她俩的感觉与我相似。

"想到有一天，在这样的地方跟心爱的人团聚，还真是件温馨而浪漫的事，"君伤感起来，"将来我走的时候，孤零零一个人，去那个陌生的世界无人陪伴，觉得挺辛酸的……"

　　我理解她的感受，人们想到死的时候，更多的是恐惧——那是对亲人和这个世界的不舍。若是想到你思念的人就在那边等你，死亡也就不那么可怕了。

　　我们最终在陵园一个僻静的角落，为他也是为我自己选好一处墓穴。

　　这是一个美丽安静的小园子，一排排简洁肃穆的墓碑，坐落在修剪齐整的绿植中，显得安详而圣洁。

　　大熊的墓穴两旁，分别是一男一女两个与他同年的逝者，我想，至少在我到这儿陪伴他之前，他有同龄的朋友可以聊天做伴了。

　　周六的早晨，我和早早、君和她的儿子一行四人，驾车送大熊去往他的墓地。没有通知其他亲朋，葬礼上大家已跟他告别，送他上路，有家人足矣。

　　我在陵园安排了一个简单而庄重的安葬仪式。

　　四人抬的棺床上放着大熊的骨灰盒，身穿礼宾服的送葬队伍吹吹打打，缓缓前行。早早捧着大熊的遗照，走在队伍的前面，我和君捧着大篮的鲜花紧随其后……

　　哀乐声中，我把大熊的骨灰盒轻轻放进墓穴，里面还有他珍爱的海军勋章和离不开的眼镜儿。

　　墓穴合上，他与这个世界，真的阴阳两隔了。

　　默哀的时候，我对他说："好好睡吧，有一天我会来这儿来陪你，那时我们再也不分开。"

10 月 16 日是大熊的忌日。

早早已经回了纽约。我带着二兔子和毛毛去陵园祭奠他们的熊爸爸。

墓碑前，我放上玫瑰、菊花和百合，还有他爱吃的甜点和水果。听说墓前放百合，下辈子还能跟心爱的人在一起，玫瑰象征我们的爱情，菊花则祝他在那个世界里吉祥如意。

二兔子和毛毛并排坐在花丛中萌态可掬，一家四口其乐融融的情景墓前再现，我同他拉起了家常……

我说："女儿今年研究生毕业，现在去纽约打拼事业了。没有你的日子，我一个人待在北京太伤心，所以我要去纽约跟女儿做伴，暂时不能陪你了。我现在最重要的任务，是尽快把我们的故事写成书。我需要一个能静下心的环境来完成此事，你肯定理解。等我们的书完成了，我会来这儿念给你听。我已经嘱咐早早，将来等我离开这个世界的时候，让她把我和这本书一起送到这里。那时我俩就可以跟从前一样，一起阅读，一起讨论，一起分享所有的想法了……"

临别的时候我对他说："好好保重吧。每年的父亲节、圣诞节和你的生日，我和早早都会遥祝你在那个世界里安康快乐。每年的今天，我会带毛毛和二兔子来看你。将来我到这儿跟你团聚以后，早早会带着她的孩子来看我们。"

想到大熊的灵魂从此有了家，我的心平静了许多。

第40章
努 力

回到纽约已是深秋。

罗斯福岛是个狭长幽静的小岛，岛上只有一条街道，街的两侧高楼排列，楼间花木草坪环绕，景致怡人。岛的一侧与曼哈顿隔河相望，从窗口望去感觉近在咫尺。从岛上去曼哈顿，要么乘凌空跨河的缆车，要么坐穿过河底的地铁——若非上天入地，便只能开车从皇后区绕行。小岛以其独特的风情和地理位置，成为众多旅游者光顾的景点。

早早在曼哈顿的一家小画廊做总监助理。这份工作特别累，还挣不了什么钱——生意不好，老板雇不起更多的人，便残酷剥削她和另一个韩国女孩儿，三天两头加班，不但没有加班费，还经常克扣少得可怜的工资。

早早说："权当实习吧，在纽约没有专业经历很难找到像样的工作。"这份工作虽说又苦又累钱又少，但这样的体验对于初出校门的早早，绝对是一种有益的磨炼，由此她能够了解社会，懂得生活的艰辛，同时骑着驴找马，等待更好的时机。

工作之余，早早不是看展览、泡博物馆，就是参加艺术圈社交活动或者做志愿者……我知道，她在积累专业经验和人脉关系。这孩子不仅有明确的职业规划，而且在一步一个脚印地把规划变成行动和现实。

来美国数年，若说收获，这便是她最大的收获。

倒过时差之后，我开始实施自己的既定想法：先在一个家教网站登记注册，把自己的师资信息放上去，搜索做中文家教的工作，接着注册了一个叫作Meetup的社交网站，上面有曼哈顿地区包括英语角、讲座、展览和公益活动在内的各种社交信息。我还发现，这里的三个中国城，有众多太极、气功、佛教修炼等名目繁多的免费学习班……看来要想找事儿做，纽约还真是个合适的地方。

两个星期不到，我在家教网上谈妥了三个学生：一个是美国出生的中国小学生——家长怕孩子忘了文化的根，让我教他汉字和拼音；另外两个是在曼哈顿国际公司工作的白领——经常去中国出差，想了解中国文化习俗顺便学点儿中文。随着近年中国影响力的增强，纽约想学中文的美国人还真不少。可惜我的精力和时间得放在写书上，这会儿教不了太多的学生。

我的日程表排得满满的：每天上午，去法拉盛的中国城学八卦内功，听说这种功对治疗腰腿关节病痛特别有效。每周三次，去曼哈顿和皇后区教中文；周四傍晚，去曼哈顿的英语角聊天。周末有时跟早早去博物馆，有时参加不定期的公益活动……

几周下来，我感觉很充实，精神好多了。

"老妈，我帮你在Match.com婚恋网上注册啦，你的照片和基本信息我都替你放上去了，钱也交了，你把自我介绍加上就行了。加油哦！"一个周末，早早告诉我。

"你就这么急着把我打发出去呀！"原本打算先工作社交，等自己真正从伤痛中走出来了，再考虑找伴儿的事，谁知她迫不及待地替我注册了。

"你都什么岁数啦？还不抓紧呀！"她的口气好像我是女儿，她是妈。

看我不以为然，她说："你出去教中文参加活动不一定能遇上同龄人，就是有看着差不多的，也不知道人家是不是单身。网上找概率大，遇上感觉不错的，一起喝个茶吃顿饭，既可以交朋友又能练英语，这有什么不好？"

她说的有道理，我在纽约没什么朋友，约会不也是社交吗？找伴侣不容易，交几个朋友还是有可能的。万一碰上个投缘的，余生不就有伴儿了吗！

在 Match 网站，我的信息很受欢迎，美国老头儿对我的照片和简介大加赞赏。估计是同龄的美国女人大多面目沧桑，身材走形，所以我这样儿的，便可称为"美丽"。

联系我的人很多，不可能一一回复。

我重点选择本科以上、照片顺眼的交流。

几个月过去，隔三岔五有人请我喝茶吃饭，见过面的，少说也有十多个，更多的则在通电话写 Email 阶段，或消失或被我淘汰。美国人约会的规矩是，第一次吃饭男士买单，再聚则因人而异。我的政策是，轮流买单。

尽管没遇见过让我动心的，但有人交流还是感觉不错，既能增进我对美国社会的了解，又能练英语，还解闷儿，何乐而不为呢。

聊过见过的，来来去去，不断更新。

我常常记不住见过的人叫什么名字，只记得一些片段，特别是那些匪夷所思的奇葩们：

Ken本科，身高1.92，离异五次仍在寻找婚姻，自诉曾遭五任妻子暴打，最惨的一次，被前妻打掉两颗门牙和一颗智齿，离婚理由均为不堪虐待。

我想象不出，能把一米九的男人打掉三颗牙的女人，得是什么样的金刚？也纳闷儿他身上有什么招打的地方，抑或是他有收集暴力女人的癖好？

Goy本科，机械工程师，对我轮流买单的主意颇以为然。第二次吃饭，由我买单时，他要求加菜打包，作为他明天中午的工作餐。第三次轮他做东，带我去了麦当劳，连吃带喝9美元，大呼"合算"不用付小费。第四次吃饭，开车带我到一家意大利高档餐厅，以为他想弥补吃麦当劳的歉意。可服务员递给他账单时，他一抬下巴，示意给我：176美元，加小费200！

这种人欠收拾，我看了看菜单说："我吃的面条32美元，加6美元小费，38美元现金放在这儿，先走了。"出了餐馆，想象他对着账单龇牙咧嘴的样子，我得意地笑了。

John硕士，工程师，曾在上海深圳工作数年。John不在纽约，常跟我视频，聊他在中国的故事，对中国及其文化的深情令我心动。

谈及见面，他建议我开车前往他所在的俄亥俄州会合。理由是，此行必经一段崎岖山路，他恐惧在山路开车。我说本人不但恐惧山路还恐惧高速路，而且方向感极差，经常迷路，为此从未独自在外州开过车。

他说："你应该锻炼锻炼，这是个机会。"我说："作为男人，你更得锻炼，这机会留给你吧。"他给出第二个建议：要我从纽约飞到他居住的小城。我说："你飞过来看我更合适，因为你是男人。"他说从纽约到他的小城要转机，得八九个小时，往返机票 800 多美元，他不想花这么多时间和钱。我说："送你一句中国格言：己所不欲，勿施于人。"

Fraud 这个单词，译成中文就是骗子，特征是照片英俊，自称高职高收入，远距离交往，靠 Email 交流。

我遇见的第一个 Fraud 自称某国际投资公司高管，在欧洲出差途中。两封 Email 之后，高管说他 fall in love，情诗情书一天一封，憧憬共同生活的美好未来……起初我很诧异，还没见面怎么就爱上了？几天以后，他说银行卡出故障了，这会儿困在路上没钱吃住买机票，要我给他的账户汇钱……我这才恍然大悟。回头再看他的 Email，语句华丽空泛，可以发给任何人的那种，显然是抄来的。类似的 Fraud，半年工夫我遇上四五位，手法大同小异。

感叹美国骗子太不专业，抄几份情书就想骗到钱？

想起媒体报道，中国某骗子，同时跟四个女人骗婚骗钱长达五年未被识破，那才叫真功夫。

上述奇葩们只是少数，多数人还是正常的。遇上靠谱的，我也用心思谈过，但都无果而终。

Eli，硕士，杂志主编。在中国学过中医，知识渊博，思想敏锐，跟他聊天很享受。假日 Eli 开车带我出游，途中发现他饮食挑剔，忌食大部分美味。问及原因才知他患有先天性心脏病和漏肠综合征。他说工作压力太大，健康状况不佳。

我的心往下沉……问可有退休打算？答尚无退休想法。我苦口婆心地跟他讲健康高于一切的道理，他说都懂，但做不到。想到前夫和大熊的病故，我无奈地离开了。

Karl，博士，建筑学教授，美籍华人。我们兴趣相近，交流愉快。刚联系我的时候，他说跟妻子分居15年正在办离婚。一个月后问及此事，他说还没办手续。两月后再问，他说在美国长期分居和离婚没什么区别，若离婚他会损失一笔财产，不离婚也不影响跟我的交往。

蓦地想起当年北京的那个"杨总"，中国男人怎么都这副德行！不希望哪天接到教授太太的来电，我果断地跟他bye-bye了。

……

就这样，茶没少喝，饭没少吃，英语没少练，朋友交了若干，伴侣杳无踪影。

因为没对谁真动过心，也就没受什么伤。

我依然每日思念大熊，记忆中的点点滴滴依然刺痛我的心。约会聊天的时候，大熊挺拔的身姿，深情的眼睛会不时浮现在眼前，弄得我心猿意马，兴致全无。

第41章
希 望

转眼来纽约两年了。

早早喜欢纽约，这里无所不在的机遇和挑战、眼花缭乱的时尚与流行，时时刺激着她的梦想，令她心驰神往，欲罢不能。

经过一段时间的磨炼和体验，女儿的能力见识大长，在国际顶尖的艺术品拍卖行苏富比的竞聘中，她以不俗的表现拿下了梦寐以求的职位。

"这只是第一步，"她说，"离我的目标还远着呢。"

她的目标是成为艺术品拍卖专家。进入苏富比，要先在客服部门干满18个月，才有资格想别的。成为专家，她还有太多的东西要学……

我知道，即使有一天她圆了这个梦，也还会生出新的梦想——女儿像我。

我也喜欢纽约，这座城市的快节奏和多元文化，让我感受到生命的充实和丰富。

在这里，男女老少人人忙：有人为生存，有人为事业，有人为兴趣，还有人为了不闲着……所有这些忙碌构成了动感十足的生活画卷——融入这样的环境中，我常常忘记了年龄——若在中国，身边的一切都会提醒我：去跳广场舞吧！

我一如既往地写作、教中文、交友、上网。

因为没有什么生存压力，日子过得轻松而惬意。

一日在 Match 网站浏览，一张短信附带的照片吸引了我，那深邃的眼神，清高的气质似曾相识……我情不自禁地回复Yes。

他自我介绍说，Jack，60 岁，麻省理工毕业的数学博士，现在纽约的投资风险管理部门工作，从小对中国文化感兴趣，尤其是老子的《道德经》和孙武的《孙子兵法》，他还喜欢李白杜甫的诗，想学中文……

去 Google 上检索他的名字，信息属实。

难道这是我要找的人？

我决定跟他认真交流。

随着交谈的深入，彼此的距离很快拉近。

想起与大熊的熊兔故事，我下意识地问他属于哪种动物。

"老虎！"他说，"毋庸置疑，我是老虎。"

"老虎不会吃掉兔子吧？"我开玩笑。

"不，老虎会保护他的兔子。"他说。

从此，我们的短信上，天天出现老虎和兔子的卡通头像，那感觉妙不可言。

跟大熊在一起的时候，常常感觉，我俩像童话故事里的一对儿相依为命的老熊和老兔子。现在遇到这只老虎，我开始幻想另一段童话。

跟 Jack 见面很不容易，他似乎永远没有时间。不是出差就是开会，周末还要陪老年痴呆的母亲。

约会时间一改再改，两周后我们终于在中央公园内的一家餐馆见面了。

他显得很沧桑，跟照片上那个风度翩翩的老帅哥判若两人，只有那双深邃而略带忧郁的眼，让我相信，他就是照片上那个人。

我们聊得很投入，大有相见恨晚的感觉。

回家路上我收到他的短信："我们的交流证实，你的确是只聪明美丽的兔子。盼早日再见！"

接下来是新一轮的约见，改期，再约再改。

我决定跟他谈谈。

"我们的共识是多接触多交流，尽快建立恋爱关系。可你的时间表，似乎已被工作和家庭占满。我想知道你打算怎么安排这一切？有个寓言跟你分享：从前有个人在干涸的戈壁上找水，当他历尽千辛万苦，终于找到水的时候，发现自己没准备装水的容器……我的问题是，如果一个对的女人进入你的生活，你是否已为由此带来的变化做好准备？"我问。

"我已经准备好接受那个女人进入我的生活，与她相伴直到我离开地球。我认为你就是那个女人……希望我们认真发展感情，尽快建立恋爱关系。我的想法是：现在以各种可能的方式保持交流，从下个月起，我会有更多的时间，那时我们可以尽情享受在一起的时光。"他答。

终于有一天，他说："明天有空，我们见面吧。"

第二天一早，他发来短信："我在去医院的路上。"

他住院了，血压 230 至 120，急性胃炎。医生说压力和劳累所致。

我发短信慰问，他说想念我。他儿子从外地赶来，在医院陪伴他。

我带着鲜花去医院探望，他病容满面，憔悴不堪，比上次见面时，显得更沧桑。

我不理解，60 岁的人，身体都这样了，还给自己这么大的工作压力，为生存，还是为事业？

两周后，他出院了，遵医嘱在家休息一周。

有儿子照顾，我不便打扰，便发短信慰问。

上班后，他不再主动联系我，也不提见面的事。

感觉要是我不联系他，我俩便形同陌路。

不知道发生了什么，我发短信："如果我得罪了你，请告诉我为什么。如果你改变了之前的想法，也请让我知道，我会离开。"

他的回信很明确："不是你的原因，最近有太多的事情发生在我的生活中。无论多么想跟你谈恋爱，我现在不能。为此我非常伤心，但还是得告诉你，你离开或许更好，我不想让你因为我的事情痛苦。"

他的话，在我千疮百孔的心上戳出新的伤。

我泪奔了。

不是为了这个我并不了解的男人，而是为命运对我的捉弄。老虎和兔子的童话，是我失去大熊以来最好的慰藉。如今刚刚找到的支点就这样折断了，而我竟不知道原因。

或许他有什么难言之隐，不能跟我来往又不便明说。

或许这个工作狂真的没时间，让我一逼，便一了百了。

或许，他就是个一会儿一变的人。

原因是什么，已经不重要，轻易承诺的人，必然会轻易食言。

他不是那个适合我的人。

是我太留恋与大熊演绎的那个童话了，才杜撰出这个虎兔的故事骗自己。

这段短暂的准恋情，并没有带给我太久的伤心。倒让我明白了，老虎无法代替熊，能跟兔子演绎童话的，只有我的熊……

方圆说过，大熊是上帝送我的大礼，天地人间，独此一份。

我还得回到现实生活中，想清楚什么样的男人，才是我余生的合适的陪伴……

从与大熊从相识相知的点点滴滴，到与纽约男人交流的桩桩件件，回忆和思索中，那个适合我的人轮廓逐渐清晰：

他不一定富有，但要有时间与我分享；他不一定相貌堂堂，但必须身体健康；他不一定学历多高，但要有兴趣了解异域文化；他不需要信誓旦旦，但应该言而有信……

一个貌似这样的人选出现了。

一日在 Match 网上查看，见一封用汉语拼音写给我的短信："Ni hao, wo de ming zi jiao Henry.Wo xi huan zhong guo wen hua……"

这样的中文表述引起了我的关注，查阅他的简历后，我们开始交流。

他叫亨利，本科，62 岁，刚刚退休，原来是美国 Verizon 通讯公司的技术人员。

交往一段后我发现，此人知识水平和经济条件一般，但心地善良，待人体贴周到，情商在我交往过的纽约人中当数第一。

第一次见面，他便送我一束鲜花，之后每次约会，他都会带给我一件小礼物。下雨天，他提醒我出门带伞。风雪天，他叮嘱我注意保暖。随便说起想买个榨汁机，下次见面他就带给我一个质地精良的榨汁机。有不同意见的时候，他不直接反驳我，要么委婉地表达想法，要么用事实证明他的观点。这种处理问题的方式，令我大为赞赏。

最让我感动的，是他对自己已故妻子的深情。20多岁的时候，他与妻子一见钟情，之后她查出脑萎缩症。他不离不弃陪伴照顾她30年，直到11年前妻子去世。若别人告诉我这样的故事，或许我会怀疑是否有夸张，但对他我深信不疑，他像是这样的人。

他的善良并非只对倾心的人。

电梯上，公园里，他总是主动跟陌生人打招呼。地铁里看见有人卖艺，他会放上几美元。在餐馆付小费，他给的总比惯例多。见行动不便的老人提重物，他就上前问要不要帮助……

我发现，自己遇上了活雷锋。这样的人，自然不能轻易错过，我决定用心跟他交往。

亨利的生活态度很积极。他退休后最想做的，是学习新东西，做感兴趣的事。这点我们不谋而合，我决定引导他把兴趣和学习定位在中国文化上，依托这样的平台，我们的交流和相知会有牢固的支撑——正如我和大熊所做的。

我在网上找了很多中国的文化旅游信息发给他：从泸沽湖风俗到西双版纳的泼水节，从北京的长城故宫到西安的兵马俑，从中医保健到气功太极拳，从宫保鸡丁到北京烤鸭，还有《鸟瞰中国》《舌尖上的中国》之类的电视片……

亨利说我为他打开了一扇门，让他看见一个崭新的世界。

他兴致勃勃，鼓励我由浅入深，耐心细致地为他解答所有的疑问……

与亨利的约会和交流，潜移默化地改变了我的心境。

我发现生活是公平的——人生虽有灾难和不幸，但只要你不放弃，新的希望总在前面。

余生的日子里，我觉得自己不会孤独。

后 记

　　离婚女人再嫁难，已是当今中国社会不争的事实。

　　多少女人为了家庭呕心沥血，日夜操劳，付出了宝贵的青春年华。当她们人老珠黄，失去自我的时候，一些风华正茂事业有成的男人，却把目光转向了年轻貌美者。女人们有的忍气吞声，维持名存实亡的婚姻；有的愤而离婚，带着未成年的孩子艰难度日。

　　当她们想要重新寻找婚姻的时候，却发现自己严重贬值。在男权主导的社会，男人的资本是事业和财富，女人的资本是美貌和青春。男人稍有成就便想以此换取女人的资本。失去了青春资本的女人再也无法与同龄的男人平起平坐，即使她们的知识、能力和职位丝毫不比男人逊色。要想再婚，她们要么接受比自己低几个档次的同龄人，要么认可条件相当但比自己大许多的老男人。

　　年近五十的我离婚了，之后在择偶的过程中遭遇了与众多姐妹相同的命运。

不想认命的我，在不懂英语没有涉外经历的情况下，尝试涉外婚姻……经过不懈的努力，我最终在美国找到了真爱，建立了幸福的家庭，把女儿送进世界名校。

涉外婚姻并非我的独创，在国内不公平的择偶行情刺激下，很多不甘心的女人开始尝试涉外婚姻。不幸的是，大部分这样的婚姻最终以失败结束。

看到我的成功，一些女性朋友要求我分享自己的经验，帮助更多的姐妹找到幸福。

朋友们总爱把我的涉外婚姻归结于幸运。其实，遇上一个欣赏你的人可以叫"幸运"，但建立长久的美满婚姻却远非"幸运"可以涵盖。

总结自己的经历，成功秘诀大致有三：

一是婚前的充分交流。远距离的涉外交友提供了这样的便利：见不着面又想知道更多，就只有靠Email、网聊、视频、短信、电话这些方式沟通。如果双方都是认真的，那么天天聊日日谈，方方面面的话题都会涉及。这个人是不是你要找的，心里应该有数了。

二是当你寻找一份涉外婚姻的时候，必须清楚你将面临什么。国外不是天堂，陌生的环境、文化的差异、语言的障碍、打拼的艰难……所有这些，你必须有精神和物质方面的充分准备。

三是经营婚姻是一门艺术。涉外婚姻中的双方大都各自有过失败的婚姻，如何吸取以往的教训，避免曾经的失误十分必要。婚姻中，双方的及时沟通、充分交流、善于妥协至关重要。

当对方为你和你的孩子付出的时候，你要心存感激并让对方知道你的感激。当你亏欠对方的时候，要记在心里设法弥补。

总之，让家庭成员之间的亲情关系和利益关系保持大体平衡，是维系婚姻的关键。世上没有免费的午餐，长久失衡必垮塌，这是适用于包括婚姻在内的任何事物的规律。

我的先生曾与我约定，把我们的故事写成小说，以中英文两个版本在中美两个国家出版。因诸事繁忙，写书的事一再耽搁。五年前先生心脏病突发溘然辞世，激发了我完成此书的决心。

谨以此书告慰我已在天堂的老公。

作　者

2018 年 9 月 10 日